俳句歳時記

新年

第五版【大活字版】

角川書店編

角川書店

俳句歳時記　第五版　新年　【大活字版】

序

季語には、日本文化のエッセンスが詰まっている。俳句がたった十七音で大きな世界を詠むことができるのは、背後にある日本文化全般が季語という装置によって呼び起こされるからである。

和歌における題詠の題が美意識として洗練され、連句や俳諧の季の詞《ことば》として定着するなかでその数は増え続け、さらに近代以降の生活様式の変化によって季語の数は急増した。なかには生活の変化により実感とは遠いものになっている季語もある。歳時記を編纂《へんさん》する際にはそれらをどう扱うかが大きな問題となる。

角川文庫の一冊として『俳句歳時記』が刊行されたのは一九五五年、巻末の解説には、季節の区分を立春・立夏などで区切ることについての葛藤《かっとう》が見られる。特別な歳時記は別として、この区分が当たり前のようになっている今日、歳時記の先駆者の苦労が偲《しの》ばれる。

この歳時記から半世紀以上が経った今、先人の残した遺産は最大限に活用し、なお現代の我々にとって実践的な意味をもつ歳時記を編纂することの必要を感じずにはいられない。

編纂にあたっては、あまり作例が見られない季語や、傍題が必要以上に増大した季語、また、どの歳時記にも載っていないが季語として認定するに相応《ふさわ》しいもの、あまりに細かな分類を改めたもの等々、季語の見直しを大幅に行った。さらに、季語の本意・本情や、関連季語との違い、作句上の注意を要する点等を解説の末尾に示した。

例句は、「この季語にはこの句」と定評を得ているものはできる限り採用した。しかし、人口に膾炙《かいしゃ》した句でありながら、文法的誤りと思われる例、季語を分解して使った特殊な例など、止むなく外さざるを得ない句もあった。

本歳時記はあくまでも基本的な参考書として、実作の手本となることを目指した。今後長く使用され、読者諸氏の句作の助けとなるならば、これに勝る喜びはない。

二〇一八年十一月

「俳句歳時記　第五版」編集部

凡　例

・今回の改訂にあたり、季語・傍題を見直し、現代の生活実感にできるだけ沿うよう改めた。したがって主季語・傍題が従来の歳時記と異なる場合もある。また、現代俳句においてほとんど用いられず、認知度の低い傍題は省いた。
・解説は、句を詠むときの着目点となる事柄を中心に、簡潔平明に示した。さらに末尾に、季語の本意・本情や関連季語との違い、作句のポイント等を❖印を付して適宜示した。
・季語の配列は、時候・天文・地理・生活・行事・動物・植物の順にした。
・新年の部は、正月に関係のある季語を収めた。
・季語解説の末尾に➡を付した季語は、その項目と関連のある季語、参照を要する季語であることを示す。新年以外となる場合には（　）内にその季節を付記した。
・例句は、季語の本意を活かしていることを第一条件とした。選択にあたっては俳諧や若い世代の俳句も視野に入れ、広く秀句の収載に努めた。
・例句の配列は、原則として見出し欄に掲出した主季語・傍題の順とした。
・索引は季語・傍題の総索引とし、新仮名遣いによった。

目次

序 三
凡例 五

時候

新年 一一
初春 一一
正月 一二
今年 一三
去年今年 一三
去年 一三
元日 一四
元朝 一五
三が日 一五
二日 一六
三日 一六
四日 一六
五日 一七
六日 一七
七日 一七
人日 一七
松の内 一八
松過 一八
小正月 一九
女正月 一九
花の内 二〇
二十日正月 二〇

天文

初空 二一
初日 二一
初明り 二二
初東雲 二二
初茜 二二
初晴 二二
初東風 二二
初風 二二
初凪 二二
御降 二二
初霞 二四
淑気 二四

地理

初景色 二五
初富士 二五
初筑波 二五
初比叡 二六
初浅間 二六
若菜野 二六

生活

宝船　六九
寝正月　六九
寝積む　六九
初場所　七〇
箱根駅伝　七〇

行事

朝賀　七一
四方拝　七一
歯固　七一
騎馬始　七二
鞠始　七二
弓始　七二
国栖奏　七三
歌会始　七三
講書始　七四
成人の日　七四
小松引　七四
出初　七五
七種　七五
松納　七六
飾納　七六
鳥総松　七六
宝恵駕　七七
餅花　七七
粥占　七八
粥杖　七八
綱引　七九
成木責　七九
ちやつきらこ　七九
なまはげ　八〇
土竜打　八〇
注連貰　八一
左義長　八一
上元の日　八二
梵天　八二
藪入　八三
かまくら　八三
えんぶり　八四
田遊　八四
延年の舞　八五
初詣　八五
歳徳神　八六
恵方詣　八六
白朮詣　八七
破魔矢　八七
七福神詣　八八
初神楽　八八
繞道祭　八九
初伊勢　八九
玉せせり　八九
鷽替　九〇
十日戎　九〇
懸想文売　九一

初金毘羅　九一
初卯　九二
初天神　九二
初勤行　九三
初寅　九三
初弁天　九四
初薬師　九四
会陽　九四
初閻魔　九五
初観音　九五
初大師　九五
初不動　九六
初弥撒　九六

動　物

嫁が君　九七
初鶏　九七
初声　九七
初雀　九八
初鳩　九八
初鴉　九八
伊勢海老　九九

植　物

楪　一〇〇
歯朶　一〇〇
福寿草　一〇一
若菜　一〇一
春の七草　一〇二
根白草　一〇二
薺　一〇二
御行　一〇二
仏の座　一〇三
菘　一〇三
蘿蔔　一〇三
子日草　一〇三

新年の行事　一〇四
工夫してみたい俳句の助数詞　一〇七
読めますか　新年の季語　一一一
二十四節気七十二候表　一一三
総索引　一一九

時候

【新年《しんねん》】 年新た　新玉《あらたま》の年　年始《ねんし》　年《とし》始《はじめ》　年立つ　年立ち返る　年明く　年改まる　年来《きた》る　年迎ふ

新しい年。一年の初め。見るものすべてがめでたく改まって感じられる。❖「新玉の年」の「新玉の」は「年」にかかる枕詞だが、「新年の」の意で使うこともある。↓初春《はつはる》・正月

入り船や年立帰る和田の原　言水
年立つやもとの愚がまた愚にかへる　一茶
新年の山襞にたつ烟かな　室生犀星
新年の謎のかたちに自在鉤　平井照敏
オリオンの楯新しき年に入る　橋本多佳子
我家の水音に年新たなり　石井露月
をのこ子の小さきあぐら年新た　成田千空
路地の子が礼して駆けて年新た　菖蒲あや
階段をきつちりと踏み年新た　小檜山繁子
あらたまのちからあめつちより貰ふ　茨木和生
搾乳のあらたまの白ほとばしる　大野崇文
あらたまのこゑのはじめの息太し　石嶌岳
女の手年の始の火を使ふ　野澤節子
犬の鼻大いにひかり年立ちぬ　加藤楸邨
木に石に注連かけて年改まる　右城暮石
わたつみも綾なして年改まる　中島月笠
古きよき言の葉をもて年迎ふ　富安風生
山に立ち山に礼して年迎ふ　岡田日郎
年迎ふ故人の部屋に灯を点し　中嶋秀子

【初春《はつはる》】 春　新春　迎春　明《あけ》の春　今《け》朝《さ》の春　花の春

新しい年。旧暦では新年と春がほぼ同時に

来たので、初春といえば新年のことであった。新暦になってもその習慣が残り、新年を「初春」と呼ぶ。❖新年をたたえる「御代の春」「千代の春」「四方《よも》の春」「浦の春」「島の春」「庵《いほ》の春」「老の春」などの「春」は初春の意。なお、「しょしゅん」と音読みにはしない。初春《しょしゅん》は、春を三つに分けた「初春・仲春・晩春」のひとつで春の季語。

日の春をさすがに鶴の歩みかな　其角
兎角して旅の夜明ぞ花の春　言水
初春や家に譲りの太刀はかん　去来
袖口に日の色うれし今朝の春　樗良
目出度さもちう位なりおらが春　一茶
初春や眼鏡のままにうとうとと　日野草城
初春の金剛・葛城大いなる　横山美代子
はつはるや金糸銀糸の加賀手毬　田村愛子
初春の風にひらくよ象の耳　原　和子
初春や酒に国の名峠の名　永島靖子
酒もすき餅もすきなり今朝の春　高浜虚子
いでてゆく船に犬吠え浦の春　岸　風三樓
一対の京の福鈴庵の春　渡辺桂子
生くることやうやく楽し老の春　富安風生
女人の香亦《また》めでたしや老の春　飯田蛇笏
こけし古り埴輪あたらし年の春　百合山羽公

【正月《しやうぐわつ》】　お正月

一年の最初の月。お正月と呼び習わしているように、特別な月に対する祝意と親しみがこめられている。❖「太郎月」「祝月《いわいづき》」「元月《がんげつ》」など異称も多い。→旧正月（春）

正月の子供に成つて見たきかな　一茶
正月にちよろくさい事お言やるな　松瀬青々
正月の白波を見て老夫婦　桂　信子
正月や楷書のごとき山の晴れ　林　徹
正月の雪真清水の中に落つ　廣瀬直人
正月の地べたを使ふ遊びかな　茨木和生
正月の船の生簀に潮満たす　鈴木太郎

正月や若狭の日和すぐ崩れ　遠藤若狭男
正月の来る道のある渚かな　長谷川　櫂
ふるさとの古へ見たりお正月　松根東洋城
大き樹に大き鳥ゐてお正月　雨宮きぬよ
いづくにも和紙の白さやお正月　小島　健

【今年《ことし》】
新しく迎える年。年が改まったという感慨がこもる。

しら〴〵と今年になりぬ雪の上　伊藤松宇
旅先に鶴見て今年はじまりぬ　鈴木真砂女
加茂川の流れつづきて今年かな　村山古郷
くらがりに野鍛冶今年の火を起す　松本陽平
水のごと平らに今年来てをりぬ　小原啄葉

【去年今年《こぞことし》】
元日の午前零時を境に去年から今年に移り変わること。年の行き来がすみやかなことへの感慨がこもる。❖「去年も今年も」という意ではない。

去年今年貫く棒の如きもの　高浜虚子
去年今年闇にかなづる深山川　飯田蛇笏
星よりも噴煙重し去年今年　阿波野青畝
赤福の茶屋の灯煌《くわう》と去年今年　宮下翠舟
大いなる闇うごきだす去年今年　桂　信子
埋火の生きてつなぎぬ去年今年　森　澄雄
去年今年変らぬ杖の置きどころ　村越化石
遠山の寄らず離れず去年今年　神蔵　器
暗きより火種をはこぶ去年今年　柿本多映
一打一打鐘を離るる去年今年　伊藤敬子
去年今年月浴びて山睦み合ふ　井上康明
天窓を過ぎ行く星座去年今年　片山由美子
去年今年海のきはまで星満ちて　前田攝子
去年今年抱きとる鯉の弓なりに　中田　剛
おほかたの部屋は灯さず去年今年　杉田菜穂

【去年《こぞ》】　**去年《きよねん》**　**古年《ふるとし》**　**旧年**　**初昔《はつむかし》**
昨年のこと。一瞬にして旧年となった一年を振り返っていう。初昔は新年になってから振り返る旧年のこと。

餅焼いて去年がはるけくなりにけり　細川加賀
雀あそぶ去年の筋目の畑かな　寺島ただし
旧年を坐りかへたる机かな　志田素琴
竹林に旧年ひそむ峠かな　橋本鶏二
雲表にみゆる山巓《さんてん》初昔　飯田蛇笏
磯神のはるかなる灯も初昔　神尾久美子
こころの火落して睡る初昔　鈴木鷹夫
彗星の去りたる空や初昔　有馬朗人
彼の世にて揃ふちちはは初昔　佐藤博美

【元日《ぐわんじつ》】お元日　鶏日《けいじつ》

一月一日、一年の最初の日。新年を迎え、めでたさもひとしおである。屠蘇《とそ》を酌み、雑煮とお節料理を食べる風習が今でも受け継がれている。初詣をして新年を寿《ことほ》ぐ。鶏日は元日のこと。❖元日から七日までを順に「鶏日・狗日・猪日・羊日・牛日・馬日・人日」と呼ぶのは、中国の古い慣わしで、元日から七日までの各日に鶏・狗・猪・羊・牛・馬・人を当てて、占ったりしたことから。『荊楚歳時記』には元日から六日までは当該の禽獣を殺さず、七日には人に刑を行わないとある。

元日や神代のことも思はるる　守武
元日は田毎の日こそこひしけれ　芭蕉
元日や袴をはいて家に在る　松根東洋城
元日を飼はれて鶴の啼きにけり　臼田亜浪
元日や軒深々と草の庵　原石鼎
元日の端山にたてる烟かな　久保田万太郎
元日や手を洗ひをる夕ごころ　芥川龍之介
元日の雨元日の田にそそぐ　原田喬
元日の日向ありけり飛鳥寺　石田勝彦
元日の松はやさしき木でありぬ　今井杏太郎
元日や四五人のこゑ山路より　廣瀬直人
元日といふ日だまりをたまはりぬ　桑原まさ子
夕刊の来ぬ元日のいつまでも　高橋睦郎

昼深く元日の下駄おろすなり　千葉皓史
元日や乳に酔ひたる赤ん坊　小川軽舟
客あればあがる二階やお元日　堤　俳一佳
かぐはしき磯の香ありてお元日　草間時彦
暮るるまで窓に富士ありお元日　藤村克明

【元朝《ぐわんてう》】　**元旦《ぐわんたん》**　**大旦《おほあした》**　**鶏旦《けいたん》**　**歳旦《さいたん》**

元日の朝のこと。元旦・大旦・鶏旦・歳旦も同じ。❖「旦」は朝の意。

元朝の吹かれては寄る雀二羽　加藤知世子
元旦やふどしたゝんで枕上ミ　村上鬼城
元旦や分厚き海の横たはり　大串　章
覚めてわが息静かなる大旦　下村ひろし
ひたすらに風が吹くなり大旦　中川宋淵
一歩またいつぽをしかと大旦　雨宮抱星
星もまた潮引くごとく大旦　鷹羽狩行
鴉一羽静かに過り大旦　寺井谷子
湧き水のつぶやきを汲む大旦　若井新一
鶏旦の一村いまだ靄の中　小倉英男
磐座に鶏旦の日の届きけり　茨木和生
歳旦の海凪《な》ぐと見て戻りけり　福永耕二

【三が日《さんがにち》】

一月一日・二日・三日の総称。官公庁や会社などはこの三日間業務を休むところも多く、正月らしい特別な気分が続く。❖元日・二日・三日にはそれぞれの趣があるものの、三が日と纏めて呼ぶと特別な時間が続くゆったりとした気分に焦点があたる。

三が日遊びて躍る荷馬かな　木　朶
机上メモまだ白きまま三ケ日　吉屋信子
虚しさに似て倖や三ケ日　柴田白葉女
酒少し楽屋に出たる三ケ日　田中午次郎
ふるさとの海の香にあり三ケ日　鈴木真砂女
三ケ日やはらかきみち竹山に　岡井省二
三ヶ日家居楽しむ心あり　稲畑汀子
三ケ日書斎は隠れ部屋めきて　山田弘子
里帰りといふも二駅三が日　戸恒東人

【二日《ふつか》】 狗日《くじつ》

一月二日。昔からこの日に何かを始めるのが吉であるとされていて、初荷・初湯・掃初・書初などが行われた。❖元日は家族で過ごす厳かな趣が強いが、二日は活動的で活気がある。

元日は嬉し二日は面白し　丈　左
老しづかなるは二日も同じこと　高浜虚子
鞆の津や既に二日の船出ある　松根東洋城
留守を訪《と》ひ留守を訪はれし二日かな　五十嵐播水
庭隅の幹に日のある二日かな　桂　信子
ゆるやかにとぶ鳥見えて二日かな　永田耕一郎
客のあと硯開きぬわが二日　石塚友二
鶏鳴の空へ抜けたる二日かな　赤尾冨美子
戸締りをいささか早く二日かな　鷹羽狩行
みちのくの二日の雨を聴きゐたり　石嶌　岳

【三日《みっか》】 猪日《ちょじつ》

一月三日。官公庁や会社などはこの日まで業務を休むことが多い。❖厳粛な元日、活動的な二日に比べ、はや三日を迎えて正月気分もこの日までといった趣がある。

三日はや雲おほき日となりにけり　久保田万太郎
誰も来ぬ三日や墨を磨り遊ぶ　殿村菟絲子
石舞台めぐる三日の畦匂ふ　古賀まり子
三日はや汐木焚く炎を高く上げ　児玉輝代
引き絞るごとき夕陽の三日かな　津川絵理子
無為にして首回したる猪日かな　矢島渚男

【四日《よっか》】 羊日《ようじつ》

一月四日。この日を仕事始めの日とするところが多い。❖正月の晴れやかさを残しつつ、平常の生活が始まる。

うとうとと炬燵の妻の四日かな　今井つる女
夕刊を夜更けて取りに出て四日　鷹羽狩行
ふるさとの新聞を買ふ四日かな　山口都茂女
火の気なき官舎に戻る四日かな　戸恒東人
ふるさとの土産をもらふ四日かな　仁平　勝

四日はや子に作りたる握り飯　谷川理美子
羊日の机に重き黙示録　有馬朗人

【五《いっ》日《か》】牛日《ぎうじつ》
一月五日。四日に次いで仕事始めの日とするところが多い。
きらめける藪美しき五日かな　今井つる女
水仙にかかる埃も五日かな　松本たかし
金色のものの減りたる五日かな　櫂　未知子

【六《むい》日《か》】馬《ば》日《じつ》
一月六日。六日の夜は、節日である七日正月の前夜であり、六日年越と称してさまざまな行事が行われてきた。翌日の七種粥のために七草の準備も行われる。
凭らざりし机の塵も六日かな　安住　敦
髪剪つて六日の風の新しく　黒田杏子
倒木に座して鳥呼ぶ六日かな　井上弘美

【七《なぬ》日《か》】七日《なのか》　七日正月《なぬかしやうぐわつ》
一月七日。七種粥《ななくさがゆ》を食べ息災を祈る風習がある。六日年越の翌七日は年改まる日と考えられていたため、元日から始まった正月の終りの日とも、小正月の準備を始める日ともされる。❖正月気分に区切りをつける日という趣が強い。↓人日
山畑に火を放ちをる七日かな　大峯あきら
日のぬくみ欅にありて七日かな　永方裕子
眼鏡おく音に七日も暮れにけり　今野福子
七日正月噴き湯の虹を窓辺より　臼田亜浪

【人《じん》日《じつ》】人《ひと》の日《ひ》
一月七日。古くは宮中で邪気を払うという白馬《あおうま》の節会《せちえ》が行われた。また江戸時代には五節句の一つとされ、将軍以下が七種粥《ななくさがゆ》を食べて祝った。人日の名は中国の古い慣わしで、元日から六日までの各日に禽獣《きんじゆう》を、七日には人を当てて占ったりしたことから。
↓七日・七種
人の日と思へばをしき曇りかな　梅　室

人日の人影さして竹そよぐ　菅　裸馬
人日のこころ放てば山ありぬ　長谷川双魚
人日の女ばかりの集りに　星野立子
人日の椀に玉子の黄味一つ　野澤節子
人日の雨にいくつか文を書く　山本洋子
人日や江戸千代紙の紅づくし　木内彰志
耳さとくゐて人日の雑木山　菅原鬨也
人日の赤き実こぼす床の花　櫨木優子
人日の坂降りて来る乳母車　徳丸峻二

【松の内《まつのうち》】　松七日《まつなぬか》　注連《しめ》の内《うち》
門松を立てておく期間をいう。関東では元日から六日または七日まで、関西では同じく十四日または十五日までが慣習になっている。松のあるうちは正月気分が続く。↓

門松
銭湯に善き衣著たり松の内　正岡子規
三日程富士も見えけり松の内　巖谷小波
幕あひのさゞめきたのし松の内　水原秋櫻子
浅草によき空のあり松の内　京極杜藻
葛飾の水辺光れり松の内　松崎鉄之介
出雲へも来よと手紙や松の内　藤田湘子
湯治場に母を送りて松の内　中山純子
それらしく暮れてゆくなり松の内　宇多喜代子
かばかりの電車の揺れも松の内　陽　美保子
誘はるるやうに山路へ松七日　廣瀬直人
松七日過ぎて雪駄の緒のなじむ　朝妻　力

【松過《まつすぎ》】　松明《まつあけ》　注連明《しめあけ》
門松が取り払われたあとの時期をいう。まだ新年の気分が残っていると同時に、平常の生活が戻ってくるという感慨がある。↓

松の内
松過の又も光陰矢の如く　高浜虚子
松すぎのはやくも今日といふ日かな　久保田万太郎
松過の海へ出てみる夕ごころ　稲垣きくの
松過の子が来て妻とあそびをり　安住　敦
松過ぎの鵯《ひよどり》に蹤《つ》く雀かな　綾部仁喜

松過ぎの葉書一枚読む日暮　廣瀬直人
松過ぎの畑のものを見つつゆく　石田郷子
松明けのしぶきを高く舳先かな　須原和男
松明けの港離るる豪華船　田邉富子
松明けの空存分に一つ星　今瀬一博

【小正月《こしやうぐわつ》】　**望正月《もちしやうぐわつ》**　**花正月**

一月十五日を中心にして祝われる正月。元日から七日までの大正月に対する呼び名である。望《もち》（満月）の日を正月として祝った古い時代の名残で、餅を搗《つ》いたり団子を作って祝う習慣が残る。地方によって、削《けず》掛《りかけ》や餅花を飾って農作物の豊作を祈り、成《なり》木責《きぜめ》・嫁叩《よめたたき》などさまざまな行事が行われる。また、外した注連飾などを焚き上げる左義長も各地で行われる。小正月から月末までを花正月という地方もある。↓鳥追・餅花・成木責・土竜打《もぐらうち》・左義長

小正月そそのかされて酔ひにけり　中村苑子
浪華津《なにはづ》の白浪見たり小正月　桂　信子
煮こんにやくつるりと食へば小正月　松本　旭
日を浴びてさざめく樟や小正月　米谷静二
時かけて生木燃えだす小正月　廣瀬直人
味噌漬の鮭の赤き身小正月　菅原多つを
蒔絵筆ぎつしり壺に小正月　井上　雪
木挽《こびき》師の煮〆を食うて小正月　斎藤夏風
小正月路傍の石も祀らるる　鍵和田秞子
夕霧よ伊左衛門よと小正月　宇多喜代子
渓音に乾く産着や花正月　平井さち子

【女正月《をんなしやうぐわつ》】

大正月を男正月というのに対し、小正月を女正月という。年末年始のあいだ多忙だった女性が十五日ころになってようやく手があき、年始廻りに出かけたり、女性だけで慰労をかねた集まりをする。二十日を女正月とする地方もある。❖「めしょうがつ」と読むことは避けたい。

女正月つかまり立ちの子を見せに　中野三允
八十の媼と遊ぶ女正月　佐野美智
玄関に日の差してゐる女正月　宮津昭彦
女正月祝ひ引越はじまりぬ　稲畑汀子
お座敷も納戸も灯り女正月　山本洋子
粗炊の魚の目白き女正月　山口昭男

【花の内《はなのうち》】

東北地方などで小正月から月末までをいった。門松を立てる大正月の「松の内」に対して、削り花（削掛《けずりかけ》）などを飾るためという。❖『霞む駒形』の岩手県の記事に「いつも花の内は雪の降れるものなりといへり。十五日の削り花、またくろぎの稗穂、あか木の粟穂、または麻からなどを庭の雪に睦月晦日まで飾り立てれば、しか花の内とは言へるなり」とある。

花の内なるみちのくの鮫膾　松村富雄
酒粕をあぶる火色も花の内　板垣美智子

【二十日正月《はつかしやうぐわつ》】 骨《ほね》正月

正月の祝い納めの日とされる一月二十日を二十日正月と呼ぶ。土地によってさまざまな異称がある。関西から九州にかけては骨正月といい、これは正月用の魚の残りの骨で料理を作ったことから。

文楽に二十日正月とて遊ぶ　大橋敦子
ものがたき骨正月の老母かな　高浜虚子
骨正月鰤の頭を刻みけり　野村喜舟
母の世の骨正月のうすあかり　宇多喜代子
骨正月九絵の粗なら何よりと　茨木和生

天文

【初空《はつぞら》】　初御空《はつみそら》

元日の空。次第に明けていく空には、いかにも清新な気が満ちる。

初空や大悪人虚子の頭上に　高浜虚子
初空や大和三山よきかたち　大橋越央子
初空や武蔵に秩父晴れ渡り　野村喜舟
はつそらのたま〱月をのこしけり　久保田万太郎
初空の藍と茜と満たしあふ　山口青邨
初空のなんにもなくて美しき　今井杏太郎
大那智の滝の上なる初御空　野村泊月
いまさらに富士大いなり初御空　酒井絹代
限りなく妙義澄みたる初御空　雨宮抱星
さながらに古鏡のひかり初御空　伊藤敬子
山なみと紛ふ雲あり初御空　藺草慶子
初御空みづのあふみの揺るぎなし　明隅礼子

【初日《はつひ》】　初日の出　初日影《はつひかげ》

元日の日の出、または、その太陽。年が改まった感慨が伴い、神々しさがある。❖初日を拝むために暗いうちから海辺や高い土地にでかけることもある。一年の精進を誓い、平安を祈る。

うちはれて障子も白し初日影　鬼貫
ふるさとの伊勢なほ恋し初日かげ　樗良
初日さす硯の海に波もなし　正岡子規
夢殿の夢の扉《とぼそ》を初日敲《う》つ　中村草田男
木綿縞着たる単純初日受く　細見綾子
大初日海はなれんとして揺らぐ　上村占魚
暁闇に褌《たふさぎ》代えて初日待つ　金子兜太
初日待つガンジス川の舟の数　片山由美子
初日出づ一人一人に真直ぐに　中戸川朝人

大濤にをどり現れ初日の出　高浜虚子
わが庭の藪はむらさき初日の出　山口青邨
しばらくは雲に滲める初日の出　深見けん二
やうやくに谷の十戸へ初日影　佐藤和枝

【初明り《はつあかり》】

元日に東の空からほのぼのと差してくる曙《しょ》光《こう》。荘厳な光に新しい年の始まりを実感する。

初明りわが片手より見え初むる　長谷川かな女
カーテンの隙一寸の初明り　瀧　春一
初明りふたり暮しのひとり起き　高島筍雄
初あかりそのまま命あかりかな　能村登四郎
ちちははも夫も仏や初明り　上野章子
影といふものまだ曳かず初明り　鷹羽狩行
聖鐘や海へひろがる初明り　朝倉和江
初明り渚をのばす伊良湖岬　伊藤敬子
初明り机上のものを浄めけり　西村和子
まだ何の影とも知れず初明り　片山由美子

山脈の裾にも届き初明り　星野高士

【初東雲《はつしののめ》】初曙《はつあけぼの》

元日の明け方の空、また、明け方そのものをいう。❖「東雲」は東の雲と書くが、雲の有無とは関係がない。

おごそかな初しのゝめに海の音　野田別天樓
徐々に徐々に初東雲といへる空　後藤比奈夫
ふくらかにしなふ浦波初しののめ　谷口智行

【初茜《はつあかね》】

初日の上る直前に空が茜色に染まること。❖冬の季語「冬茜」「寒茜」が夕焼を指すので、夕焼と誤らないようにしたい。

初茜波より波の生れけり　小島花枝
馬小屋に馬目ざめゐて初茜　有働　亨
明星を消し忘れたる初茜　鷹羽狩行
相聞のごとくに天地初茜　岩岡中正
林中にわが泉あり初茜　小澤　實

【初晴《はつばれ》】

元日の晴天のこと。❖『日次紀事《ひなみきじ》』に「今日晴るればすなはち五穀必ず熟す」とあるように、初晴は五穀豊穣の兆しとされる。

初晴のどこにも人の見当らぬ　鷲谷七菜子
初晴や安房の山々みな低き　畠山譲二
初晴や沖の白帆も白波も　三田きえ子

【初東風《はつごち》】
新年に初めて吹く東風。→東風（春）

初東風の嵯峨や筏の飾吹く　大谷句仏
初東風に沖黒潮の帯太く　富安風生
初東風や水平線へ真帆高し　浅井民子

【初風《はつかぜ》】　初松籟《はつしょうらい》
元日に吹く風。初松籟の「松籟」は松を吹きわたる風のことで、新年はことさらめでたさを感じる。

初風や燭より小さき念持仏　神崎　忠
初風や一矢を待てる白き的　西尾　一
海光や初松籟のひもすがら　戸川稲村
野火止に赤松多し初松籟　沢木欣一
初松籟西行岩を尋め行きぬ　鍵和田秞子
母が家は初松籟のあるところ　山本洋子
松よりも高きところを初松籟　片山由美子

【初凪《はつなぎ》】
元日に風がなく、海が穏やかに凪ぎわたること。

初凪の島は置けるが如くなり　高浜虚子
初凪の真つ平なる太平洋　山口誓子
初凪やものゝこほらぬ国に住み　鈴木真砂女
初凪の宇多の松原うちつれて　下村梅子
初凪の湾一枚となりにけり　千葉　仁
初凪の安房の礁《いくり》のこむらさき　草間時彦
初凪の港も船も華やげる　山田みづえ

【御降《おさがり》】
元日、あるいは三が日に降る雨や雪のこと。雨は涙を連想させ、「降る」は「古」にもつながることから正月の忌《いみ》ことばとされ、

「御降」と言い換えた。御降があると富正月といって豊穣の前兆とされた。

御降にあらかねの土匂ひけり　蘆　芳
御降りの雪にならぬも面白き　正岡子規
お降りや暮れて静かに濡るゝ松　嶋田青峰
お降りといへる言葉も美しく　高野素十
おさがりのきこゆるほどとなりにけり　日野草城
御降りの松青うしてあがりけり　石田波郷
お降りを来て濡れてゐず女客　鷹羽狩行
お降りのすぐ止むことのめでたさよ　稲畑汀子
御降りや木賊の節の美しく　蓑目良雨
御降りの何も濡らさず止みにけり　白濱一羊
お降りの水輪立てつつ音もなし　中村与謝男
御降やほのかに香る楠の幹　佐藤郁良

【初霞《はつがすみ》】

新年に棚引く霞。絵巻物に描かれた景色のようなめでたさがある。↓霞（春）

地に遊ぶ鳥は鳥なり初がすみ　千代女
山も川も神のこころに初霞　山口青邨
初霞棚引く野山ありてこそ　後藤比奈夫
雲を抽く天山まさに初霞　小原啄葉
山が山を恋せし昔初霞　長谷川櫂

【淑気《しゅくき》】

新年の天地に満ちる清らかで厳かな気。めでたい気配が四方に漂う。❖元来は春のなごやかな気をいう漢詩由来の語。『増山の井』で新春の季語とされて定着した。

葛飾は男松ばかりの淑気かな　能村登四郎
観音の頤《おとがひ》仰ぐ淑気かな　森　澄雄
天地に戸口をひらき淑気かな　村越化石
朱の橋を渡れば淑気自づから　小畑柚流
瘤立てて松の根走る淑気かな　廣瀬直人
冷泉流披講のあとの淑気かな　鷹羽狩行
みづうみのくろがね色の淑気かな　山本洋子
遠山の折り目正しき淑気かな　伊藤敬子
闇抜けて立つ山脈の淑気かな　井上康明

地理

【初景色《はつげしき》】　初山河《はつさんが》

元日に眺める晴れ晴れとした景色。

大き鳥きて止りけり初景色　永田耕一郎
初景色川は光の帯として　宮本径考
山国の長き停車の初景色　木内彰志
くれなゐのひろがつてゆく初景色　伊藤通明
三輪山へ畝のびのびと初景色　田中春生
母もまたこの町に住む初景色　千葉皓史
船の丸窓の中なる初景色　牛田修嗣
をちこちに灯のともりをり初山河　木内怜子
はらわたへ息を大きく初山河　須原和男

【初富士《はつふじ》】

元日に仰ぎ見る富士山。日本を代表する名峰は、より一層の神々しさと気高さを感じさせる。❖江戸近郊の年中行事を記した『東都歳事記』には、「初富士　東都景物の最初たるべし。されば江戸の中央日本橋のあたりを以て佳境とするにや。（中略）元日の見るものにせむ富士のやま　宗鑑」とある。歳時記に載るのは明治以降。作例を多く見るのは大正以降である。「初筑波」「初比叡」「初浅間」は「初富士」にならった季語。

初富士のかなしきまでに遠きかな　山口青邨
初富士の裾をひきたる波の上　深見けん二
初富士のせり上りくる峠道　藤崎　実
初富士にふるさとの山なべて侍す　藤田湘子
初富士の浮かび出でたるゆふべかな　鷹羽狩行
初富士の裾野入れたる海の音　中原道夫

【初筑波《はつつくば》】

元日に望む筑波山。❖茨城県の筑波山は「西の富士、東の筑波」と並び称される。男体山と女体山のふたつの峰をもつ山容は秀麗で、歌枕として古くから親しまれてきた。

初筑波利根越えてより隠れなし　水原秋櫻子
ほのぼのと二つ峰あり初筑波　清崎敏郎
初筑波午後へむらさき深めけり　神原栄二
ひたち野のどこからも見え初筑波　小室善弘
父の峰母の峰あり初筑波　戸恒東人
梓弓引き絞りけり初筑波　岡崎桂子
峰二つつなぐ薄雲初筑波　山崎祐子

【初比叡《はつひえい》】

元日に望む比叡山。東国の「初富士」と呼応する季語である。❖京都府と滋賀県との境に聳《そび》える比叡山は関西の名山で、延暦寺や日吉《ひえ》大社があり、京の鬼門（北東）を守る王城鎮護の山として信仰を集めてきた。

初比叡鎮護の尖《とが》りひとしほに　豊田都峰
晴れきつて三十六峰初比叡　朝妻力

【初浅間《はつあさま》】

元日に望む浅間山。❖群馬県と長野県にまたがる浅間山は日本有数の活火山で、南北に広く裾野を引き、俳諧の時代からよく詠まれた名山。

稜線も襞も女神や初浅間　西本一都
初浅間しなやかに煙ひろげをり　皆川盤水
胸高にかすみの帯や初浅間　矢島渚男

【若菜野《わかなの》】

七種粥の若菜を摘みに出かける野。七種の前日の一月六日に摘む。↓若菜・七種

若菜野の濃みどり若菜のみならず　皆吉爽雨
若菜野や果なる山も朗らかに　服部嵐翠
若菜野や八つ谷原の長命寺　石田波郷
水音に添ひ行き若菜野に出でぬ　菖蒲あや
みどり敷く彼方なほあり若菜の野　井沢正江

生活

【若水《わかみづ》】　福水《ふくみづ》　若井　井華水《せいくわすい》

元日の早暁に汲む水のこと。選ばれた年男が恵方の井戸に行き、汲んだ水を歳神《としがみ》に供え、口をすすいだり、雑煮などの料理に用いたり、福茶を沸かしたりした。古くは宮中で立春の朝に汲む水のことをいい、これを井華水ともいった。若水を汲みに行く者は身なりを清め、厳粛な気持ちで井戸に赴き、水神に餅や米を供えてから、水を汲む。その際、土地ごとにさまざまな縁起のよい唱え言をした。若水を汲む新しい桶《おけ》が若水桶。九州では元日早朝に年男が海水を汲んできて神に供える。これを若潮・若潮迎えという。

若みづや迷ふ色なき鷺の影　千代女
若水や人汲み去れば又湛ふ　赤木格堂
若水や人のこゑする垣の闇　室生犀星
若水や星うつるまで溢れしむ　原田種茅
若水にざぶと双手やはしけやし　星野立子
若水を汲むやまだある月明り　那須乙郎
六波羅に若水を汲む石畳　松本澄江
若水の両手に珠と弾けたる　深見けん二
若水のひとくちに身の引き締まる　岡安仁義
若水といふを平らにして運ぶ　鷹羽狩行
若水のこぼれて濡らす生駒石　柏原眠雨
若水の一滴に筆おろしけり　水田むつみ
一睡のあと暁闇の若井汲む　福田甲子雄
井華水おもき袂を濡らさざる　澁谷　道

【門松《かどまつ》】　松飾　飾松　竹飾　飾竹

新年を祝って、戸口や門前に立てておく一

対または一本の松。家々に門松のある風景はいかにも正月らしい。由来には種々の説があるが、歳神《としがみ》の降臨する依代《よりしろ》と考えられる。江戸城の各城門を飾った三本の竹に松を添えて根元を割木で囲った形が今では一般的。松や竹のほか、楢《なら》・椿・朴《ほお》・栗・榊《さかき》・樒《しきみ》・椎《しい》なども用いられ、様式も地域によってさまざま。→門松立つ（冬）・松納

幾霜に心ばせをの松飾り　芭蕉
とかくして松一対のあしたかな　移竹
門松にひそと子遊ぶ町の月　富田木歩
門松も根曳きのままに城下町　福田蓼汀
呉竹の根岸の里や松飾り　正岡子規
大いなる門のみ残り松飾り　高浜虚子
掘割をまへの門なる松飾　久保田万太郎
松よりも竹美しき松飾　後藤比奈夫
若松の二本のみなる松飾　松崎鉄之介
風音を伊賀に聞きをり松飾　鈴木鷹夫
蕭々と出雲の雨や松飾　山本洋子
松飾松は山よりたまはりぬ　小澤實
太古より宇宙は霽《は》れて飾松　正木ゆう子
浜風の絶ゆることなき竹飾　清崎敏郎

【藁盒子《わらがふし》】 幸籠《さいはひかご》

藁で蓋《ふた》のついた椀の形に編んだものを門松に結びつけて、正月のあいだ、これに雑煮などの供物を入れて門神《かどのかみ》に供えるもの。幸籠ともいう。幸木と同種の風習である。

出入りのたびに覗いて藁盒子　宇多喜代子
藁盒子明るき星の流れけり　大石悦子
しづくするもののこほれる藁盒子　茨木和生

【幸木《さいはひぎ》】 幸木《さいぎ》

正月飾りの一種。長崎などで見られるものが代表的で、長さ六尺ほどの棒に飾り縄を十二本結んで下げ、それぞれの縄に鯛《たい》・鰤《ぶり》・鯣《するめ》・焼飛魚《やきあご》などの海の魚と、昆布や野菜を吊り下げる。これらは、正月用の食料

になるという。また、門松のまわりに立てて飾る薪《まき》のことをもいう。❖幸木を粥杖《かゆづえ》と同義としている地域もある。→粥杖

かけ添へて昆布めでたし幸木　呼子無花果
当歳の猪を吊りたる幸木　茨木和生
いざ祝へ鶴をかけたる幸木かな　松瀬青々

【飾《かざ》り】　お飾　輪飾

注連飾をはじめとする新年の飾り。古くは注連縄と鏡餅が代表的だった。飾のうち、藁を輪の形に編んで数条の藁をたらしたものが輪飾で、橙、蜜柑、裏白、穂俵などを添える。神棚・玄関・床の間・井戸・台所などのほかに、車や工場の機械にも飾る。

一管の笛にもむすぶかざりかな　飯田蛇笏
波の間に見えて生簀の飾かな　岡田耿陽
草の戸といふにあらねど飾かな　長谷川櫂
お飾りの荒稲《あらしね》はやも雀来て　和田順子
輪飾りや竈の上の昼淋し　河東碧梧桐
輪飾の五つ六つほどあれば足る　清崎敏郎
輪飾の影月光に垂れてあり　深見けん二
輪飾をくぐるや遠き風の音　鈴木鷹夫
輪飾りや暗きに馴れて神の馬　鷹羽狩行
輪飾の楪飛ばす灘の風　柴田佐知子
輪飾の藁の香こもる仏間かな　大門麻子

【注連飾《しめかざり》】　注連縄　七五三縄《しめなは》　牛蒡注連《ごばうじめ》　大根注連《だいこじめ》

注連縄の「しめ」は、占めるの意で、神が占有している場所を明らかにする縄である。左綯《な》いが定式で、七本、五本、三本の順に藁の切り下げを垂らすので「七五三縄」とも書く。切り下げの間には白紙で作った幣《へい》を添える。その形状によって牛蒡注連・大根注連などの名があり、年棚・神棚をはじめ、台所や玄関などそれぞれにふさわしいものをかけて正月を迎える。

春立つとわらはも知るや飾り縄　芭蕉

古井戸のつかはぬままに注連飾　山口青邨
洗はれて櫓櫂《ろかい》細身や注連飾　大野林火
まだ誰も来ぬ玄関の注連飾　神尾季羊
注連飾きりりと谷戸の一社かな　波多野爽波
狛犬の首に真青な注連飾　藤本安騎生
落ちぎはの山の日のある注連飾り　福島　勲
海光のまつすぐに来る注連飾　吉田成子
火の香りしてゐて留守や注連飾り　西山　睦
天へ跳ね山の祠《ほこら》の牛蒡注連　近藤一鴻
藁の香の籠るあをさや牛蒡注連　島田万紀子

【蓬莱《ほうらい》】　掛蓬莱《かけほうらい》　蓬莱飾

蓬莱山の形に作った新年の飾り。蓬莱は中国の伝説の三神山の一つで、渤海《ぼっかい》の東の海上にあり、不老不死の仙人が住む地とされる。主に関西での風俗で、三方《さんぼう》の上に白紙・歯朶《しだ》・昆布・楪《ゆずりは》を敷き、その上に米・餅・橙《だいだい》・蜜柑・柚子《ゆず》・榧《かや》の実・搗栗《かちぐり》・野老《ところ》・穂俵・伊勢海老・梅干しなどを盛って飾った。

蓬莱の麓にかよふ鼠かな　西　鶴
蓬莱に聞かばや伊勢の初便　芭　蕉
蓬莱や海のあなたの貢もの　蝶　夢
一人ゐて蓬莱に日があまりけり　大谷碧雲居
蓬莱や東にひらく伊豆の海　水原秋櫻子
蓬莱に能登の荒磯のほんだはら　鈴木宣弘
蓬莱の初穂の裾のそろひたる　後藤比奈夫
蓬莱に氷るはじめの湖《うみ》の音　佐野美智
吉兆の箸蓬莱の竹とせむ　角川照子
広間ただ懸蓬莱のあるばかり　野村泊月
亀の尾のながながしきを懸蓬莱　長谷川　櫂
学僧のふるさと遠し絵蓬莱　大島民郎

【鏡餅《かがみもち》】　御鏡《おかがみ》　飾餅　具足餅　鎧餅《よろいもち》

神仏や祖霊に供える円形で扁平な餅のことで、一般には正月用の飾り餅をいう。鏡のように丸いことから鏡餅とする説があるが、これは昔の鏡が青銅製の丸形で、神事に用いられたため。大小二個の餅を重ねて正月に神前に供え、古くはそれを歯固《はがため》に用いた。のちに床飾りとして発達し、武家時代には床の間に甲冑《かっちゅう》を飾り、その前に供えた。これを具足餅や鎧餅といった。❖神仏に餅を供えることは平安時代の『延喜式』にも見えるが、一般に普及したのは室町時代からという。

正月を出して見せうぞ鏡餅　去来
おごそかにある伊勢海老や鏡餅　野村喜舟
鏡餅暗きところに割れて坐す　西東三鬼
生家すなはち終の栖家や鏡餅　下村ひろし
つぎつぎに子等家を去り鏡餅　加藤楸邨
家々に鏡餅のみ鎮座せり　桂　信子
神占のごと罅《ひび》はしる鏡餅　津田清子
城山が撒く星粒や鏡餅　波多野爽波
鏡餅前山の颪しづまれり　菅原閧也
二夜経て家の重石の鏡餅　友岡子郷
ひび割れをうしろへ廻す鏡餅　嶋田麻紀
鏡餅昔電話は玄関に　小川軽舟
おかがみの歪つやさしき闇のなか　櫂　未知子

【飾海老《かざりえび》】　**海老飾る**

鏡餅・蓬莱または注連飾などに添えて飾る海老をいう。長い髭《ひげ》と尾部が曲がっている姿が長寿の老人を思わせることから、めでたいものとして飾られる。❖伊勢海老が特に好まれる。

飾海老ひんがしへ向け安房《あは》の端　木村蕪城
伊勢といふ字のさながらに飾海老　鷹羽狩行
落日の他は急がず飾海老　星野高士
飾海老古希の珍らしからぬ世に　中村与謝男

【飾臼《かざりうす》】　**臼飾る**

農家で、臼に注連縄を張り、上に鏡餅を供えること、またその臼。稲作が重要なわが国において、臼は特に大切なものである。そこで、正月を迎えるにあたって、洗い清めて飾る。

薪水の引き水あふれ飾臼　藤本安騎生
あかねさす近江の国の飾臼　有馬朗人
国生みの双嶺を上ミに飾臼　松田雄姿
ぽつかりと口開けてをり飾り臼　今瀬剛一
飾りたる臼の家紋も古りにけり　大島鋸山

【飾米《かざりごめ》】　米飾る

蓬莱《ほうらい》台の上に敷きつめる白米のこと。飾る米の量は各地で違いがある。❖米は富草《とみくさ》ともいわれ、繁栄の象徴でもあった。

白妙の雪にまがふや飾り米　吉田冬葉
いくつぶか床にもこぼれ飾米　木内怜子
飾米一粒嚙んでみたりけり　上谷昌憲

【歯朶飾る《しだかざる》】　裏白飾る

歯朶の葉を注連縄や蓬莱、鏡餅などに飾り新年を祝うこと。葉が対で、表が鮮やかな緑色で裏が白いので裏白ともいう。❖古くから縁起の良いものとして正月飾りに用いられてきた。

棚の歯朶天の裏白と申すべう　鶯笠
三方を真直に匡す歯朶飾　道山昭爾
山神に分けて貫ひし歯朶飾る　中村ひろ子

【橙飾る《だいだいかざる》】

橙の実を注連縄や蓬莱、鏡餅などに添えたり載せたりして新年を祝うこと。年を越しても実がついていることから、橙は「代々」の意とされ、永続を表す縁起物として正月の飾りに添えられる。

背を正し葉つき橙飾りをり　高木良多
軒の灯にまさる橙飾りけり　中根美保
橙のたゞひと色を飾りけり　原石鼎
山と真向ひ橙を飾りけり　鷲谷七菜子

【野老飾る《ところかざる》】

野老を蓬莱《ほうらい》などに飾ること。野老は山芋に似た植物で、長い鬚根《ひげね》が老人を想起させ、めでたいものとされた。毎年掘り出すふつうの芋に比べ、野老は、土中に長期間置くほど長く大きくなることから、長命を連想させるようになった。❖海の海老に対して野老、すなわち「野の老人」ということである。

正すべき向きなき野老飾りけり　片山由美子
ひんがしの明るし野老飾りたる　櫂　未知子
白鬚を飾り野老を飾りけり　上羽津由子
ひげの砂こぼし野老を飾りけり　沢木欣一

【穂俵飾る《ほだはらかざる》】　ほんだはら飾る

穂俵を蓬萊《ほうらい》に用いること。穂俵は海藻の一種で、葉にある気泡が米俵に似ていることから、縁起物として用いられるようになった。干してから藁で束ね、これをそのまま、あるいは藁で俵の形に整えたものを正月の飾りや蓬萊飾などに用いる。

穂俵の縺《もつ》れをほぐし飾りけり　小林狸月
ほんだはら黒髪のごと飾り終る　山口青邨

【福藁《ふくわら》】　福藁敷く　ふくさ藁

門口や庭に敷いた新しい藁。正月の神を祀るあいだ、不浄を除くためとも、賀客を迎えるためともいわれる。

福藁や塵さへ今朝のうつくしき　千代女
福藁に降りて雀の見えぬなり　今瀬剛一
福藁や風ひとつなき裏の山　太田寛郎
福藁や鼻梁をすべる眼鏡あり　中原道夫
福藁の沈み心地を福とせり　馬場龍吉
雨あしのにぎにぎしくもふくさ藁　鷹羽狩行

【年男《としをとこ》】

家々の正月の行事を司る男。元旦の若水汲み、炊事の火の焚きつけ、歳神《としがみ》への供物の取扱いなどをする。❖近年では、その年の干支に生まれた節分の豆撒き役の人をいうことが多い。

真白にかしらの花や年男　許六
かしこまる腰の高さよ年男　扇甫

年男松のしづれをあびにけり　高田蝶衣
年男らしき立居を井のほとり　宇多喜代子

【年賀《ねんが》】　**年始**　**年礼《ねんれい》**　**廻礼《くわいれい》**　**年始廻《まは》り**
賀詞《がし》　**賀詞《よごと》**

元日から三日までのあいだに、知人や親戚、近隣を訪問して新年の賀詞を述べあうこと。❖古くは正装し威儀を正して訪ね、喰積《くいつみ》や蓬萊《ほうらい》などの食礼を行い、大いに賑った。

礼受けて春めき居るや草の庵　太　祇
御年初の返事をするや二階から　一　茶
武蔵野の芋さげてゆく年賀かな　佐野青陽人
深大寺蕎麦を啜りて年賀かな　星野麥丘人
年賀の子小犬もらつて戻りけり　嶋本波夜
廻礼や村内ながら雪の坂　松根東洋城
舟に舟寄せねんごろに賀詞交す　吉原一暁
とうとうたらりと春の賀詞《よごと》かな　能村登四郎

【御慶《ぎよけい》】

新年にお互いに述べあう祝いのことば。❖普段は親しみ馴《な》れた間柄でも、御慶だけは改まって行うところがおもしろい。

新春の御慶はふるき言葉かな　宗　因
三条の橋を越えたる御慶かな　許　六
長松が親の名で来る御慶かな　野　坡
丁寧に妻に御慶を申しけり　浦野芳南
末の子の折目正しき御慶かな　上野　泰
歌舞伎座の廊下にながき御慶かな　喜多みき子
ほほゑみのまづ頬にでて御慶かな　鷹羽狩行
みづうみの水を負ひたる御慶かな　大石悦子
日のあたる二階へ御慶申しけり　高田正子
入国の列に並びて御慶かな　山田佳乃
自転車を互ひに止めて御慶かな　牛田修嗣

【礼者《れいじや》】　**門礼《かどれい》**　**門礼者**　**賀客**　**年賀客**
年始客　**女礼者**　**礼受《れいうけ》**

正月三が日に訪ねてきて、祝いのことばを述べる客をいう。玄関先で急いで辞する客を門礼といい、その客を門礼者という。また、玄関で祝辞を受けることを礼受といった。❖この儀礼を通信の様式にしたのが年賀状だといってもよい。

雪掻けば直ちに見ゆる礼者かな　前田普羅
ひそと来てひそと去りたる礼者かな　久保田万太郎
松ヶ根の雪踏み去ぬる礼者かな　富田木歩
鈴の音して玄関に礼者かな　豊長みのる
門礼や草の庵にも隣あり　正岡子規
ややありて女のこゑや門礼者　岸田稚魚
枝のべて賀客にふるる門の松　山口青邨
鎌倉の松の緑に賀客かな　星野立子
靴大き若き賀客の来て居たり　能村登四郎
父のせしごとく賀客をもてなしぬ　山口いさを
大風の畦より賀客むかへけり　市村究一郎
風呂敷をふはりと解きて年始客　佐藤博美
女礼者らしく古風につゝましく　高浜虚子
女礼者汐ひくごとく帰りけり　牧野寥々
風呂敷も女礼者もすたれたる　三村純也
礼受や雲水の礼うつくしく　岡村浩村

【年玉《としだま》】　お年玉

新年の贈り物をいう。歳神《としがみ》に供えられたものが人々に分けられる、すなわち神から配られるものが年玉だと考えられていた。古くはさまざまな物を贈ったが、のちには餅を贈るようになった地域が多い。現在ではもっぱら子どもなどに与える金銭や物品をいう。❖歳暮が目下の者から目上に贈る物であるのに対し、年玉はその逆。

年玉に梅折る小野の翁かな　言水
年玉をならべておくや枕許　正岡子規
年玉や水引かけて山の芋　村上鬼城
年玉の襟一トかけや袂より　久保田万太郎
年玉を妻に包まうかと思ふ　後藤比奈夫
年玉を姪よりもらふめでたさよ　菖蒲あや
年玉の化けてつまらぬものばかり　中原道夫
風呂敷の色をひろげてお年玉　上野章子

預けには来ぬ子となりぬお年玉　鷹羽狩行
いただいて何やら香るお年玉　甲斐由起子

【賀状《がじやう》】　年賀状

年賀の意を記した封書やはがきをいう。❖元旦に届けられる年賀状の束には、独特の喜びを感じる。

草の戸に賀状ちらほら目出度さよ　高浜虚子
猫に来る賀状や猫のくすしより　久保より江
〝長命寺さくらもち〟より賀状かな　久保田万太郎
賀状うづたかしかのひとよりは来ず　桂　信子
峠の名よみがへりたる賀状かな　菅原鬨也
手鏡のごとく賀状をうらがへす　岩淵喜代子
希望が丘緑ヶ丘より賀状くる　宇多喜代子
賀状来るまた聞き慣れぬ任地より　井出野浩貴
嵩なして男ざかりの年賀状　大島民郎

【書初《かきぞめ》】　筆始《ふではじめ》　試筆《しひつ》　吉書《きつしよ》

新年に初めて毛筆で文字を書くこと、また書いたもの。正月二日にめでたいことばを選んで書初にすることが多く、室内に張って祝ったりする。書いたものを吉書と呼ぶ。学校教育の普及で、毛筆を使う機会の少ない現代でも広く行われている。❖「書き始む」など、動詞化は避けたい。

筆ひぢてむすびし文字の吉書かな　宗　鑑
書初や紙に落ちたる竹の影　方　明
書初や平仮名一人一字づつ　久保田万太郎
書初やうるしの如き大硯　杉田久女
書初の龍は愈々《いよいよ》翔《た》たむとす　有馬朗人
吉野紙うちひろげたり筆始　深見けん二
くれなゐの色紙を選ぶ筆始　野見山ひふみ
文鎮の位置定まれる筆始　藤木倶子
腰浮かし試筆くたびれ易きかな　阿波野青畝
一字なほにじみひろごる試筆かな　皆吉爽雨
沖荒の見ゆる二階に試筆かな　茨木和生
百代と書き損じたる吉書かな　大石悦子

【初硯《はつすずり》】

新年になって初めて硯を使って墨を磨《す》ること。またその墨で字を書くこと。❖儀礼というより、実際に字を書くことに主眼がある。

百ばかり年といふ字を初硯　園女
ましろなる筆の命毛初硯　富安風生
初硯うなじをのべて磨りにけり　橋本鶏二
海よりも陸《をか》のかがやき初硯　鷹羽狩行
一滴に匂ひたちたる初硯　西山睦

【読初《よみぞめ》】読始《よみはじめ》

新年になって初めて書物を読むこと。かつて読初は朗々と音読するものだったが、現代では座右愛読の書をその年初めてひもとくことをいう。❖もとは読書始として宮中や将軍家などで新年初めての講読をいい、江戸時代に一般の人々も行うようになった。男子は『孝経』を読み、女子は御伽草子の『文正草子』を読んだ。

読初や読まねばならぬものばかり　久保田万太郎
読初や用ありて読む源氏など　山口青邨
読初の春はあけぼののなるくだり　下村梅子
読初や比翼連理の長恨歌　松崎鉄之介
読みぞめに古今和歌集春の哥《うた》　川崎展宏
読初の巻の十四の東歌　大石悦子
読初の江戸を離るる翁かな　若井新一
栞りたるところを開き読始　山崎ひさを
現代語訳をたよりに読始　牛田修嗣

【仕事始《しごとはじめ》】事務始　初仕事

新年、各人が初めてそれぞれの仕事に取りかかること。❖もともとは、正月に仕事を始める儀式を指した。近年では、官庁の御用始および会社の仕事始の日はさまざまだが、独特のめでたい雰囲気が残っている。

船曳《ひ》くを仕事始の男かな　鈴木真砂女
風の街見てゐる仕事始かな　村沢夏風
柝《き》を入れて仕事始の兜町　村瀬水螢

文鎮の重たき仕事始めかな　永方裕子
手を洗ふことより仕事始かな　津久井紀代
事務始青き文字飛ぶ電算機　猿橋統流子
漂泊の想ひ濃くなる事務始　乾　燕子
遠富士がビルの間にある初仕事　寺島ただし

【初旅《はつたび》】　旅始

新年になって初めての旅行のこと。❖改まった気分で出かける旅は、ふだんと異なり、新鮮な気分で風景を味わうことができる。

初旅や福の字つらね下関　阿波野青畝
初旅や駅弁うまき予讃線　草間時彦
初旅や島の昼餉《ひるげ》の鯛茶漬　轡田　進
初旅の搭乗券を胸にさし　山崎ひさを
初旅や富士見えてより富士を見て　鷹羽狩行
初旅や音もたへなるささら滝　三田きえ子
初旅の宿は妻籠《つまご》に定めけり　磯野充伯
初旅の富士より伊吹たのもしき　西村和子
初旅の船しろがねの水を吐く　小山玄黙

【乗初《のりぞめ》】　初乗　初電車　初飛行

新年になって初めて電車・自動車・船・飛行機などの乗り物に乗ること。❖季語としては、新調した乗り物に初めて乗ることではない。

乗初や酒くみかはす蜑《あま》小舟　左　文
おとなしく人混みあへる初電車　武原はん
初電車子の恋人と乗り合はす　安住　敦
空席もちらほらあるや初電車　波多野爽波
初電車待つといつもの位置に立つ　岡本　眸
初電車膝にたもとの花かさね　佐藤和枝
機嫌よき赤児の声の初電車　吉田成子
海見えてすこし揺れたり初電車　河内静魚
初電車雪の近江に着きにけり　日原　傳

【御用始《ごようはじめ》】

官公庁で一月四日に仕事を始めること。↓御用納（冬）

うつうつと御用始めを退けにけり　細川加賀

宮内庁書陵部御用始かな　山崎ひさを
振袖が御用始の階のぼる　小畑柚流

【初市《はついち》】　**初市場《はつしぢやう》**　**初立会《はつたちあひ》**　**初相場《はつさうば》**　**初糶《はつせり》**

新年初めて開く、魚・青果などの市場。初取引である。以前は二日に行われたが、近年では四日に行われるところが多い。この日の初取引の値段が、初相場である。また証券取引所でその年初めての取引を大発会《だいはっかい》、または初立会という。❖この日はいわゆる御祝儀相場といい、買手の方で買値を弾んだりして、お祝い気分に包まれる。

初市にどっかと坐る島豆腐　平良雅景
初市のうしろは加茂の流れかな　金子晉
初市の大き海鼠を摑み出す　宮田正和
初市の祝儀値弾む瀬田蜆　斎藤朗笛
初市の鯛売れしこゑ高めたり　大串章
初糶や山も港もまだ明けず　長沼紫紅
初糶を待つ翻車魚《まんばう》の二畳程　小澤實

【初商《はつあきなひ》】　**商始《あきなひはじめ》**　**売初《うりぞめ》**　**初売**

新年になって初めての商売をいう。❖かつて、商家では大晦日《おほみそか》の夜まで働き、元日は福が逃げぬようにと店を閉じて商売をせず、二日から営業するのが習わしだった。近年では元日から営業している店も多い。

束子《たはし》より初商のしづくかな　奥坂まや
玩具屋の物みな動き初商　朱月英
売初や管の先なる飴細工　百合山羽公
控へ目に初売のもの仕入れけり　鈴木真砂女
初売りの五寸角材抛《はふ》り出す　村山古郷
初売の奥に灯《とも》して古書の店　鈴木蚊都夫
初売りのお辞儀の列の中通る　若井菊生

【初荷《はつに》】　**初荷舟**　**初荷馬**　**飾馬**

新年になって初めての商品を送りとどけること、またその荷物。かつては正月二日に卸問屋や大商家などが注文の荷を華やかに飾り立てた荷馬車で回って得意先に届けた。初荷馬は、初荷を積んだ車を曳《ひ》く馬のこと。❖現在でも仕事始の日に、幟旗《のぼりばた》や紅白の幕で飾られた車やトラックが、初荷を運ぶ。

村百戸海老《えび》を栄螺《さざえ》を初荷とす　鈴木真砂女
地に下ろす大吟醸の初荷かな　丸山しげる
風が飛ばす仙台訛初荷ゆく　山田みづえ
淡路より着きて初荷の水仙花　谷　迪子
初荷着く解かざるうちの縄匂ふ　神蔵　器
紐赤く伊勢の初荷の届きけり　伊藤通明
赤道を越え行く船の初荷かな　大串　章
踏切に止められてゐる初荷かな　山本一歩
橋いくつくぐる隅田の初荷舟　宇都木水晶花
初荷船島へ合図の笛鳴らす　木内彰志
おとなしくかざらせてゐぬ初荷馬　村上鬼城
初荷橇《ぞり》まつ毛の長き馬に逢ふ　本宮哲郎

【買初《かひぞめ》】　初買

新年になって初めてものを買うこと。❖初商・初売などと同様、かつては二日とされていた。

買初に雪の山家の絵本かな　泉　鏡花
買初の小魚すこし猫のため　松本たかし
買初の花菜つぼみを一とつかみ　宮岡計次
買初や文字くれなゐの筆の銘　鈴木鷹夫
買初の大き袋に尖るもの　星野恒彦
買初の花屋の水をまたぎけり　小島　健
買初のどれも小さきものばかり　仁平　勝
買初の赤鉛筆の五六本　三村純也
初買の鶯笛もその一つ　伊藤柏翠

【新年会《しんねんくわい》】

新年を祝うために宴会を開くこと。❖地域によっては同窓会を兼ねることもある。

福耳のはなしになりぬ新年会　菊池隆子
夜は夜の顔ぶれとなり新年会　菊池共子
新年会大人の卓と子らの座と　小倉京佳

【初句会《はつくくわい》】

その年最初の句会。❖新年の気分さめやらぬうちの句会であり、独特のめでたさや華やかさが詠まれることが多い。

上人と一つ火桶に初句会　原田浜人
折詰の紐の赤房初句会　猿橋統流子
御僧の紬を召して初句会　上﨑暮潮
根付鈴かすかに鳴れる初句会　古賀まり子
一回も名乗りをあげず初句会　荒川　実
窓近く東山あり初句会　岩崎照子
誰も富士詠まむと黙す初句会　福田甲子雄
初句会土佐大神の軸掛かり　松林朝蒼
誰が袖の香のこぼるるや初句会　藤田直子
入魂の一句採られず初句会　井出野浩貴

【薺打つ《なづなうつ》】　薺はやす　七種《ななくさ》打つ　七種はやす

七種粥に入れるための若菜を刻むこと。六日夜または七日早朝に、右手に包丁、左手に杓子を持って、俎《まないた》に載せた若菜を叩く。春の七草を薺に代表させて「薺打つ」という。❖若菜を刻むとき、「七種なずな　唐《とう》土《ど》の鳥が日本の土地に渡らぬ先に」などと、節をつけて唱え言をする。

八方の岳しづまりて薺打　飯田蛇笏
薺打つ荒磯の町をとほりけり　飴山　實
いましがた止みたる雨や薺打つ　雨宮きぬよ
日本のあちこちに富士なづな打つ　奥坂まや
薺打つ仏間に香り届くまで　前田攝子
母よりは高き声上げ薺打ち　九鬼あきゑ

【若菜摘《わかなつみ》】　若菜摘む　若菜狩　若菜籠

七種粥に入れる若草を摘むこと。古くは新年初めての子《ね》の日の行事だったが、後には、六日に七種のために草を摘むことを指すようになった。❖『百人一首』の〈君がため春の野にいでて若菜摘むわが衣手に雪は降りつつ　光孝天皇〉でも知られる。

草の戸にすむうれしさよわかなつみ　杉田久女

山すその風を踏みしめ若菜摘　江崎紀和子
摘み来たる若菜見せあふ姉妹　津田清子
若菜籠抱いて訪れくれし人　今井つる女
若菜籠すずなすずしろ秀いでけり　山田みづえ
若菜籠腰にはづませ畦移る　西村和子

【七種粥《ななくさがゆ》】　七草粥　七日粥《なぬかがゆ》　薺粥

七種の若菜を入れて炊いた粥。正月七日の朝に食べる。これを食べると万病を除くと信じられ、平安時代の初めから宮中で行われていたものが一般に広まった。

濤音の七草粥を吹きにけり　飯島晴子
七草粥冷えそめたるはあはれかな　きくちつねこ
七草粥欠けたる草の何何ぞ　鷹羽狩行
七草粥川の明るさ背にのこり　友岡子郷
吾が摘みし芹が香に立つ七日粥　小松崎爽青
吹くたびに緑まさりて七日粥　小沢初江
山腹に日の当たりゐる七日粥　藤田枕流
七日粥息やはらかく使ひけり　土肥あき子
薺粥独りの音を立てにけり　渡辺桂子
なづな粥吹きよせて野のあさみどり　稲島帚木
煮え立ちてはるけき色の薺粥　廣瀬直人
ゆつくりと空見てよりの薺粥　田村正義

【七種爪《ななくさづめ》】　七草爪　薺爪

正月七日に爪を切ること。薺は邪気を祓《はら》うことから、それを浸した水や茹でた汁などに爪をつけてから切った。↓薺打つ

あかんぼの七種爪もつみにけり　飴山實
摘むほどもなき薺爪つみにけり　室積波那女
薺爪ほろほろ一人にも慣れて　角川照子
藍染めの藍をとどめて薺爪　八染藍子

【福達磨《ふくだるま》】　達磨市

開運や厄除けを願い、神棚に飾る達磨。願いごとがあると片目のみに墨で目を入れ、後日、願いがかなうと両目を入れる。年末から正月にかけて各地で達磨を売る市が立つ。❖正月六〜七日に群馬県高崎市の達磨

寺の境内に立つ達磨市は有名。

福達磨豊旗雲の輝きに　有馬朗人
福だるま妙義は雲を飛ばしけり　大嶽青児
福達磨瞳なければけがれなし　福神規子
大風の森ゆるがせり達磨市　水原秋櫻子
逞しき樫の走り根達磨市　柿沼　茂
突立ちて達磨のなかの達磨売り　飯塚樹美子

【鏡開《かがみびらき》】　鏡割　鏡餅開く

正月に歳神《としがみ》に供えた鏡餅を割ること。十一日にするところが多い。鏡餅は刃物で切ることを忌み、槌《つち》などを用いて割る。開いた餅は汁粉やかき餅などにして食べる。❖「割る」の忌《いみ》ことばとして「開く」を用いる。

銀行の嘉例の鏡びらきかな　久保田万太郎
鏡開明日となりぬ演舞場　水原秋櫻子
野の雲のまばゆき鏡開きかな　友岡子郷
鉈の背で打つては杣の鏡割　青柳志解樹
皹《ひび》に刃を合せて鏡餅ひらく　橋本美代子
鏡餅ひらくや潮の満ちきたり　林　徹
しろがねの手応へ鏡餅ひらく　遠藤若狭男

【蔵開《くらびらき》】　御蔵開

新年に吉日を選んで蔵を初めて開く祝い。江戸の数え歌にも「十一日は蔵開き、お蔵を開いて祝いましょう」とあるように、十一日に行うことが多かった。❖ほとんどが鏡開の日でもあり、開いた餅で雑煮や汁粉を作り、酒肴《しゅこう》の用意をして、蔵の中や周りで祝った。

風に向いて並ぶ雀や蔵開　青木月斗
腰に鳴る錠にぎやかな蔵開き　宮田戊子
大鍋にとびこむ火の粉蔵開き　太田寛郎

【年木《としぎ》】　若木　節木《せちぎ》　祝木《いはひぎ》

新年に歳神《としがみ》を迎えるための薪。小正月の粥《かゆ》杖《づえ》や鳥追《とりおい》棒・削掛《けずりかけ》・餅花など、さまざまな行事の材料としても用いられる。→年木樵《としぎこり》

その家の年木を誉めて通りけり　飯島晴子
上木を選び為成《しな》せし年木かな　茨木和生
祝木の燃えてひゆるひゆる泡噴けり　三森鉄治

【鬼打木《おにうちぎ》】　鬼木

正月十四日や小正月に門口に立てる木。胡桃《くるみ》・合歓《ねむ》・樫《かし》の木などを伐り、その一面を削って、十二月という字や十二本の横線を書く。それを神仏に供え、門口に立てる。鬼や悪疫を祓うとされた。❖地域によって鬼打木のほか、鬼除木・新木《にゅうぎ》・門入道など、さまざまな呼び方がある。

鬼打木門安かれと思ふかな　広江八重桜
鬼打木雪道あけて立てらるる　清水渓石

【十五日粥《じふごにちがゆ》】　小豆粥《あづきがゆ》　粥柱《かゆばしら》

正月十五日の朝に、粥を作って神に供え、人も祝い食すること。小豆の持つ霊力が信じられていたので小豆を入れて作ることが多い。餅を入れることもあり、この餅を粥柱と呼ぶ。また、粥でその年の豊凶や天候を占う地方も多い。満月の日の粥という意味で「望《もち》の粥」ともいう。

十五日粥のかなたや風の色　宇多喜代子
小豆粥祝ひ納めて箸白し　渡辺水巴
杉箸のほのかに染まり小豆粥　猿橋統流子
色うすきことのめでたし小豆粥　深見けん二
ほのぼのと山辺なりけり小豆粥　綾部仁喜
亡き母の正坐思へり小豆粥　中嶋鬼谷
粥柱しづかに老を養はむ　富安風生
垂直に湯気を上げたる粥柱　鷹羽狩行

【万歳《まんざい》】　三河《みかは》万歳　大和《やまと》万歳　加賀万歳

正月に家々を訪れて祝言を述べる門付けの一種。万歳太夫《たゆう》と才蔵の二人一組が通例である。鎌倉・室町時代には千秋《せんず》万歳といって、御所などに赴いた。江戸時代には三河万歳が江戸城へ参入した。主役の太夫は正式には大紋に風折烏帽子《かざおりえぼし》で、脇役の才蔵は素袍《すおう》に侍烏帽子《さむらいえぼし》で、門ごとにおもしろく節をつけて賀詞を述べ、立舞をする。❖正月の街頭の光景には欠かせないものだったが、現在では秋田県・石川県・愛知県などわずかに残るのみである。

万歳の烏帽子さげ行く夕日かな　闌更
万歳の里見廻して山ばかり　百合山羽公
万歳や合点々々の鼓打つ　八木林之助
万歳の冠初めよりゆるむ　森田峠
万歳に陽ざしの深き一間あり　児玉輝代
万歳の舞の手富士をゑがきけり　茂惠一郎
一島をあげて万歳もてなせり　茨木和生
万歳の袖をひらけば二羽の鶴　片山由美子
万歳の間に玄界のどよもしぬ　野中亮介
三河万歳東京行は混みにけり　加藤かけい
大盃を加賀万歳は飲み干しぬ　細川加賀

【獅子舞《ししまひ》】　**獅子頭《ししがしら》**

新年の門付けの一種。獅子頭をかぶり、笛太鼓などではやしながら、家々を訪れて舞い歩き、子どもの頭を噛《か》む真似などをして厄払いをする。家々ではこの年頭の旅芸人をめでたいものとして喜んだ。❖二人立ちと一人立ちのものがあり、土地によって演じ方や曲目に特徴がある。

獅子舞のきて昼ちかくなりにけり　久保田万太郎
獅子舞は入日の富士に手をかざす　水原秋櫻子
獅子舞の獅子さげて畑急ぐなり　森澄雄
獅子舞の口かたかたと子を泣かす　小林都史子
獅子舞のしばらくをりし古江かな　山本洋子
獅子舞の楽すすみゆく山河かな　伊藤敬子
獅子頭背にがつくりと重荷なす　西東三鬼
足裏を舐めて寝に入る獅子頭　水沼三郎

【猿廻し《さるまはし》】　**猿曳《さるひき》**　**猿使ひ**

新年の門付けの一種。猿を背負って家々を

回り、太鼓を打ちつつ芸をさせる。古くから猿は厩《うまや》の守りとされ、馬と関係の深い武家や農家の厩の祓いをして、一年間の無事を祈るのが本来の姿であった。のちに正月の祝福芸となり、宮中などに出入りするようになった。

つながるる三尺の世やさるまはし　大江丸
猿廻し去る時雪の戸口かな　原石鼎
回廊に潮引いてゐる猿回し　山田弘子
人波の上の青空猿廻し　星野高士
結び目の確とありけり猿廻し　堀切克洋
猿曳や猿より深き礼をして　日原傳

【春駒《はるこま》】　**春駒舞　春駒万歳**

新年の門付けの一種。木で作った馬の首にまたがり、頰被《ほおかぶり》、裁着袴《たっつけばかま》のいでたちで「めでたやめでたや春の初めの春駒なんぞや、夢に見てさえよいとや申す」などと節おもしろく歌いはやして歩く。❖江戸時代には諸国で見られたが、現在では、二人で行う新潟県佐渡市の相川地区のもの、山梨県甲州市、沖縄県などに残るのみ。

春駒や男顔なる女の子　太祇
春駒の子にさし櫛を与へけり　松瀬青々
春駒の氷柱くぐりて来りけり　小宮山政子

【鳥追《とりおひ》】

新年の門付けの一種。編笠をかぶった女が三味線を弾き歌って、町家の店頭に立って歩いた。起源は、農家の小正月の行事から。正月十四日または十五日の暁に子どもが中心になって田畑の害鳥を追い払う呪《まじな》いとして鳥追歌を歌った。これが職業化し、正月の門付け芸になった。

鳥追や笠のぞかるる女声　亀兮
鳥追の手甲の紺の饐えにけり　八田木枯
鳥追のひるがへりゆく渚かな　大石悦子

【傀儡師《くわいらいし》】　**傀儡師《くぐつし》　傀儡《くわいらい》　傀儡《くぐつ》　夷廻《えびすまはし》**

し

木偶廻《でくまは》し

新年の門付けをして歩いた者。首に人形箱をかけて各戸を訪れ、種々の人形を舞わせて歩いた。「くぐつし」などともいう。一種の漂泊民の集団だが、のちに職能集団を作り、摂津国《せっつ》（兵庫県）西宮《にしのみや》の夷舁《えびすか》きなどが名高かった。江戸時代には門付け芸となり、諸国を巡り歩いた。現在では、ほとんど見られない。

傀儡師しの田の森に入りにけり　梅室
みな見せて寂しうなりぬ傀儡師　藤　太郎
傀儡師波の淡路の訛《なまり》かな　永田青嵐
傀儡師鰤《ぶり》大漁の町に入る　森田　峠
傀儡師は不意に傀儡と入れ替はる　柿本多映
傀儡のこときれたるは糸放す　長谷川双魚
傀儡の頭がくりと一休み　阿波野青畝
玉の緒のがくりと絶ゆる傀儡かな　西島麦南
一息に魂を入れ木偶廻し　有馬朗人

【着衣始《きそはじめ》】

新年に初めて新しい着物を着ること、またその儀式。❖江戸時代には、正月三が日のうち吉日を選んで着衣始の祝いをした。現在では、春着を初めて着る時などにも用いられる。

物堅く祇園に住むや著衣始　小沢碧童
佩香にとほき日かよふ着衣始　榊原敏子
姿見を日向に出せる着衣始　井上弘美

【春着《はるぎ》】　春著《はるぎ》　正月小袖《しやうぐわつこそで》　春小袖　花小袖　春襲《はるがさね》

新年に着る晴着のこと。❖かつての正月は、外出時だけでなく家庭内でも改まった衣装を身に着けた。春の花衣同様、季節のめりはりを強く意識した季語である。春の着物のことではない。

老いてだに嬉し正月小袖かな　信徳
うき人に蜜柑つぶてや春小袖　銀獅

一軒家より色が出て春着の児　阿波野青畝
誰《た》が妻とならむとすらむ春着の子　日野草城
膝に来て模様に満ちて春着の子　中村草田男
少年や春着の姉をまぶしとも　藤松遊子
竹生島行きの桟橋春着の子　山本洋子
春着の子見越しの松の下に立つ　田邉富子
松風に吹かれてをりぬ春着の子　荒木かず枝
かりそめの襷かけたる春著かな　久保田万太郎
遊びみな春著の袂ひるがへし　後藤比奈夫
教へ子に逢へば春著の匂ふなり　森田　峠
からたちの垣に沿ひけり春著の子　加藤三七子
三才の春著を翅のごとひらく　辻田克巳
春著きてすこしよそよそしく居りぬ　山田弘子
春著の子古き言葉をつかひけり　田中裕明

【屠蘇《とそ》】　**屠蘇祝ふ　屠蘇酒《とそしゅ》　屠蘇散《とそさん》　屠蘇袋**

元日の祝膳で飲む薬酒。山椒《さんしょう》・肉桂《にっけい》・防風・桔梗《ききょう》・白朮《びゃくじゅつ》などを調合したものを三角形の紅の帛《きぬ》の屠蘇袋に入れ、酒や味醂に浸して飲む。無病息災を願い、一年の邪気を祓《はら》う。❖中国の名医華陀が処方し、日本には平安時代に渡来したという。邪悪なものを「屠り」、新しく「蘇る」の意で屠蘇の字が当てられたとも。

指につくとそも一日匂ひけり　梅　室
屠蘇飲んでほろと酔ひたり男の子　原田浜人
沈金の鶴を見て屠蘇干しにけり　阿波野青畝
次の子も屠蘇を綺麗に干すことよ　中村汀女
祖母も母も並びて小さし屠蘇を受く　古賀まり子
屠蘇注ぐや紅絹の匂ひをなつかしみ　伊藤敬子
屠蘇祝ふ長幼の序のありにけり　松崎鉄之介
屠蘇祝ふ傘寿の母を戴きて　大橋敦子
我が家には過ぎたる朝日屠蘇祝ふ　戸恒東人
屠蘇の酒絹の小袋のこしけり　澁谷　道

【年酒《ねんしゅ》】　**年酒《としざけ》　年の酒　年始酒**

新年の酒、また年始廻りの客にすすめる酒

のこと。

供部屋がさわぎ勝ちなり年始酒　一茶
温顔のたとへやうなき年酒かな　中村若沙
年酒酌む大人のうしろにて遊ぶ　野村慧二
切箔の鬱金しづめる年酒かな　鷹羽狩行
息づかひしづかに父の年の酒　滝沢伊代次
婿となる青年と酌む年の酒　広渡敬雄
はらわたの紆余曲折を年の酒　中原道夫

【大服《おおぶく》】　大福《おおぶく》　福茶　大福茶《おおぶくちゃ》

元日に若水を沸かして飲む茶。山椒《さんしょう》・梅干し・昆布・黒豆などを入れた煎茶《せんちゃ》で、一家全員で飲み、邪気を祓《はら》う。大服を大福にかけて縁起物とする。村上天皇の治世に京の都で疫病がはやり、空也《くうや》上人に命じて、茶を上下貴賤《きせん》を問わず服用させるとたちまち平癒《へいゆ》し、天皇みずからも茶を飲んだという。その故事にちなんで、京都の六波羅蜜《ろくはらみつ》寺では毎年、正月三が日に皇服茶《おうぶくちゃ》をたて、参詣者に授与している。❖現在では京都のみならず、時期が来れば各地で売られる茶であり、実際に味わってみたい。

大服の底に沈める福いろいろ　佐藤郁良
金婚の夫婦《めおと》茶碗に福茶注《つ》ぐ　力石郷水
膝に日のあたる福茶をいただきぬ　西山誠
株安きままの今年の大福茶　草間時彦

【福沸《ふくわかし》】　福鍋《ふくなべ》

若水を沸かすこと。それに用いる鍋を福鍋という。新年初めて鍋をかけることを祝ってのことばである。正月四日などに鏡餅や年棚に供えたものを下げて雑煮にすることや、七草粥を炊くこともいう。

櫓山の馥郁とある福沸　綾部仁喜
鉄釜のやがて音に出て福沸し　鷹羽狩行
福鍋に耳かたむくる心かな　飯田蛇笏

【花弁餅《はなびらもち》】　葩餅《はなびらもち》　菱葩餅《ひしはなびらもち》　御焼餅《おやきかちん》

新年に食べる餅菓子。白餅もしくは求肥を

丸く平らにし、小豆汁で染めた菱形の餅を薄く重ね、甘く煮た牛蒡を二本のせ、白味噌の餡を挟んで二つ折りにする。御焼餅は女房詞。❖元は皇室の節料理のひとつ。正月行事用に作り、神前に供えた。民間の鏡餅にあたる。現在では茶道の初釜にも用いる。

あけぼのの色とも見えて花びら餅　能村登四郎
花びら餅女系家族に一女増え　下村志津子
葩びら餅長子の嫁となる人や　大石悦子

【雑煮《ざふに》】　雑煮祝ふ　雑煮餅　雑煮椀《ざふにわん》

新年を祝って食べる汁物。餅を主にして野菜や魚介、肉などを取り合わせるが、地域によってさまざまである。丸い餅や四角い餅を煮たり焼いたりし、魚介や肉で出汁をとったすまし仕立てや味噌仕立ての汁に入れる。具材の野菜は根菜類が多く、地域色の濃い葉物を添える。

立山の日の出を祝ふ雑煮かな　金尾梅の門
丸餅のどかつと坐る雑煮かな　草間時彦
井戸神の遠くに見ゆる雑煮かな　斎藤夏風
根《こん》のもの厚く切つたる雑煮かな　大石悦子
人参の捻《ね》ぢ梅うれし京雑煮　高島筍雄
馴染むとは好きになること味噌雑煮　西村和子
鰤《はららご》のみちのくぶりの雑煮祝ふ　山口青邨
朱の椀に白妙一つ雑煮餅　粟津松彩子
国生みのはじめの島の雑煮餅　川崎展宏
父の座に父居るごとく雑煮椀　角川春樹
国ひとつふるさとふたつ雑煮椀　荻原都美子

【太箸《ふとばし》】　祝箸　柳箸　孕《はら》み箸　雑煮箸《ざふにばし》　箸紙

新年の膳《ぜん》に用いられる白木の太い箸。多くは柳で作られ、家族それぞれの名を書いた箸紙に入れて出す。❖武家では箸が折れるのは落馬の前兆として忌むため、新年の箸は折れないように太くしたことが起源になっている。

太箸やころげ出でたる芋の頭《かみ》　籾山梓月
太箸に遠つ淡海の光かな　有馬朗人
昔より細うなりけり柳箸　高本時子
神路《かみぢ》山の焼印あるや雑煮箸　鈴鹿野風呂
これは〳〵腰がある餅雑煮箸　川崎展宏
箸紙の名の墨色が濃かりけり　榎本冬一郎
箸紙に来ぬかも知れぬ子の名書く　後藤比奈夫

【喰積《くひつみ》】　重詰《ぢゆうづめ》　節料理《せち》　お節

年賀の客をもてなすために飾る重詰料理。もとは儀礼的な取り肴《ざかな》で、賀客は実際に食べることはなく、食べる真似をするだけだった。現在では重箱に昆布巻き・田作《たづくり》・きんとん・叩き牛蒡・煮染《にしめ》・膾《なます》・数の子などの料理を詰めた節料理を用意しておいて、客に出すことが多い。

食積に堅田生れの諸子かな　阿波野青畝
食積や朱きは海老とたうがらし　草間時彦
喰積や甘きものとて軽んぜず　神尾季羊
食積や日がいつぱいの母の前　山田みづえ
喰積や白く峙つ甲斐の山　瀧澤和治
海見えてきんとん残る節料理　川崎展宏
金銀にまさるくろがね節料理　片山由美子

【草石蚕《ちよろぎ》】　ちようろぎ

縁起物として正月料理に用いられるチョロギの地下茎。巻貝のような独特の形をしており、梅酢で染めて黒豆に混ぜることが多い。❖彩りの美しさ、「長老木」とも聞こえる名前がめでたく正月にふさわしい。

草石蚕といふ夕あかりたまひけり　岡井省二
ちよろぎてふをかしきものを寿げり《ことほ》　千葉仁
紅ちよろぎ箸にはさめば君美し　山口青邨
めでたさはちよろぎの紅の縒《よぢ》れかな　梅村すみを

【数の子《かずのこ》】

鰊《にしん》の胎子《はらこ》を乾燥または塩漬けにした食品。乾燥品も塩漬けも水につけて戻し、出汁《だし》につけてから食べる。鰊がおびただしい卵を持っていることから、子孫繁栄を祈って正月の節料理に用いる。❖アイヌ語のカド、あるいは子孫繁栄を願う気持ちから数の子になったなど、語源は諸説ある。

数の子にいとけなき歯を鳴らしけり　田村木国
数の子を嚙み壮年の心ばへ　山口青邨
なほ口にある数の子の音楽し　阿波野青畝
数の子を嚙めばはるかに父の声　深見けん二
数の子の歯ごたへ数を尽くしつつ　鷹羽狩行

【田作《たづくり》】　ごまめ　小殿原《ことのばら》

片口鰯《いわし》の乾燥したものを炒ってから飴煮にしたもの。五万米《ごまめ》ともいい、正月の料理には欠かせない。小型の片口鰯をまず洗い、乾燥させたものを乾煎りし、醤油・砂糖・味醂《みりん》を煮立てた濃い甘辛の汁を、さっと絡める。田植えの祝儀肴《ざかな》として用いられたことから田作という説があり、また数が多いことや小さいながらも尾頭がついていることから武家では小殿原と呼んだ。

田作や碌々として弟子一人　安住敦
独酌のごまめばかりを拾ひをり　石川桂郎
どれもこれも目出度く曲るごまめかな　角川照子
減りしともなく減つてゆくごまめかな　三村純也
天日より得たる色艶小殿原　茨木和生

【切山椒《きりざんせう》】

正月用の餅菓子。しん粉に白砂糖を加えてこね合わせたものに山椒の汁を混ぜ合わせて作る。白や薄紅色で、ほのかな山椒の香りが喜ばれる。

わかくさのいろも添へたり切山椒　久保田万太郎
青空の冷え込んでくる切山椒　岸田稚魚
切山椒指につまんで淡きかな　小池文子
鎌倉の小町通りの切山椒　星野椿
つまみたる切山椒のへの字かな　行方克巳
下町に住むもよきかと切山椒　佐藤博美

【俎始《まないたはじめ》】　包丁始

新年になってから初めて俎や包丁を使うこと。❖元日はできるだけ家事をしないものとされてきたが、家族のためにはそうもいかないのが現実である。

俎始鯛が睨《にらみ》を効かせけり　鈴木真砂女
白波へ向かひ俎始めかな　友岡子郷
男の手ごつと俎始かな　須原和男
銀鱗のしぶく包丁はじめかな　三田きえ子

【初手水《はつてうづ》】

元日の朝に汲み上げた若水で、手や顔を洗い清めることをいう。初手水を済ませてから、神仏に祈る土地が多い。❖冷たい水で心身が清まる感慨は格別である。

白樺に湖《うみ》に雪飛ぶ初手水　渡辺水巴
杓の水揺れるを鎮め初手水　村上冬燕
沖雲に朱のひとすぢ初手水　奥名春江
生涯のてのひらをもて初手水　山尾玉藻

【掃初《はきぞめ》】　初箒《はつぼうき》

正月二日に初めて掃除をすること。江戸の商家などでは、元日は福を掃き出すといって掃除を忌み、箒を用いなかった。これは正月の式日を守って家に籠もっていた風習の名残と思われ、現在でも元日は掃除をしない家庭が多い。

掃きぞめの帚にくせもなかりけり　高浜虚子
山の辺のみちを掃初仕る　阿波野青畝
掃初やうつすら青き京畳　鷹羽狩行
二三羽の雀と遊ぶ初箒　岸田稚魚
ひとりにはひとりの塵や初箒　山田弘子

【初暦《はつごよみ》】　新暦《しんごよみ》

年が明けてから使い始める暦、あるいは新しい暦を使い始めること。昔の暦は京都の大経師暦《だいきょうじごよみ》、伊勢神宮の伊勢暦、江戸の江戸暦など、各地に特色あるものがあり、年末に売られた。❖ごく簡単なものから凝った

美しいものまで、種類はさまざま。→古暦
（冬）

一年も見るには安し初暦　宗雨
人の手にはや古りそめぬ初暦　正岡子規
とぢ絲のいろわかくさやはつ暦　久保田万太郎
改まる一間一間の初暦　石川風女
初暦真紅をもつて始まりぬ　藤田湘子
初暦大きく場所をとつてをり　星野椿
しばらくは反りたるままに初暦　池田秀水
日輪を金のふちどる初暦　木内怜子
一枚はナイルの没日新暦　中原道夫

【初湯《はつゆ》】　初風呂《はつぶろ》　初湯殿《はつゆどの》

新年になってから初めて風呂を立てて入ること。かつての銭湯では二日が初湯で、江戸時代には祝儀を包んで番台に置く習慣があった。❖若湯とも呼ばれ、若返りの願いもこめられた。

わらんべの溺るるばかり初湯かな　飯田蛇笏
海うつる鏡あふいで初湯かな　皆吉爽雨
にぎやかな妻子の初湯覗きけり　小島健
星々を煙らせてゐる初湯かな　佐藤郁良
初風呂をすこし賢くなりて出る　能村登四郎
惜しげなく初風呂の湯を溢れしむ　三村純也
初湯殿卒寿のふぐり伸ばしけり　阿波野青畝
初湯殿母をまるまる洗ひけり　大石悦子

【初刷《はつずり》】　刷初《すりぞめ》

新聞・雑誌などの印刷物を新年になってから初めて刊行すること。元日の新聞をさすことが多い。❖カラーページなども多く、いかにも新春の気分にふさわしい。

初刷をぽつてりと置く机辺かな　松崎鉄之介
初刷りの少し湿りて配らるる　飛鳥雅子
初刷やぽんと飛び出す戎紙　馬場公江
初刷のわけても松の色にほふ　鶴岡加苗

【初写真《はつしやしん》】

新年になって初めて写真を撮ること。また

その時撮った写真のことをもいう。❖かつては一家揃って毎年、正月に写真館で撮影などをしたものだが、近年はデジタルカメラや携帯電話などの著しい普及によって家庭で撮ることが多い。

初写真もつとも高き塔入れて　山口青邨
初写真妻子をつつむさまに立つ　久保田博
初写真われより母のうつくしく　片山由美子
初写真初写真とて二度三度　羽根木椋
亡き人の話を少し初写真　山西雅子
オホーツク海を背に負ひ初写真　櫂未知子
母は杖置きて写りぬ初写真　上野一孝

【初便《はつだより》】

年が変わってから初めて出したり、受け取ったりする便りをいう。❖年賀状は通常、初便とはいわない。

初便り一子を語るつまびらか　中村汀女
ちちははへ出雲より出す初便り　小島花枝
罫赤き用箋に書く初便り　大石悦子
ふくらんでゐるが嬉しき初便　岩田由美

【初電話《はつでんわ》】

新年になってから初めて電話で話すこと。

初電話巴里よりと聞き椅子を立つ　水原秋櫻子
ひと弾みつけて鳴り出す初電話　鷹羽狩行
百歳の母の声澄む初電話　両角玲子
いくたりも声をつなぎて初電話　中納弓生子

【笑初《わらひぞめ》】　初笑

新年になって初めて笑うこと。❖正月のなごやかな笑い声はめでたいものとされた。

泪すこしためたる父の笑初め　石原八束
その頰にしづかにたたへ初笑　富安風生
よき庭に嵐山あり初笑　波多野爽波
初笑ひ夫の笑ひと合はぬなり　大木あまり

【泣初《なきぞめ》】　初泣

新年になって初めて泣くこと。かつては元日から泣くと一年中泣き暮らすことになる

と、子をたしなめたものである。❖米《よね》こぼすという忌《いみ》ことばもある。↓米こぼす

泣初の子に八幡の鳩よ来よ　宮下翠舟
泣初の両手握ってやりにけり　山西雅子
初泣の子供を抱けばあたたかく　今井杏太郎
初泣の抱けば涙に夕日かな　村田脩

【米こぼす《よねこぼす》】　若水あぐ

三が日に泣くこと。涙ということばを忌み、米粒に見立ててこう呼んだ。初泣きを汲み上げる意味で「若水あぐ」ともいった。↓泣初

琴を弾き終へたるひとり米こぼす　茨木和生
遙拝の海のあかるさ米こぼす　井上弘美

【初鏡《はつかがみ》】　初化粧

新年になって初めて鏡に向かい化粧をすること。またはその際用いる鏡をもいう。

初鏡竹の戦《そよ》ぎに身の緊り　阿部みどり女
初鏡娘のあとに妻坐る　日野草城
母ひとり先に起出で初鏡　波多野爽波
かんざしの向き決めかねて初鏡　鷹羽狩行
空容れて旅の乙女の初鏡　大串章
向き変へて山を入れたり初鏡　川上良子
階下より呼ぶ声しきり初化粧　佐藤博美

【初髪《はつがみ》】　初結《はつゆひ》　初島田　結初《ゆひぞめ》　梳初《すきぞめ》

新年になって初めて結い上げた髪。正月の街頭などでは日本髪の女性も見かけられ、華やかな和服姿と調和して美しい。❖現在では洋髪についてもいう。

初髪のふせてなまめく目もとみよ　久保田万太郎
初髪のひとり娘のありにけり　後藤比奈夫
初髪の往来もありてこのあたり　清崎敏郎
抱擁や初髪惜し気なくつぶす　品川鈴子
初髪の妻のなかなか帰り来ず　桑島啓司
晴々と崩して来たる初島田　中原道夫

【初日記《はつにっき》】　日記始　新日記

新年になって初めて日記を書き始めること。

新しい日記帳を前にすると、すがすがしい緊張感を覚える。↓日記買ふ（冬）

志すこし述べたり初日記　下村非文
記すこと老いて少き初日記　中　火臣
晴天と書きしばかりや初日記　中村苑子
初日記一日がもうなつかしく　小川軽舟
雨あしの加はる日記はじめかな　三田きえ子
新日記三百六十五日の白　堀内　薫
新日記修正液をもう使ふ　大牧　広

【縫初《ぬひぞめ》】　縫始　初針《はつばり》

新年になって初めて針を持ち、裁縫をすること。かつては正月二日を縫初の日としている地域もあった。

縫初めの糸白くまだ街を見ず　神尾久美子
縫初は産着のしろき背守かな　榊原敏子
初針の浮き沈みゆく布の上　上野　泰

【初竈《はつかまど》】　焚初《たきぞめ》

元日になって初めて煮炊きをすること。かつては竈の火を焚きつけることを言ったが、今では竈に限らず、炊事することを指す。

松かさの火が廻りたる初竈　萩原麦草
初竈葛飾の野は近きかな　村山古郷
豆殻の音の加はる初竈　小澤慶子

【初釜《はつがま》】　初茶湯《はつちやのゆ》　初点前《はつてまへ》　釜始《かまはじめ》

新年初めての茶の湯のこと。初点前・釜始などともいう。茶道の家元や師匠の家で催される稽古《けいこ》始めをも含める。またこの茶会の際に炉にかける釜を初釜ということもある。その年初めて茶杓《ちやしやく》を削ることを「初削り」「削初《けずりぞめ》」「初茶杓」という。❖独特の華やかさがこの季語の身上。

初釜のはやくも立つる音なりけり　安住　敦
初釜の薄雪を踏みお正客　佐野美智
初釜や秘色のごとき炎立ち　大野崇文
初茶の湯鏡花にちなむ菓子添へて　大島民郎
菓子の名は下萌といふ初点前　片山由美子

みちのくの南部の音や釜始　阿波野青畝
火に仕へゐるがごとくに釜始　関森勝夫

【機始《はたはじめ》】　織初《おりぞめ》　初機《はつはた》

新年になって初めて機織りをすること。通常、二日に行うことが多い。かつて機織りは農家の女性にとって大切な仕事であった。
❖機始のときには機織りの音が各家から響いたものであったが、現在ではほとんど聞かれない。

古き機ふるき燭置き機始　水原秋櫻子
さざなみは光をはこび機始　鍵和田秞子
織ぞめや機神様へ窓あけて　松根東洋城
織初の紬《つむぎ》は強打して終る　橋本鶏二
織初めの筬音《をさおと》まぎれ深山川　鷲谷七菜子
織初の一打をつよくやはらかく　神尾久美子

【鍬始《くははじめ》】　鍬初《くはぞめ》　鋤始《すきはじめ》　初田打

新年になって初めて田畑に鍬を入れること。正月十一日に行われる所が多いが、三日や十五日など、地域によってまちまちである。田に鍬を入れ、豊作を願うめでたいことばを唱え、畦《あぜ》に幣《へい》や門松の松の枝を立てたりする。その時、餅などを供えて烏を誘い、豊凶を占う地方もあった。

ねむる田にひと声かけて鍬始　能村登四郎
神々のたたかひし野に鍬始　大峯あきら
三山の真中に打つ鍬始　有馬朗人
雲よりの太き日柱鍬始　鷹羽狩行
見慣れたる山を仰ぎて鍬始　阪本謙二
雪に挿す幣の影濃き鍬始　古市枯声
鍬初めに出てゐるたつた一人かな　阿波野青畝
初田打ここは海彦ばかりなり　友岡子郷

【山始《やまはじめ》】　初山　初山入《やまいり》　斧始《をのはじめ》　木樵初《きこりぞめ》

年の初めに山に入ること。またその儀式。木を伐り、米・餅・酒などを供えて、一年間の無事を祈る。日取りは二日や十一日など地域によってまちまちであり、呼び名も異なる。刈り取ってきた小枝で火を焚いたり、田植の時の煮炊きに用いたりする。また鳥に神供《じんく》を供える鳥呼びといわれる儀式を行うところもある。

わが影の木々に睦《むつ》みて山始め　加藤憲曠
一瀑のしづかに懸り山始　大峯あきら
音すべて谺となれり山始　黛　執
斧に吹く浄めの酒や山始　湯本牧人
落石のこだまを一つ山始　鷹羽狩行
ちらちらと子の蹤《つ》いてゆく山始　辻田克巳
しわしわと打つ柏手や山始　高橋睦郎
山始饑神《だる》にと餅を投げにけり　茨木和生
馬の眉間の白ひとすぢや山始　小澤　實
初山のよき松にゐる懸巣かな　大峯あきら
裏谷は歯朶《しだ》ばかりなり斧始　堀口星眠
日の底を人の動ける斧始　斎藤梅子

【初漁《はつれふ》】　漁始　初網

新年に初めて漁に出ること。二日に行われる漁師の仕事始は「船乗初《ふなのりぞめ》」「乗出し」などといい、沖で漁をする真似をして帰ってくるものである。❖正月二日の初漁に際して酒宴を催し、得た魚や御神酒、餅などを恵比須《えびす》神、漁の神、船霊《ふなだま》などに供える行事を「船祝い」「船起し」「起舟」などという。

初漁も古事記の浦に舫《もやひ》せる　平畑静塔
初漁や海境《うなさか》の青一文字　木内彰志
初漁のはなから太き水脈《みを》を曳き　檜　紀代
初漁の船霊さんに赤い餅　大石悦子
方違へして初漁の船を出す　茨木和生
漕ぎ出でて利島と並《な》みぬ漁はじめ　井沢正江
船に撒き海に酒撒く漁始　阿部月山子

【歌留多《かるた》】　骨牌《かるた》　歌がるた　花がるた
いろは歌留多　歌留多会

正月の屋内での遊びの一種。小倉百人一首に代表される歌がるたは和歌を書いた読み札を読み手が朗詠し、下の句が書かれた取り札を一同が取り合うもの。江戸時代に成立し、新年には競技会が行われる。いろは歌留多は代表的な絵がるたで、わかりやすく子どもたちの楽しみである。❖群馬県の上毛かるたや北海道の下の句かるたなど、「ご当地歌留多」と呼んでもいいほど、さまざまな種類の歌留多がある。

封切れば溢れんとするかるたかな　松藤夏山
かるた読む妻には妻のふしありぬ　下村ひろし
歌留多読む声のありけり谷戸の月　松本たかし
かるた読むはじめしばらく仮の声　大牧　広
まづこれやこのを覚えし子の歌留多　安原　葉
かるた飛ぶ畳にうすき音立てて　糸屋和恵
歌留多いま華胄の恋を散らしけり　岡田一実
座を挙げて恋ほのめくや歌かるた　高浜虚子
年々に古りゆく恋や歌かるた　久保田万太郎
さまざまに世を捨てにけり歌かるた　綾部仁喜
歌かるた掠め取られし恋の札　辻田克巳
読み札のいちまいを欠く歌がるた　伊藤白潮
ひらかなの散らかつてゐる歌留多会　後藤立夫

【双六《すごろく》】　絵《ゑ》双六《すごろく》

正月の子供の遊びの一種。現在では主に絵双六のことをいう。一枚の紙面に多くの区画を作り、数人で順番にさいころを振り、出た目だけ「振り出し」から区画を進む。これを繰り返し、早く「上がり」に達した者を勝ちとする。❖古く双六と呼ばれていたものは盤双六《ばんすごろく》といわれるインドから中国を経由して伝わったもので、現在ではほとんど行われていない。

双六の賽振り奥の細道へ　水原秋櫻子
ばり〳〵と附録双六ひろげけり　日野草城
双六の母に客来てばかりをり　加藤楸邨
双六の花鳥こぼるる畳かな　橋本鶏二
双六の振出しのまづ花ざかり　後藤比奈夫
双六の大津はいつも寄らで過ぐ　高橋睦郎

一振りで越ゆ双六の箱根山　大石悦子
双六の川止め一夜長きかな　中原道夫
広重の富士はみ出せる絵双六　和田華凜
見えてゐて京都が遠し絵双六　西村麒麟

【十六むさし《じふろくむさし》】

正月の遊戯の一種。一個の親駒と十六個の子駒で縦横に線が引かれた盤上で行う。子駒で親駒を囲んで動けないようにした場合は子の勝ち、親駒は子駒と子駒の間に入ると子駒を取ることができ、親駒を囲めないまでに子駒を獲得した場合は親の勝ちとなる。❖平安時代に日本に伝来し、世界中に類似のゲームがある。

幼きと遊ぶ十六むさしかな　高浜虚子
筆措いて妻と十六むさしかな　後藤比奈夫

【投扇興《とうせんきよう》】　投扇《とうせん》　投扇《なげあふぎ》

主に正月に行われる座敷遊戯の一種。江戸後期に流行した。まず、台の上に銀杏の葉の形をした器具を立てておく。これを二メートルぐらい離れた所から、開いた扇を飛ばして落とし、的の落ち具合や扇の開き具合によって勝敗を競う。明治のころ盛んに行われたが、現在では花街にその名残を見ることができるのみである。

投扇興みんな花散る里と散る　阿波野青畝
強運は投扇興の遊びにも　千原叡子
二の腕も見せて二十歳の投扇興　鈴木淑子
投扇逸れてひらめき落ちにけり　原田種茅

【福笑《ふくわらひ》】

正月に行う家庭の遊戯のひとつ。大きな紙にお多福の面の輪郭だけを描き、目隠しをした者に紙で作った眉目鼻口を置かせる。目や鼻をとんでもないところに置くことによって、ときに珍妙な顔に仕上がり、座が笑い興じる。

袖摺りて鼻の行方や福笑ひ　増田龍雨

福笑ひ寂しき顔となりにけり　内田美紗
花びらを置くここちして福笑ひ　大木あまり
目のうへにあがる口あり福笑　中原道夫

【羽子板《はごいた》】
羽子《はね》つきに用いる長方形で柄のついた板のこと。古くは胡鬼板《こぎいた》とも呼ばれた。初期の羽子板は単純な絵が描かれた簡素なものだったが、やがて京風の雅な内裏羽子板が現れた。江戸後期から当たり狂言を取った役者の似顔絵を押し絵にした羽子板が喜ばれるようになっていく。押し絵羽子板は遊戯用ではなく、床飾りあるいは初正月を祝う女の子への贈り物とされる。↓羽子板市(冬)

羽子板や唯にめでたきうらおもて　嵐雪
羽子板や母が贔屓《ひいき》の歌右衛門　富安風生
羽子板の重きが嬉し突かで立つ　長谷川かな女
羽子板の押絵の帯の金匂ふ　山口青邨
羽子板や子はまぼろしのすみだ川　水原秋櫻子
羽子板の裏絵てふこの淡きもの　金久美智子
羽子板に胸のふくらみありにけり　櫨木優子

【羽子《はね》つき】　羽子《はね》　羽子《はご》　追羽子《おひばね》　遣《やり》羽子《ばね》　揚羽子《あげばね》　羽子《つきはね》

女児の代表的な新春の遊びのひとつ。羽根を羽子板で突いて競う。無患子《むくろじ》の実に穴を開け、彩色した鳥の羽を差し込んで用いる。遊び方は二人以上でひとつの羽子をつき上げては送りあい、競いあう追羽子や遣羽子と、一人で数え歌を口ずさみながらつく揚羽子がある。❖もとは胡鬼《こぎ》の子遊びという蚊を追い払う呪いで、羽根は蚊を食べる蜻蛉の頭を模したものだったという説がある。

やり羽子は風やはらかに下りけり　支考
羽子つきのうしろが空いてゐたりけり　藤本美和子
羽子つくや母と云ふこと忘れをり　池上不二子
羽子をつくとき長身の妻にして　波多野爽波

大空に羽子の白妙とどまれり　高浜虚子
羽子の白いまだ暮色にまぎれず突く　野澤節子
東京もここらは静か羽子の音　今井つる女
うちあげし羽子の高きに構へけり　大橋宵火
羽子の音聞こゆる路地に入りけり　大串章
つく羽子の天より戻る白さかな　西宮舞
噴煙はなびき追羽子ながれがち　皆吉爽雨
追羽子や日の尾を引いて落ちきたる　川崎展宏
逸羽子のまた落日を急がせる　星野高士

【手毬《てまり》】　手鞠《てまり》　手毬つく　手毬唄

丸めた綿や糸を芯にして作った毬のこと。またそれを用いた女児の遊び。表面に美しい色糸を施したものや、芯に鈴などを入れて音の出るようにしたものなどもある。それほど弾まないので、縁側などで立て膝の姿でついて遊んだ。その時に歌われた毬つき歌には可憐《かれん》な歌詞のものが多く、「本町二丁目の糸屋の娘、姉は二十一、妹ははたち……」など江戸時代から歌われてきたものもある。明治になってゴム毬が普及するようになり、糸巻きの毬はほぼ姿を消し、毬つき遊びの形も変化した。しかし、各地に手毬製作の伝統は受け継がれている。❖鎌倉時代の『東鑑』に記述があるように手毬遊びは古くから行われていたが、起源についてははっきりしない。新春の季題となったのは江戸時代になってからである。

鳴く猫に赤ん目をして手まりかな　一茶
手毬つく顔のだんだんおそろしく　京極杞陽
それぞれに手毬の高さついてをり　岡安仁義
手毬つく紅唇すこしゆるみをり　髙柳克弘
手毬唄かなしきことをうつくしく　高浜虚子
忘れたるところはとばし手毬唄　今井つる女
手毬唄次第に早きひぐれどき　加藤楸邨
手毬唄それも忘るるもののうち　後藤比奈夫
手毬唄日向のひとつづつ消えて　関戸靖子

ふくいくと雲の生まるる手毬唄　三田きえ子
手毬唄あとかたもなき生家より　友岡子郷
湖の沖よく晴れて手毬唄　茨木和生
はりまにははりまのくにのてまりうた　松尾隆信
数ふるははぐくむに似て手毬唄　片山由美子

【独楽《こま》】　独楽廻《まは》し　独楽打つ　独楽の紐　勝独楽　負独楽　喧嘩独楽《けんくわごま》

男児の玩具、またそれを用いた遊び。紐を巻き付けて回転力を生み出すものが一般的である。独楽の古名は「こまつぶり」（「つぶり」は回転するものの意）といい、奈良時代以前に高麗《こま》から伝わったといわれる。種類も遊び方も多彩で、日本でももっとも古い独楽の胴は竹製で、回りながら音を出すように作られ、これはのちに「ごんごん独楽」と呼ばれた。小さな木の実に竹ひごなどの心棒をつけた独楽や、穴あき銭に心棒をつけた銭独楽もあった。江戸時代に鉄棒を芯にして木の胴に鉄輪をはめた鉄胴独楽が現れ、全国に広まった。↓海《ば》嬴《い》廻《まは》し
（秋）

たとふれば独楽のはぢける如くなり　高浜虚子
かしぎつゝ独楽の金輪の搏ちあへる　百合山羽公
一片の雲ときそへる独楽の澄み　木下夕爾
筒袖の藍匂ひけり独楽遊び　榎本好宏
独楽強しまた新しき色を生み　橋本榮治
りんりんと独楽は勝負に行く途中　櫂　未知子
ひとり独楽まはす暮色の芯にゐて　上田五千石
ひとしきりふるへて独楽の廻り出す　山本一歩
独楽打つて夕日に紐を垂らしたる　大串　章
少年のこぶしが張れる独楽の紐　長谷川かな女
勝独楽のなほ猛れるを手に掬ふ　福田蓼汀
勝独楽も遠嶺も肩をあげにけり　大嶽青児
勝独楽を放りあげたる光かな　西山　睦
大木に負独楽の子の凭れをり　上野　泰
負独楽のしたたかに土抉りたる　角谷昌子

藁へ飛び藁巻きこめる喧嘩独楽　小原啄葉
弟を外ではかばひ喧嘩独楽　八染藍子

【正月の凧《しやうぐわつのたこ》】　凧《いかのぼり》　凧揚《たこあげ》

正月の代表的な男児の遊び。❖春の凧は、長崎の凧揚（ハタ揚）などのように大人の競技性の強いものもあるのに対し、正月の凧は子どもののんびりとした遊びの要素が強い。→凧（春）

正月の凧や子供の手より借り　百合山羽公
正月の凧の一つの睥睨す　鷲谷七菜子
遠き日のごとく遠くにいかのぼり　鷹羽狩行
凧あげの空や秩父嶺あきらかに　及川貞
兄いもと一つの凧をあげにけり　安住敦

【福引《ふくびき》】　宝引《ほうびき》

籤《くじ》引きの一種。籤を引いてさまざまな品物を取り合うもの。数本の長い糸のうちの一本に景品を結びつけ、それを束ねて手に持ち、端を引かせて、引き当てた者を勝ちとする宝引が変化したものである。その年の運試しとして挑戦する人が多く、今日でも盛ん。❖語源は正月に二人で一つの餅を引き合って、ちぎれた餅の大小によってその年の禍福を占ったことからだという。

ふく引きの順にあたりてものさびし　大江丸
福引の紙紐の端ちよと赤く　川端龍子
宝引の紐の汚れてゐたりけり　茨木和生

【稽古始《けいこはじめ》】　初稽古

その年初めて種々の稽古を行うこと。茶道・謡曲・舞踊・音曲などの芸事のほか、柔剣道などの武道にもいう。

長廊下踏みゆく稽古始かな　西沢十七里
松蒼き切り戸くゞるや初稽古　佐野青陽人
手拭の紺を折りたる初稽古　大嶽青児
白扇を発止と打ちて初稽古　根岸善雄

【吹初《ふきぞめ》】　籟初《ふきぞめ》　吹始

新年初めて、笛・尺八・笙《しよう》などを奏するこ

と。

吹初の人揃うたる一間かな　松野自得
吹初はいづこの家や賀茂の橋　渡辺水巴

【弾初《ひきぞめ》】　初弾　琴始

新年に琴・三味線などを初めて弾くこと。もともとは師の家に門弟たちが集まって弾くのが慣例だった。❖近年ではバイオリン・ギター・ピアノなどの西洋楽器を弾く場合にも用いられる。

弾初に指のふとりや琴の爪　佳茗
弾初の灯ともしごろとなりけるや　久保田万太郎
弾初を﨟たけて見せ北明かり　澁谷道
弾初めの少女のうしろ母がゐる　神原栄二
風の音やがて瀬の音琴始　木内怜子

【能始《のうはじめ》】　初能

新年になって初めての能楽の舞台のこと。「翁」「高砂」など新年にふさわしいめでたいものが厳かに演じられる。❖江戸時代には正月十一日に江戸城中で行われた。

白洲ある古き舞台の能始　松本たかし
息ながき男のこゑや能始　伊藤通明
摺足に白進み来る能始　高橋睦郎
衣擦の淋漓とありぬ能始　大庭紫逢
音たてて雪の降り出す能始　井上弘美
床下に丹波大甕能始　福永法弘

【舞初《まひぞめ》】　仕舞始《しまひはじめ》　舞始《まひはじめ》

新年になって初めて舞うこと。宮中では正月十七日に舞楽の舞初を行うのを恒例とした。現在では、仕舞や日本舞踊についてもいう。

梅の精狂ふ舞初うつくしく　山口青邨
舞初の二人扇を重ねけり　滝沢伊代次
舞初の海を見渡す所作に入る　宮津昭彦
舞初めのひとり丹柱がくれかな　八染藍子
舞初の袖に夜明の星あかり　山田弘子
舞初の仙台平のさやぎけり　望月みどり

白扇を日とし月とし舞始め　木内怜子

【初鼓《はつつづみ》】　鼓始

新年初めて鼓を打つこと、またその鼓。家元などのもとに集う場合と、個人的に楽しむ場合とがある。

天守なき城のそらより初鼓　川崎展宏
父祖の世をよびいだすかに初鼓　伊藤敬子
初鼓からくれなゐの緒を捌き　三村純也

【謡初《うたひぞめ》】　初謡

新年に初めて謡曲を謡うこと。江戸時代には江戸城中で行われ、これを松囃子《まつばやし》といった。正月三日の夕刻に一門・譜代の大名が登城し、御三家と将軍の杯ごとの時、観世《かんぜ》太夫《だゆう》が拝伏しながら「四海波《しかいなみ》」を謡った。

都鳥近くに遊ぶ謡初め　深川正一郎
直会の酒は小鼓謡初　茨木和生

【初芝居《はつしばゐ》】　初春狂言　春芝居　初曾我《はつそが》　二の替《にかはり》

正月に行われる歌舞伎などの芝居興行のこと。春芝居とも呼び、京阪では二の替とも。出し物も正月らしい派手で華やかなもの、めでたい狂言などが選ばれる。❖かつての初芝居には、必ず曾我狂言を加えるなどさまざまなしきたりがあったが、現在ではそれほど厳密ではない。集う人々の晴れやかな雰囲気が感じられる季語。

編笠は花にぬぐべし初芝居　言水
日の本のその荒事や初芝居　松根東洋城
桥の入りてひきしまる灯や初芝居　水原秋櫻子
ひとひらの雪をともなふ初芝居　三田きえ子
風呂敷の柄の鶴亀初芝居　宇多喜代子
太棹で幕上りたり初芝居　高畑浩平
初芝居嘆きの息を吐き切りぬ　小林貴子
竹皮の鮓一本や初芝居　小川軽舟
初曾我や灯にひるがへる蝶千鳥　吉田冬葉
手拭の紙屋治兵衛も二の替　後藤比奈夫

空席の緋いろ深しや二の替　鷹羽狩行

【初音売《はつねうり》】　初音笛

大晦日《おおみそか》夜から元日にかけて竹製の鶯笛《うぐいすぶえ》を吹きながら売り歩くこと。この笛を初音笛と呼び、福を招く縁起物とされてきた。❖現在では、長野県の四柱神社などにその名残がある。

水㴱深き夜明けの初音売　臼田亜浪
子を抱くと反身の母に初音売　石川桂郎

【初夢《はつゆめ》】　夢祝　貘枕《ばくまくら》　初寝覚《はつねざめ》

新年になって初めて見る夢。元日の夜から、二日にかけて見る夢をいう。ただし、かつての江戸では大晦日の夜、京坂では節分の夜の夢を初夢といった。吉夢《きちむ》であることを願って枕の下に宝船の絵を敷いて寝る。夢祝は吉夢を祝うこと。また悪夢を夢食いの貘に食わせてしまうといって貘の絵を敷いて寝たりもした。❖「一富士、二鷹、三なすび」がめでたい夢の順番で、縁起のよい夢を見れば、その年は幸運が授かるとされた。

初夢やさめても花ははなごころ　千代女
初夢の扇ひろげしところまで　後藤夜半
初夢に一寸法師流れけり　秋元不死男
初夢を追ひてしばらくうす瞼　馬場移公子
初夢のなかをどんなに走つたやら　飯島晴子
初ゆめのさめかかりたる糸紅し　八田木枯
初夢をさしさはりなきところまで　鷹羽狩行
初夢のさだかならざるぬくみあり　永方裕子
初夢のいくらか銀化してをりぬ　中原道夫
初夢に山気まとへるもの来たり　正木ゆう子
初夢の辻棲合つてしまひけり　片山由美子
祇園へと誘ひ出されて夢祝　茨木和生
貘枕子のよき夢をつゆ知らず　赤尾兜子
貘枕夢みて夢を忘れけり　柿本多映
耳許に猫の鈴鳴り初寝覚　木田千女

部屋にまだ墨の香残り初寝覚　古賀まり子

【宝船《たからぶね》】

元日か二日の夜によき夢を望んで宝船を枕の下に敷いて寝ること、また、その絵。宝船の図案は、帆を張った船に宝物を積み、七福神が乗ったものが多く、それに有名な廻文《かいぶん》の歌「長き世（夜）のとをのねぶりの皆めざめ波乗り舟の音のよきかな」が書き込まれている。室町時代に始まり、江戸時代に盛んになった。江戸では、正月早々から「お宝、お宝」と呼んで宝船売りが売り歩いた。悪夢であると翌朝早く川へ流した。❖宝船の絵は、現代でも各地の神社などで手に入れることができる。↓初夢

敷いて寝る百万両の宝舟　富安風生
つくづくと寶はよき字宝舟　後藤比奈夫
宝船皺寄つてゐる目覚めかな　千原叡子
赤ん坊に敷く大いなる宝舟　有馬朗人
難波津に潮のぼりぬ宝船　山上樹実雄
人麻呂の乗り込んでくる宝船　塩野谷仁

【寝正月《ねしやうぐわつ》】

元日、家に籠もって寝ていること。普段忙しく働いている人も元日だけはゆっくりと起き、一日家の中でくつろぎ、骨休めをした。❖病気で臥している場合も、縁起をかついでこういった。

襖絵の鶴舞ひ遊び寝正月　田村木国
ははそはの母にすすむる寝正月　高野素十
雨降つてうれしくもあり寝正月　佐藤鬼房
昼過ぎの水汲みに出て寝正月　鷹羽狩行
心はや花の吉野に寝正月　長谷川櫂
鼠ゐぬ天井さびし寝正月　小川軽舟

【寝積む《いねつむ》】　稲積む
忌《いみ》ことばの一種で元日に就寝することをいう。「寝る」は病臥《びようが》につながることから、「寝る」の古語「寝《い》ぬ」「寝《い》ね」と同じ音の

稲に掛け、さらに稲の縁語の「積む」を用いて寝積むというようになった。

寝積や大風のなる枕上ミ　村上鬼城
寝積や布団の上の紋どころ　阿波野青畝
海見ゆるところまで寝積むとせむ　小山玄黙

【初場所《はつばしょ》】　一月場所　正月場所

大相撲興行の一月場所のこと。❖本場所と呼ばれる大相撲の公式興行は現在では一年に六回行われる。一月（東京）、三月（大阪）、五月（東京）、七月（名古屋）、九月（東京）、十一月（福岡）。

初場所やかの伊之助の白き髯　久保田万太郎
初場所の砂青むまで掃かれけり　内田哀而
初場所や花と咲かせて清め塩　鷹羽狩行
初場所も十日の幟《のぼり》きそひをり　木村美保子
初場所や稲穂挿したる妓の近く　植村章子
川風に一月場所の太鼓かな　島田五空

【箱根駅伝《はこねえきでん》】　駅伝

一月二〜三日に行われる大学対抗の駅伝競走。正式名は東京箱根間往復大学駅伝競走で、一九二〇年に始まった。東京と箱根の間の約二〇〇キロメートルを往路・復路それぞれ五区に分け、一チーム十人の選手で走る。沿道の応援風景は、新春の風物詩となっている。❖駅伝は日本発祥といわれる。

箱根駅伝友の母校といふだけで　片山由美子
襷匂ふ箱根駅伝なればこそ　櫂　未知子

【朝賀《てうが》】　朝拝　参賀　拝賀《はいが》

天皇・皇后が大極殿《だいごくでん》で、玉冠礼服《らいふく》を身につけた群臣の賀を受ける元日の大礼。明治時代以降は大礼服に身を固めた文武百官が元日および二日に皇居に参内し拝賀の礼を行ったが、戦後に廃止された。❖現在は一月二日に天皇一家が宮殿のバルコニーに数回立ち、国民の参賀に応える。

朝拝や春は曙一の人　内藤鳴雪
参賀記帳筆おごそかに執《と》りにけり　米田双葉子
参賀へと人一斉に歩き出す　西尾照子
ほほゑみて拝賀の列の中にあり　成瀬正俊

【四方拝《しはうはい》】

元日の早朝、天皇が天地四方ならびに山陵を遥拝し、平和を祈念する行事。宮中の神《しん》嘉殿《かでん》前の南庭に、屏風をめぐらした御座で行われる。江戸時代までは寅の刻（午前四時）に清涼殿の東庭で行われた。❖宇多天皇の寛平二年（八九〇）に始まったという。一般に、元旦に庭に出て四方を拝することもいう。

鳥の声花ある方へ四方拝　園女
四方拝其時初日のぼりつゝ　正岡子規
またたける灯に明け近し四方拝　岡本圭岳
松原のかたむきやまず四方拝　永田耕衣
四方拝いづかたも神います国　宮崎華蒐
しののめや博士まうづる四方拝　筑紫磐井
紋服の祖父にならひて四方拝　村山道子

【歯固《はがため》】

正月三が日に長寿延命を願って、固い餅な

どを食べる行事。宮中では正月三が日に鏡餅・大根・瓜・押し鮎・猪肉《ししにく》・鹿肉などを料理して食べた。『枕草子』『源氏物語』などにその儀式の様子が描かれている。のちに民間に広まると餅が主となり、栗などを添えるようになった。❖室町時代後期の仮名草子『世諺問答《せげんもんどう》』に「人は歯をもつて命とするゆゑ、歯の字をよはひと訓《よ》むなり。歯固は、よはひをかたむる心なり」とある。

歯固の千載の榧ふくいくと　大石悦子
歯固や短かく朱きをんな箸　中村堯子

【騎馬始《きばはじめ》】　騎初《のりぞめ》　馬騎初《うまのりぞめ》　初騎《はつのり》　馬場《ばば》始《はじめ》

新年に初めて馬に乗ることをいう。江戸時代には武家の年中行事のひとつとして、正月五日に行うものとされていた。

騎馬始怒濤の端を行きにけり　山田径子
騎初の馬上に火口壁めぐる　向野楠葉
騎初の拍車やさしく当てにけり　平賀扶人

【鞠始《まりはじめ》】　蹴鞠始《けまりはじめ》　初蹴《はつけ》鞠《まり》

新年に初めて蹴鞠をする儀式。蹴鞠は古代中国から伝わった遊戯で、鹿の革で作った鞠を革沓《かわぐつ》で蹴る。平安時代末期から鎌倉時代にかけて京都で盛んに行われた。❖現在は蹴鞠保存会が技を伝承。正月四日、京都下鴨神社では王朝装束に身を包んだ毬人によって蹴鞠始が行われる。

大空に蹴あげて高し鞠始　山崎ひさを
まつすぐに禰宜の一蹴鞠始　苅谷曳杖
けふことに比叡の晴るる鞠始　野口喜久子
相似たる顔もて蹴鞠始かな　鈴木太郎
蕪大根そなへて蹴鞠始かな　片山由美子
紺ふかき装束翁や初蹴鞠　桂　樟蹊子

【弓始《ゆみはじめ》】　初弓　的始《まとはじめ》

新年に初めて弓を射ること。宮廷行事であったが、武家の行事として引き継がれた。

江戸時代には正月十一日に行われ、将軍の上覧もあって盛大であった。また各神社で正月に行われる弓の神事も弓始といわれる。

ひかへたる稚児も凜々しや弓始　山口青邨
的遠く雪降りかくす弓始　大橋宵火
笛籐《ふえどう》のよく撓ひたる弓始　福田甲子雄
一本の矢が音となる弓始　吉原一暁
的中の矢が震へをり弓始　新田祐久
黒髪を和紙で束ねて弓始　栗田やすし
振袖に鳳凰飛んで弓始　辻　桃子
青年に青年の肱《ひぢ》弓始　大島雄作
弓始雪の端山となりゐたり　瀧澤和治
大釜に白湯《さゆ》たぎらせて弓始　西川雅文
初弓の振袖しぼる白だすき　岸川素粒子

【国栖奏《くずのそう》】　国栖奏《くずそう》　国栖舞《くずまひ》　国栖笛《くずぶえ》
国栖歌《くずうた》　国栖人《くずびと》　国栖翁《くずのおきな》

旧正月十四日に浄見原《きよみはら》神社（奈良県吉野町）で奉納される歌舞。かつて宮中の元日《がんじつ》節会《のせちえ》に国栖人が参内して歌舞や笛を奏した。❖歌笛を演奏する十二人の翁が、右手を口に当てて上体を反らす「笑いの古風」を行って終了する。

国栖笛や梅も柳も舞の曲　一　峨
国栖の奏風の吹き消すごと終る　前内木耳
神饌《みけ》なべて山川の幸国栖の奏　山田みづえ
笛方に陽の斑ゆかしき国栖の奏　石地まゆみ
国栖奏や葛《かづら》巻き締む丸柱　野澤節子
国栖奏の二の歌あたり淡雪に　角　光雄
国栖奏の笛涸谿《かれだに》にひびきたり　塩川雄三
国栖奏の喉ひらかず唄ひをり　大石悦子
国栖舞の二人まことの翁顔　二塚元子
岩襖国栖の翁の舞ひはじむ　森田　峠

【歌会始《うたくわいはじめ》】

宮中で行われる新年最初の歌会。現在は一月十日前後の吉日に行われ、勅題による和歌が詠進される。最初に一般国民の入選歌が披講され、次いで召人《めしうど》・選者・皇族・皇后の歌、最後に御製（天皇の歌）の順で朗詠が進む。❖和歌を尊重する国民性や文化のよく表れた行事で、優雅に行われる歌会の様子がテレビで放映される。

松の間に歌会始すすみいづ　坊城としあつ
起立して燕尾ずらりと歌会始　鷹羽狩行

【講書始《かうしょはじめ》】
明治二年に恒例となった宮中の新年行事のひとつ。現在は一月の中・下旬の吉日に、天皇・皇后・各皇族のほか、総理大臣や最高裁判所長官も招かれ、学者の講義を受ける。人文科学・社会科学・自然科学の三分野から毎年三科目が選ばれ、文部科学省から推薦された学者が担当する。

皇子《みこ》の座の明るく講書始かな　成瀬正俊
粛として講書始の椅子一つ　有馬朗人

【成人の日《せいじんのひ》】　成人式
一月の第二月曜日。国民の祝日のひとつで、二十歳になった青年男女を祝い励ます儀式が全国各地で行われる。平成十一年までは一月十五日だった。❖「成人日」とは使わない。

足袋きよく成人の日の父たらむ　能村登四郎
帆柱に成人の日の風鳴れり　原田青児
成人の日をくろがねのラッセル車　成田千空
色あふれ成人の日の昇降機　斎藤道子
成人の日やはるかなる山の照り　蓼目良雨
成人の日の雪霏々と吾をつつむ　島谷征良
成人の日の献血の列にをり　山口素基
成人の日のどこまでも街尽きず　星野高士
成人式済みたる男女腕をくみ　里見宜愁

【小松引《こまつひき》】　初子《はつね》の日《ひ》　子の日　子の日の遊び
新年最初の子の日の行事。平安時代の宮中では、この日に野に出て小松を引いた。引いてくる松を子の日の松、子日草《ねのひぐさ》という。
❖『古今六帖』に「千年てふ小松引きつつ春の野の遠きも知らずわれは来にけり　紀貫之」とある。松の生命力にあやかって、千代の寿を祝うのである。↓子日草

手を添へて引かせまゐらす小松かな　几董
雪嶺の襞濃く晴れぬ小松曳　杉田久女
清滝に火を焚いてゐる小松曳　茨木和生
蜑《あま》の子の小松に遊ぶ子の日かな　野村喜舟
防砂林抜けて子の日の海たひら　本井英

【出初《でぞめ》】　出初式　梯子乗《はしごのり》

新年の初めに、消防士が集まって種々の消防演習などを行う儀式。一月六日朝に行うところが多い。江戸時代から行われたが、明治以降、大仕掛けになった。新しい装備の消防自動車が多数出動して放水し、その後に、江戸の火消しの伝統を伝える妙技である梯子乗を披露する。

太陽のしたたりやまず出初式　鷹羽狩行
出初式終り平らな海となる　稲畑汀子
梯子から梯子が伸びて出初式　岩本あき子
手間取れる一斉放水出初式　茨木和生
青空に用あるごとく出初式　櫂未知子
早池峰山に雲一つなき梯子乗　小原啄葉
仰向けの顔に雨浴び梯子乗　柏原眠雨

【七種《ななくさ》】　七草

五節句のひとつ。正月七日の人日の節句で、七草の節句の略。七種粥《がゆ》を食べる。↓春の七草

七くさや袴の紐の片むすび　蕪村
七種や沖より雨の強まり来　貞弘衛
七種や人訪ふに舟に乗り　山西雅子
波の上に七草の雨のこりけり　大峯あきら
七草の土間の奥より加賀言葉　井上雪
七草や空うつくしき飛驒の国　遠藤若狭男
七草や霙まじりの風も吹き　対中いずみ

川見つつゆくななくさの雨の中　岡本　眸

【松納《まつをさめ》】　松取る　門松取る

門松を取り払うこと。松の内の終わる七日前後に取る地方と、小正月の十五日前後に取る地方がある。江戸では六日の夕方に取る習わしであったが、伊達《だて》藩では四日に門松を取り「仙台様の四日門松」といわれた。同様に四日に門松を取る地方もあった。❖取り除いて不用になった門松は小正月の左《さ》義長《ぎちょう》で焼く。↓門松立つ（冬）・門松

柴門に結びし松を納めけり　富安風生
鎌倉の雪かゝる松納めけり　久保田万太郎
橙を机にとつて松納　山口青邨
夕月の光を加ふ松納　深見けん二
月の出はいつも古風に松納め　向笠和子
安曇野の果ての見えをる松納　きちせあや
松納夕べの山に星ひとつ　嶺　治雄
日の暮の背戸に風立ち松納　棚山波朗
松とるや伊勢も大和も昼の月　大峯あきら
松とりて常の出入りとなりにけり　嶋田青峰
松取れて夕風遊ぶところなし　角川照子

【飾納《かざりをさめ》】　飾取る　注連《しめ》取る　飾卸《かざりおろし》

正月の飾りを取ってしまうこと。松の内の終わる七日前後または十五日前後に行うところが多い。これで正月の行事が終了したことを表す。取った飾りは、多くは氏神の境内や寺院など一か所に集め、左義長の火に掛けて焼く。↓左義長

松飾りとれて小さき船ばかり　山下和人
海女小屋の作り棚より飾取る　小松温美
注連とりてことに鶏の目夕景色　飯田龍太
細帯に着替へ飾をおろしたり　きくちつねこ

【鳥総松《とぶさまつ》】

門松を取り払った跡に、松の梢を折って挿したもの。元来、鳥総とは、樵夫《きこり》が木を伐ったあとの株に、樹霊を祀るために挿す梢

のことといわれる。鳥総松も門松を取ったあとに挿すことから、これと同義と思われる。

門深く行く人見ゆる鳥総松　高浜虚子
星ひとつのこる大路や鳥総松　永田耕衣
宵の灯に赤き灯もあり鳥総松　中村草田男
夕月の銀のさばしる鳥総松　飯田龍太
結び目のかたき故里鳥総松　小島花枝
鳥総松潮の早さに雲ながれ　友岡子郷
山はるか空をはるかに鳥総松　宇多喜代子
荒波の湾の小さし鳥総松　西山睦

【宝恵駕《ほゑかご》】　宝恵籠《ほゑかご》　ほい駕　戎籠《えびすかご》

正月十日、大阪市の今宮戎《いまみやえびす》神社の十日戎の際に、南新地の芸妓《げいぎ》たちが駕籠《かご》に乗って参詣する行事。駕籠の四柱を紅白の布で巻き、提灯《ちょうちん》を下げ、新調の黒紋付裾模様の駕衣装に身を包み、友禅の座蒲団《ざぶとん》に深々と身を沈める。揃いの衣装の幇間《ほうかん》たちが駕籠を担ぎ、「ほいかご、ほいかご」の掛け声で練り歩く。

宝恵駕やくゝり添へたる梅一枝　高橋淡路女
宝恵駕の髷《まげ》がつくりと下り立ちぬ　後藤夜半
宝恵駕の紅白の紐いのち綱　橋本美代子
宝恵駕の着きたる雨のかぐはしき　坂本昭子
宝恵駕の妓のかんざしの揺れどほし　屋代ひろ子
宝恵籠をはみ出て厚き緋座蒲団　森薫花壇
宝恵籠やちらつく雪も宵のほど　岸風三楼
戎籠腰を落としてなまめける　日野草城

【餅花《もちばな》】　繭玉《まゆだま》　団子花

稲を模した小正月の飾り木。柳・榎《えのき》などの枝に餅や団子を小さく丸めてつけ、神棚近くの柱などに飾って、豊作を祈る。近年は大判小判や宝船も金銀の箔《はく》で作って下げ、華やかに飾るものもある。繭玉の名は、養蚕の盛んな地方で米粉で繭の形を作ってつけたことからこう呼ばれた。❖餅花には紅白に染めたものや、赤・黄・緑など色とりどりのものがあり、飾り終えた後、焼いたり油で揚げたりして食べることもある。

餅花の賑やかに垂れ静もれる　鈴木花蓑
餅花や静かなる夜を重ねつつ　阿部みどり女
夜は楽し餅花の影にぎやかに　池内たけし
餅花のなだれんとして宙にあり　栗生純夫
餅花に畳あをあを匂ひけり　加藤楸邨
餅花の枝垂れて髪にかかりけり　勝又一透
餅花に入日の絡みつきてをり　波多野爽波
餅花の買はるるまでを風の中　蓬田紀枝子
餅花や暮れてゆく山ひとつづつ　廣瀬町子
ささめごとめきて餅花揺れ交す　三村純也
繭玉をうつせる昼の鏡かな　久保田万太郎
繭玉のもつれ直して吊しけり　安住　敦
繭玉の下に赤児を寝かせ置く　野崎ゆり香
繭玉や人の立居に風生まれ　八染藍子
繭玉の打ち合ひて音なかりけり　井上弘美
繭玉の火影にぎはふ柱かな　野中亮介
壁の影ほどには揺れず団子花　佐藤和枝
万蕾のままなるがよし団子花　鷹羽狩行

【粥占《かゆうら》】　粥占祭　粥占神事　管粥《くだがゆ》　筒《つつ》粥《がゆ》

正月十五日に小豆粥や米の粥を炊くとき、粥の中に筒や管を入れ、その中に入った粥の状態によって農作物の豊凶などを占うもの。農家の小正月の行事として行われてきたが、現在多くは地方の神社で神事として行われている。大阪府の枚岡神社が有名。

薪足して粥占神事始まりぬ　清水和子
粥占や五穀のほかに梨と棉　前田攝子

【粥杖《かゆづゑ》】　粥の木

正月十五日の粥を煮るとき竈《かまど》にくべた燃えさしや、年木の一部を削った杖。女の尻を打つと男児を産む、あるいは子が多く産まれるという俗信があった。この木が成木責

に用いられるのも、同じ信仰に基づく。↓

十五日粥・成木責

粥杖の笑うて弱き力かな　吐月

みす几帳逃ぐるを追うて粥木かな　松根東洋城

【綱引《つなひき》】　綱曳《つなひき》

綱を引き合って行う年占の行事。地域対抗で行われ、勝ったほうが豊作になるといわれる。東日本では主として小正月の一月十五日ごろに行われる。

綱引や双峰の神みそなはす　石井露月

綱引を待てり一直線の綱　舘野烈風

綱引きのまんなかに挿す島椿　堀内夢子

綱曳の声山籟となりにけり　吉本伊智朗

【成木責《なりきぜめ》】

果樹、特に柿の木に対して、その年の豊熟を約束させる呪《まじな》い。小正月の行事で、普通は二人で組み、棒などを持った一方が「成るか成らぬか、成らねば切るぞ」と脅すと、一方が「成ります、成ります」と答える。誓わせたのち、木に傷をつけ、小豆粥や団子汁をかける。

成木責日照雨に濡れて終りけり　皆川盤水

打つたびに朝日こぼせり成木責　佐野鬼人

成木責いとけなき手の加はりて　丁野弘

塩味の濃き粥かけて成木責　若井新一

成木責古き傷にも粥かくる　篠沢亜月

風ここに集ふ近江の成木責　古川砂洲男

【ちやつきらこ】

正月十五日に、神奈川県三浦市三崎町で行われる左義長の後祭。朱の袴《はかま》の上に水干《すいかん》と烏帽子《えぼし》を着けた少女たちが、海南神社の拝殿前で舞を納めたあと、町内を回り舞い歩く。踊り子は少女のみで、「ちゃっきらこ」という綾竹と扇を手に持ち、清楚《せいそ》な歌に合わせて振りも美しく踊る。❖国の重要無形民俗文化財に指定されている。

ちやつきらこ白き残月沖の上　小枝秀穂女
魚干して唄ひ手となるちやつきらこ　金子篤子
女童の鈴に波音ちやつきらこ　小泉友紀恵

【なまはげ】　生身《なまみ》剝《はぎ》　なもみ剝《はぎ》

秋田県の男鹿半島に伝わる大晦日の晩の行事。かつては小正月に行われた。おそろしい異形の面をかぶり、蓑を着て木製の刃物や御幣を持った男たちが奇声を発し、「ナマミコはげたか」などと唱え家々を訪れる。「なまみ」は火斑《ひがた》のことで、火の傍で怠けている者の肌にできるしみ。それを包丁で剝ぎ取るぞと威し、懲らしめるのである。

❖国の重要無形民俗文化財で、数百年の歴史をもつ。「来訪神」のひとつとしてユネスコ無形文化遺産にも登録。類似の行事が東北各地や能登半島に伝わっている。

なまはげに持ち込まれたる土間の雪　川瀬一貫
なまはげを襖のかげで見る子かな　中村苑子
なまはげに父の円座の踏まれけり　小原啄葉
なまはげの訪ふさきざきの杉と月　宮津昭彦
なまはげの吼え星空を沸き立たす　川口襄
なまはげになりきつてゐる地声かな　荻原都美子
なまはげに声かけられてゐたりけり　黒坂光博
生身剝二人逢ひけり枯木立　石井露月
なごめ剝戸に包丁を鳴らしけり　島田五空

【土竜打《うちもぐら》】　土竜追

農作物に害をなす土竜を追い、豊作を祈願する小正月の行事。一種の呪《まじな》いで、子どもの行事として各地に残る。棒や束ねた藁《わら》で地面を叩いたり、金盥《かなだらい》を叩いたり、杵《きね》で土餅を搗いたり、土竜が嫌うとされる海鼠《なまこ》や、その代用品の槌《つち》を引っ張って回ったりする。子どもたちは家々を打って回り、褒美として餅や菓子などをもらう。

みちのくは根雪の上の土竜打　長谷川浪々子
土龍打大きな夕日入るところ　山本洋子

荒縄に頰打たれたり土竜打　安倍真理子
土竜打つをりをり月の覗きけり　山県瓜青

【注連貰《しめもらひ》】

門松を取り外し注連飾を下ろす日に、子どもたちが家々をめぐってそれをもらいあつめること。左義長で燃やす。正月飾は粗末に扱えないため、農村などでは、歌ったりはやしたりしながら賑やかに注連をもらい歩き、褒美をもらう。

注連貰風の巷を通りけり　徳永山冬子
注連貰ひ声かたまつて散らばつて　石地まゆみ
注連貰ふ子についてゆく仔犬かな　三村純也

【左義長《さぎちやう》】　どんど　とんど　どんど焼　どんど焚く　飾焚く　注連焚く　吉書揚《きつしよあげ》　さいと焼

正月に行われる火祭の行事。小正月を中心に、十四日夜または十五日朝に行われるところが多い。松飾や注連飾などを燃やす。火勢の盛んなのが喜ばれ、「どんど、どんど」とはやし立てる地方もある。左義長の火は神聖な火とされ、餅や団子を焼いて食べると、その一年を無病息災で過ごせるといわれる。また、書初を燃やすことを吉書揚といい、燃えながら高く舞い上がると、書道の腕が上がるなどという俗信がある。東日本の各地では、左義長の行事が道祖神や塞の神を祀《まつ》る風習と結びついていることが多く、左義長をさいと焼（塞灯焼）と呼ぶ。→注連貰

どんど焼きどんどと雪の降りにけり　一茶
左義長の火の入る前の星空よ　高田風人子
左義長の闇を力に火の柱　檜紀代
左義長の焚き跡にまだ五六人　市堀玉宗
山神にどんど揚げたり谷は闇　長谷川かな女
谷水を撒きてしづむるどんどかな　芝不器男
雪の上をころげどんどの火屑かな　岸田稚魚

浜どんど渚の白を浮きたたす　きくちつねこ
対岸と火の丈競ふどんどかな　福田甲子雄
雪空へすひあげらるるどんどかな　矢島渚男
抛られしものに吸ひつくどんどの火　清水道子
のしかかる夜空ささへてどんどの火　片山由美子
均されて炎みじかきどんどかな　山西雅子
金星の生まれたてなるとんどかな　大峯あきら
火の丈のすぐに追ひつき二のとんど　八染藍子
燃え残るもの雪に刺しとんど果つ　棚山波朗
どんど焼きときに怒濤のしぶき浴び　本宮哲郎
海風の裏返したるどんど焼　野中亮介
風呂敷の中より出して飾り焚く　増田手古奈
おほわだは闇なほ解かず吉書揚　岡本眸
金箔の剝がれとびたる吉書揚　茨木和生
みそなはす天の三ツ星さいと焼　西村和子

【上元の日《じやうげんのひ》】　上元　上元会《じやうげんゑ》　上元祭

正月十五日のこと。七月十五日の中元、十月十五日の下元《かげん》と合わせて三元と称する。中国では元宵節《げんしようせつ》といい、春の到来を喜ぶ祭として色とりどりの灯籠を掛け連ね、華やかな夜の風景を楽しんだ。長崎の崇福寺《そうふく》と唐人屋敷の元宵節では、華僑《かきよう》によって一年の健康と商売繁盛を祈願して、朱蠟燭《ろうそく》や提灯が数多くともされる。

上元やまぶしき数の朱蠟燭　中村やす子
上元の灯りはじめの闇にゐる　藤野律子

【梵天《ぼんてん》】　梵天《ぼんでん》

正月十七日に行われる、秋田県の行事。現在は神社によって一月十七日または二月十七日に行われる。梵天は杉の丸太に円筒形の籠をかぶせ、小さな籠の頭をつけ、五色の紙や布で飾り包み、太い鉢巻を巻いたもの。これを若者たちが担ぎ、先を争って神社に奉納することで、風神・悪魔・虫などを祓《はら》う。

傾ぎてはきほふ梵天雪しまく　和田暖泡

梵天を振り翳《かざ》し息ぶつけ合ひ　水田むつみ
ぼんてんの千切れ落ちたる雪の上　田川紅道
揉み上げて雪つのらすや荒梵天　大類木公子
掛ごゑのそろへば駆くる荒梵天　小原啄葉

【藪入《やぶいり》】

正月十六日に、奉公人や他家にある者が一日の休暇をもらい、親元に帰ったり自由に外出したりすること。結婚した者が親元に帰る日でもあった。七月十六日も藪入だが、これは「後の藪入」といって区別する。かつて奉公人の公休日は一年にこの二日しかなく、一番楽しい日であった。❖藪入の慣習は戦前まで続き、浅草などの繁華街は鳥打帽をかぶった奉公人たちで賑った。

やぶ入の寝るやひとりの親の側　太祇
藪入の母が焚く炉の煙たさよ　高野素十
藪入のをとめさびたる簪かな　西島麦南
藪入りのいづこも屋根の雪卸す　川上季石
藪入といふなつかしき日なりけり　細川加賀
藪入や磐梯白き裾を展べ　斎藤節子
藪入りの暦に朝日当りけり　鈴木節子
藪入や古き港に鷗舞ひ　山本洋子

【かまくら】

秋田県横手市を中心に行われる、小正月の子どもの行事。横手市のかまくらは水神信仰と結びついたもので、現在では二月十五・十六日に行われる。小高く積んだ雪を踏み固め、中をくりぬいて造った雪室に水神を祀り、子どもたちが火鉢で温めた甘酒を道行く人にふるまう。❖角館《かくのだて》町の「火振りかまくら」は、雪の竈で燃やした薪の火を、縄のついた俵に移し、豪快に振り回す。

かまくらの灯影のまるく雪の上　今井つる女
かまくらの雪の祠に幣白し　山口誓子
城に灯が入りかまくらもともるなり　大野林火

身半分かまくらに入れ今晩は　平畑静塔
かまくらの中より餅を焼く匂ひ　吉川信子
燭足してかまくらに子らまだ遊ぶ　橋本美代子
かまくらの灯の輪町角曲るたび　三好潤子
かまくらは和紙の明るさ雪しんしん　坂本宮尾
かまくらの入口沓《くつ》の凭《もた》れあふ　片山由美子

【えんぶり】　えぶり

もとは小正月の行事であったが、現在では二月十七日から四日間、青森県八戸《はちのへ》市を中心に行われる豊年予祝の行事。一年の農耕の過程を歌と踊で表現する「田遊」が芸能化したもの。神社で当年の豊作を祈願した後、市中を練り歩き、家々の門口で豊年予祝のさまざまな歌舞を披露する。「えんぶり」は、土を掻きならす農具の「朳《えぶり》」から出た名。田に霊力を込める田遊びの重要な呪器であり、その語源は揺り動かす意の「動《いぶ》る」である。❖明治維新直後に中断し、明治十四年に二月十七日の行事として復活して以来、地元ではむしろ春を呼ぶ祭として定着している。↓田遊

えんぶりの笛いきいきと雪降らす　村上しゆら
土も覚めよとえんぶりの鈴鳴らす　鷹羽狩行
えんぶりや雪の鍛冶町大工町　藤木倶子
敷きつめし雪えんぶりの影を吸ふ　吉本伊智朗
えんぶりの首華やかに振ることよ　櫂未知子
雪しづる音の加はるえぶりかな　片山由美子
篝火やえぶり摺る影地に長く　吉田千嘉子
馬となり田の神となり朳摺る　髙田美津子
母の背に嬰がえぶりの音頭とる　河本修子

【田遊《たあそび》】

当年の豊作を予祝する正月の神事芸能。寺社の境内に田に見立てた聖域を設け、一年間の田の労働の次第を、太鼓を打ち、歌に仕種を交えながら演じるのが基本形態。❖東京では徳丸北野神社（二月十一日）、赤

塚諏訪神社（二月十三日）に伝わるものが国の重要無形民俗文化財に指定されている。

田遊びの天狗を囃す地を叩き　久保田月鈴子
田遊の紅つけて酔ふ男衆　福田甲子雄
ぬかるみへ田あそびの夜の闇やさし　宮津昭彦
御酒吹いて結ふ田遊びの花の籠　松浦俊子

【延年の舞《えんねんのまひ》】　**二十夜祭《はつかやさい》**　**老女舞**

正月二十日の夜、岩手県平泉町毛越寺《もうつうじ》で行われる神事。慈覚大師円仁伝来の常行三昧《ざんまい》供《く》の修法のあと、法楽に延年の舞が奉納される。「延年」は長寿の意で、八百年の伝統をもつ。もっとも重要な「祝詞《のっと》」は秘文であるためにつぶやくように唱え、「老女」は腰を深く折ったまま舞うなど、さまざまな曲趣で構成されている。❖国の重要無形民俗文化財に指定されている。

雪嬉々と延年舞の堂つつむ　矢島渚男
延年舞鈴ふる神のふたはしら　恩田侑布子
延年の舞ひるがへる衣《きぬ》へ雪　照井翠
底冷えの床板とんと老女舞　岩渕洋子

【初詣《はつまうで》】　**初参《はつまゐり》**　**初社《はつやしろ》**　**初神籤《はつみくじ》**

元日に、氏神またはその年の恵方《えほう》に当たる方角の神社仏閣にお参りすること。新しい一年の息災を祈願する。→恵方詣

御手洗《みたらし》の杓の柄青し初詣　杉田久女
住吉に歌の神あり初詣　大橋櫻坡子
土器《かはらけ》に浸みゆく神酒や初詣　高浜年尾
日本がここに集る初詣　山口誓子
子を抱いて石段高し初詣　星野立子
門を出て星の高さや初詣　池上浩山人
きざはしに一刷けの雪初詣　勝又水仙
踏みしむる一歩々々や初詣　水原春郎
人踏まぬ雪道えらび初詣　白岩てい子
初詣なかなか神に近づけず　藤岡筑邨
鴨川の風いさぎよし初詣　岩崎照子
磯の鵜を車窓にかぞへ初詣　中山純子

一身を静かに運ぶ初詣　宇多喜代子
初詣火の穂も上総一の宮　宮坂静生
鳶親し荒磯伝ひの初詣　内海良太
鎌倉を日照雨が通る初詣　西山　睦
巫女らみな黒髪長き初社　野見山ひふみ
初みくじ大国主に蝶むすび　平畑静塔
海光の眩《まぶ》しさに解く初みくじ　藤木倶子

【歳徳神《としとくじん》】　年神《としがみ》

正月、家々に迎えて祀る神で年神・正月様ともいう。屋内の清浄な一室に歳徳棚・年棚などと呼ぶ棚を吊って祭壇とし、注連《しめ》縄《なわ》・小松・鏡餅・雑煮・神酒《みき》などを供える。年神が来訪する方角の恵方に向けて棚を吊るので恵方棚ともいう。❖床の間に三方《さんぼう》を置いて祀るのは新しいやり方である。

火の数や歳徳棚のにぎやかに　鬼　貫
歳徳神野に出て遊び夜は戻る　加倉井秋を
歳神に越後の藁を差し出せり　松本春蘭
藁屋根の家から訪ね歳の神　木内彰志
年の神この木の梢に降り給う　宇多喜代子

【恵方詣《ゑはうまゐり》】　恵方　吉方《えはう》　恵方道《ゑはうみち》

歳徳神の来訪するめでたい道が、その年の「恵方」または「明きの方」で、その方角にある神社仏閣に年頭の参詣をすること。福が授かるという。↓初詣

恵方詣り大原までは行かぬなり　長谷川かな女
白雲のしづかに行きて恵方かな　村上鬼城
ひとすぢの道をあゆめる恵方かな　阿波野青畝
恵方へとひかりを帯びて鳥礫　佐藤鬼房
赤ん坊を抱いていでたる恵方かな　細川加賀
恵方とて山の祠の灯《とも》さるる　つじ加代子
恵方とて闇抜けてくる声ばかり　廣瀬直人
恵方とて海の上にも道を延べ　鷹羽狩行
淡水に潮の入り来る恵方かな　中原道夫
行く水にわれも従ふ恵方道　中村汀女
橋二つ越えて日のさす恵方道　福田甲子雄

恵方道かたまつて世の人のこゑ　山上樹実雄
恵方道小さき木橋にはじまれり　新田祐久
箒目に鳥の足あと恵方道　小島　健
日の当る幹にふれゆき恵方道　中根美保

【白朮詣《をけらまゐり》】　白朮火　白朮縄　火縄売

年が変わってすぐに京都市の八坂神社で行われる白朮祭（「祇園削り掛けの神事」）に参詣すること。神事のあと、鑽《き》り出した火を柳の削り掛けに移し、江戸時代にはこの煙が流れる方向で、その年の近江《おうみ》国と丹波国の豊凶を占った。今も削り掛けの火に薬草の白朮《びゃくじゅつ》（キク科の多年草）を加えて篝火《かがりび》を焚く。参詣の人々はその火を吉兆縄に移して持ち帰り、元旦の雑煮を煮る火種とした。吉兆縄を売る人たちの「吉兆、吉兆」の呼び声で大晦日《おおみそか》の晩から賑い、「白朮火貰い」をした人々は火を消さないように縄をぐるぐる回しながら帰宅する。❖かつては、元日早暁に社前の灯籠以外の灯はすべて消され、参詣人たちが暗闇の中で、口々に他人の悪口を言い合う風習があった。

白朮詣のだらりの帯とすれ違ふ　清水基吉
白朮火の妻のほとりをゆきにけり　古舘曹人
をけら火の大渦小渦ゆきし道　鷹羽狩行
をけら火にとびつく雪となりにけり　風間八桂
白朮火の一つを二人してかばふ　西村和子
少年がまはして逸《はや》るをけらの火　村上冬燕
白朮の火闇夜の風に消すまじく　金子　晉
くらがりに火縄売る子の声幼な　大橋越央子

【破魔矢《はまや》】　破魔弓

正月の厄除けの縁起物として、神社で授ける弓矢のこと。もとは「はまころ」という競技に用いる弓矢を称した。扁平な円盤を転がしたり空中に投げたりして、それを弓で射た。これを綺麗にして飾り物として作り、前年生まれた男児の健やかな成長を祈って初正月に贈答した。

破魔弓と斧と並ぶや山の家　東　明
をりからの雪にうけたる破魔矢かな　久保田万太郎
幸矢とて袖をあてがふ破魔矢かな　後藤夜半
松風の小径《こみち》となりぬ破魔矢持ち　吉屋信子
掌に享けて鈴の止みたる破魔矢かな　加倉井秋を
破魔矢受く暁光すでに沖にあり　向野楠葉
破魔矢もつ父子の影を浜に曳き　宮下翠舟
肩車されて破魔矢を握りしむ　山崎矢寸尾
いただきし破魔矢の鈴の鳴りにけり　深見けん二
笹山に入りて破魔矢の鈴さわぐ　宮岡計次
鈴鳴つて鞍馬を越ゆる破魔矢かな　鈴木鷹夫
教へ子の巫女より破魔矢受けにけり　甲斐遊糸

【七福神詣《しちふくじんまゐり》】　**七福詣《しちふくまゐり》**　**福神詣《ふくじんまゐり》**　**福神巡り**　**福詣《ふくまゐり》**

元日から七日までの間に、七福神を祀ってある寺社を次々と巡り歩いて参拝し、一年の福運を祈ること。七福神は恵比須《えびす》・大黒天・毘沙門《びしやもん》天・福禄寿《ふくろくじゆ》・弁財天・布袋《ほてい》・寿《じゆ》老人《ろうじん》の七神で、福徳の神として崇敬される。
❖東京でもっとも有名な隅田川七福神詣は、向島三囲《むこうじまみめぐり》神社の恵比寿・大黒天、弘福寺の布袋、多聞寺の毘沙門天、白鬚《しらひげ》神社の寿老人、百花園の福禄寿、長命寺の弁財天。

七福神詣妻子を急がせて　安住　敦
拾ふ神ありや七福神詣　清水基吉
竹青き秩父七福詣かな　西嶋あさ子
墨堤の風の福神詣かな　皆川盤水
真帆ゆくや七福神の隅田川　野村喜舟

【初神楽《はつかぐら》】　**神楽始**

新年に初めて各神社で神楽を奏すること。
❖奈良市の春日大社では神楽始と称し、正月三日朝にその年初めての神楽を奏する。
↓神楽（冬）

初神楽吹かねば氷る笛を吹く　加藤かけい
初神楽太く神慮に叶ひたり　山口誓子

初神楽扇の紐を地に垂らし　下村非文
暮れがたの松風の音初神楽　皆川盤水
初神楽大蛇のとぐろ隆々と　飯島晴子
早池峰山のふところ深く初神楽　小原啄葉
伊那谷の杉の真闇の初神楽　太田嗟
杉はなほ夜の高さに初神楽　鷹羽狩行
初神楽うしろの山に礼《いや》なして　大石悦子

【繞道祭《ねうだうさい》】
奈良県桜井市の大神《おおみわ》神社の元旦の祭。午前零時、暗い境内に鑽《き》り出した火で御神火《ごしんか》がともされる。神事のあと、神火を移した大《おお》松明《たいまつ》を氏子の若者たちが担いで境内を練り歩く。参拝者は手にした小松明や火縄に争ってその火を移し、家に持ち帰って神棚に上げ、雑煮を炊く。大松明はさらに付近の摂社・末社十八か所を巡拝し、三輪山麓を繞《めぐ》ることから繞道の名がある。

御神火の火屑掃き寄す繞道祭　村上冬燕
繞道祭火屑を蹴つて禰宜《ねぎ》走る　民井とほる
柿畑へ繞道祭の火屑とぶ　浅場芳子
繞道の炎の別れゆく檜原かな　堀古蝶
国原を繞道の火のはしりをる　阿波野青畝
昂《たかぶ》りて繞道の火を頒《わか》ちあふ　大橋敦子

【初伊勢《はついせ》】　初参宮
新年に初めて伊勢神宮に詣でること。外《げ》宮《くう》・内宮《ないくう》の順で参拝する。→伊勢参（春）

初伊勢や二見泊りに子を連るゝ　名和三幹竹
初伊勢の絵馬を置きたる机かな　細川加賀
初伊勢や火柱すぐに立ち上がり　岬雪夫
初伊勢や真珠のいろに神饌《みけ》の海　伊藤敬子
初伊勢や神鶏のとき樹上より　植村章子
初伊勢の晴れて白馬のまたたけり　福谷俊子
初伊勢の松の中なる三番叟《さんばそう》　渡辺純枝

【玉せせり《たませせり》】　玉せり　玉取祭　玉競《たませり》祭《まつり》
正月三日に福岡市筥崎《はこざき》宮で行われる神事。

締め込み一本の競子《せりこ》と呼ばれる男たちが霊玉を奪い合い、本宮まで駆ける勇壮な神事。激しいもみ合いの中、水を浴びせると湯気が立ち上がる。最後に玉を手にし、本宮に納めた人の地区が陸組ならばその年は豊作、浜組なら豊漁になるという。❖恵比須信仰に由来するという玉取祭は、西日本の各地で行われる。

屈強の胸に水受け玉せせり　岡部六弥太
降る雪に裸身まぶしき玉せせり　井田満津子
玉競の裸を叩く霰かな　富安風生
玉取祭済みし参道ずぶ濡れに　鮫島春潮子

【鷽替《うそかへ》】

正月七日の酉の刻、福岡県太宰府《だざいふ》市の太宰府天満宮で催される神事。参拝の人々は手に木製の鷽を持ち、「替えましょ、替えましょ」と唱えて互いに替える。「昨年の凶事を嘘にして、今年の吉に鳥替える」意味だという。中には神社が出す金製の鷽が十二個混じっていて、それに当たるとその年は幸運が授かるという。❖大阪の大阪天満宮や東京の亀戸《かめいど》天神でも、太宰府にならって初天神の日に行われる。

鷽替の渦にしたしく歩み入る　山田みづえ
鷽替や夕べ吹かるる橋の上　福島　勲
鷽替の人中にゐて真顔なり　角　光雄
鷽替ふる大き太鼓を一つ打ち　栗田せつ子
うそ替の月夜の道を帰りけり　仲田益子
鷽かへて大きな鷽となりにけり　長野蘇南
鷽替ふるならば徹頭徹尾替ふ　後藤比奈夫

【十日戎《とをかえびす》】　初戎　初恵比須　宵戎《よひえびす》　戎祭　戎笹　福笹　吉兆　残り福

新年になって最初の戎祭。九日を宵戎、十日を本戎、十一日を残り福という。恵比須神は福の神、商売繁盛の神として信仰を集める。大阪の今宮戎《いまみやえびす》神社をはじめ、京都の恵美須神社、福岡の十日恵比須神社などが有名。宵戎から三日間はもっとも参拝客が多く、吉兆とよばれる銭袋や小判、米俵などいろいろな縁起物を買って吊るして帰り、家の神棚に飾る。↓宝恵駕

菓子買ふや十日戎の風の中　桂　信子
南座もはねたる十日戎かな　杉岡せん城
初戎曲れば四条通の灯　辻田克巳
目の前を小判が通る初戎　丁野　弘
昼酒の許されてをり初えびす　榎本好宏
大阪の寒さこれより初戎　西村和子
堀川の水の暗さや宵戎　青木月斗
七星のしだり尾あをき戎笹　ほんだゆき
福笹をかつげば肩に小判かな　山口青邨
福笹を置けば恵比寿も鯛も寝る　上野章子
旅の手に福笹しなふ重さあり　有働　亨
福笹のしなふは鯛の重さなる　鷹羽狩行
福笹を担ぐ俵の浮き沈み　西池冬扇
吉兆の覗く大きな袋持つ　工藤泰子
裏門の雀が囃す残り福　桑田和子

【懸想文売《けそうぶみうり》】　懸想文

江戸時代の京都の招福行事。正月元旦から一五日まで、八坂神社の犬神人《いぬじにん》が、立烏帽子に紅梅の素袍を着て、白い布で覆面をし、梅の枝に文箱を吊るしたり、文包を首から掛けたりして売り歩いた。商売繁盛や良縁に御利益があるとされ、娘たちはこれを買い求めて鏡台や箪笥にしのばせた。❖明治時代以後すたれたが、現在は京都の須賀神社で節分の前日と当日に売られている。懸想文は和紙に雅文体で書かれ、奉書紙に包まれた優美なもの。当時を模した姿の懸想文売が境内に立つ。

懸想文売る水干の夕かげり　江口井子
淡雪を讃ふることも懸想文　後藤比奈夫

【初金毘羅《はつこんぴら》】　初金刀比羅《はつことひら》　初十日

正月十日に新年初めて金毘羅に参詣すること。またその縁日。香川県琴平町の象頭山《ぞうずさん》金刀比羅宮をはじめ、各地の金毘羅様は参詣者で賑う。金刀比羅宮は薬師如来の十二神将の一つ、宮毘羅大将《くびらたいしょう》を祀るといわれ、航海安全の守り神として信仰される。❖東京では、虎ノ門の金刀比羅宮が有名である。

下駄ひきて初金比羅の石だたみ　村沢夏風
初金比羅耳かき売も出てゐたり　永方裕子
灯を入るゝ初金比羅の仁王かな　井川水仙子
初金比羅みな舞台より海を見る　斉部薫風
潮の香を風運びたる初十日　篠沢亜月

【初卯《はつう》】　初卯詣《はつうまうで》　卯の札《ふだ》　卯杖《うづゑ》　卯槌《うづち》

正月最初の卯の日、また、その日に神社に詣でること。またその縁日。この日に受ける神符が厄除けの「卯の札」。大阪の住吉大社の初縁日が名高い。東京の亀戸天神境内の御嶽神社では、火防の御符や魔除けの卯槌を授ける。卯杖は長さ約一五〇センチ。要黐・棗・梅・桃などの枝を白く削り、杖の頭を白紙で包んだもの。京都の上賀茂神社ではこれを本殿入り口に掲げる。

足袋屋からたび履いて出る初卯かな　蓼太
前髪に初卯戻りの御札かな　高田蝶衣
弟子つれて初卯詣の大工かな　村上鬼城

【初天神《はつてんじん》】　宵天神　残り天神　天神花《てんじんばな》

正月二十五日に新年初めての天満宮に参詣すること。またその縁日。福岡県の太宰府天満宮、大阪の大阪天満宮、京都の北野天満宮、東京の亀戸天神社などがことに賑う。境内では紅白の梅の造り枝に小判などを吊した、天神花・天神旗《ばた》を売っている。大阪天満宮などでは鷽替《うそかえ》の神事が行われる。↓鷽替

日おもてに雀群れたり初天神　柴田白葉女
初天神黒き運河を越えて来ぬ　村山古郷

初天神妻が真綿を買ひにけり　草間時彦
鈴の緒がひねもす振られ初天神　品川鈴子
初天神女ばかりが来てをりぬ　石田郷子
初天神弥彦より来し刃物売　山下昌子

【初勤行《はつごんぎやう》】　**初読経《はつどきやう》**　**初諷経《はつふぎん》**　**初灯明《はつとうみやう》**　**初灯《はつともし》**　**初鐘《はつかね》**　**初太鼓《はつたいこ》**　**初開扉《はつかいひ》**　**初護摩《はつごま》**

新年に初めて各寺院や仏前で読経その他のお勤めをすること。宗派によりさまざまな儀式が行われる。

老の声不思議に徹り初諷経　後藤比奈夫
初灯明こぞりて九体阿弥陀仏　竹中碧水史
荒神の昏き方にも初灯　高田蝶衣
初開扉きりりきりりと軋みつつ　東條素香
初護摩の火を僧の手のわしづかみ　井沢正江
剣もて初護摩の火をなだめたり　塚越志津枝
初護摩に羽黒の法螺のとどろけり　玉澤幹郎

【初寅《はつとら》】　**一の寅**　**福寅**

正月最初の寅の日に毘沙門天《びしやもんてん》に詣でること。またその縁日。毘沙門は福徳開運、商売繁盛の霊験がある。ことに京都では、鞍馬寺《くらまでら》の毘沙門天に参詣する人が多い。参詣人には御剣《みつるぎ》の印・福富の印・牛王《ごおう》の宝印などを授け、また、福掻《ふくかき》・燧石《ひうちいし》・鞍馬小判（大判小判を模したもの）が売られる。東京では神楽坂の善國寺の毘沙門天が賑う。❖中世のころ、京都の鞍馬寺ではお福蜈蚣《むかで》といって生きた蜈蚣が売られたという。これは、お足が多いという洒落による。

初寅や院々はまだ雪籠り　月居
初寅の護符をかざして貴船へも　中田余瓶
初寅の雪のきざはし鞍馬寺　岸風三樓
初寅や葛飾の道野川沿ひ　皆川盤水
鈴一つ拾ふ初寅神楽坂　肥田埜恵子
初寅や鞍馬はいつも雪の舞ひ　三村純也
講中の人につき行く一の寅　鈴木敬子
福寅の口真赤なる鞍馬かな　辻田克巳

【初弁天《はつべんてん》】 初巳《はつみ》

新年最初の巳の日に弁財天に詣でること。またその縁日。東京では上野の不忍池《しのばずのいけ》の辯《べん》天堂《てんどう》に参詣する人が多い。弁財天は福徳・知恵・財宝を司る仏教の女神で、七福神の一つ。❖広島県の宮島、奈良県の天川《てんかわ》、滋賀県の竹生島《ちくぶ》、宮城県の金華山、神奈川県の江の島などの弁財天が有名。

登るほど海がきらめく初弁天　中村明子
舟着きも靄の佃の初巳かな　長谷川春草

【初薬師《はつやくし》】

正月八日に新年初めて薬師に詣でること。またその縁日。薬師は薬師瑠璃光如来《やくしるりこうにょらい》の略称で、衆生の病患を救い、慢性の病気に効く法薬を授ける如来として信仰される。正月にお参りすると平常の三千日分の御利益があるといわれる。❖縁日は毎月八日と十二日。

初薬師かへりの芹を摘みにけり　岸風三樓
護摩祈禱待つ日溜や初薬師　富田潮児
むさし野の土の香にたつ初薬師　沢木欣一
杉の雪しきりに落ちぬ初薬師　大峯あきら
湯どころの山ふところの初薬師　本井英
初薬師より青空を連れ帰る　小澤克己

【会陽《ゑやう》】 西大寺参《さいだいじまゐり》　裸押し　修正会《しゆしやうゑけちがん》

寺院の年頭の法会である修正会の結願の行事で、一年の繁栄を祈るために行われる。もっとも有名な岡山市の西大寺観音院の会陽は奇祭として知られる。従来、旧暦正月十四日の行事だったが、現在は新暦二月第三土曜日の夜に行われる。締め込み一本の男たち八千人が水垢離《みずごり》を取って揉み合い、午後十時を期して陰陽二本の宝木《しんぎ》の争奪戦が繰り広げられる。会陽に締めた褌《ふんどし》は、安産のお守りとして妻の出産の際の腹帯にする。❖香川県善通寺でも行われている。

水掛けて掛けて会陽を昂《たか》ぶらす　牧　恵子
なだれつつ宝木の行方裸押　媛井苔青
仏心のふどし一筋裸押し　久保田博
争ひを仏嘉《よみ》する裸押し　宮津昭彦
裸押し肩ぐるまして子も裸身　渡辺　昭
乱声も加持の一法修正会　西田　誠

【初閻魔《はつえんま》】　斎日《さいにち》

正月十六日に新年初めて閻魔に詣でること。またその縁日。この日と七月十六日とは、地獄の獄卒も休むといい、奉公人が休む藪入でもあるため、閻魔堂や十王堂へ参詣することが多かった。諸寺では地獄変相の図や十王図などの画幅を掲げる。十王は冥府《めいふ》で亡者の罪を裁く十の王で、閻魔はその中の一人。↓藪入

初閻魔赤い風船飛んでをり　多田薙石
初閻魔天網雪をこぼしけり　岩崎健一
母の背に舌を出す子や初閻魔　岡部六弥太
笏《しゃく》にまで及ぶ虫喰ひ初閻魔　大堀柊花
うしろより紙のつぶてや初閻魔　下田童観

【初観音《はつくわんおん》】

正月十八日に新年初めて観世音菩薩《かんぜおんぼさつ》に詣でること。またその縁日。東京では浅草観音、京都では清水観音が特に有名で、参詣者で賑う。❖毎月十八日が観音の縁日である。

仲見世や初観音の雪の傘　増田龍雨
初観音人形焼を買ふ列に　瀧　春一
雑踏にしるべの顔や初観音　稲垣きくの
風荒れて初観音の湖国かな　永井由紀子
目立たざる初観音の小商ひ　星野高士

【初大師《はつだいし》】　初弘法《はつこうぼふ》

正月二十一日に新年初めて弘法大師に詣でること。またその縁日。弘法大師は真言宗の開祖空海のこと。厄年にあたる男女が厄除けのお参りをする。首都圏では川崎大師、近畿圏では京都の東寺が最も賑う。

香煙に降りこむ雪や初大師　五十嵐播水
初大師東寺に雪のなかりけり　百合山羽公
初大師曇ればすぐにしぐれきて　草間時彦
地べたに火焚くしたしさや初大師　小川軽舟
売れさうもなきもの並べ初弘法　片山由美子
七輪のうるめに楊子初弘法　押野裕

【初不動《はつふどう》】
正月二十八日に新年初めて不動尊に詣でること。またその縁日。不動尊は不動明王のことで、五大明王の主尊。暴悪忿《ふんぬ》怒の形相をしており、一切の悪魔を降伏させる。関東では千葉県の成田不動尊が最も有名。弘法大師の開眼で、平将門《たいらのまさかど》の乱に霊験があったといわれ、信仰する者が多い。❖画幅では大津市の園城寺《おんじょう》の黄不動、和歌山県の高野山明王院の赤不動、京都市青蓮院《しょうれんいん》の青不動の三幅が知られる。

前髪にちらつく雪や初不動　石田波郷
むさし野の雲ふはふはと初不動　村沢夏風
ぬかるみにうるむ灯のあり初不動　八木林之助
佃煮《つくだに》の漆光りや初不動　岡本眸
滝道の風に杉鳴る初不動　柏原日出子

【初弥撒《はつミサ》】　弥撒始
正月元日に新年初めてカトリック教会で行われるミサ。

初弥撒や落葉松はみな直なる木　石田勝彦
初弥撒に君の座のあり君の亡く　依田明倫
初弥撒や禱りのほかの灯は消され　鷹羽狩行
初弥撒へ旅人ひとり加はれり　内藤恵子
初弥撒や息ゆたかなる人集ひ　福永耕二
初弥撒の鐘に応ふる波高し　柴田佐知子
初弥撒の木彫りのマリア足小さき　岡本恵子
初弥撒やまつげ豊かに祈りたる　市川浩実
燦々とステンドガラス弥撒始　阿波野青畝
燭の火の細きに睦み弥撒始　村田脩

【嫁が君《よめがきみ》】

正月三が日に鼠を呼ぶ忌《いみ》ことば。関西で使われた。嫁御《よめご》・嫁御前《よめごぜ》・嫁女《よめじょ》などと呼ぶ地方もある。❖鼠は大黒様の使いとして、米や餅を供えるなど、正月にもてなす習俗も広く行われていた。

明くる夜もほのかに嬉しよめが君　其角
三宝に登りて追はれ嫁が君　高浜虚子
どこからか日のさす閨《ねや》や嫁が君　村上鬼城
ぬば玉の閨かいまみぬ嫁が君　芝　不器男
嫁が君全き姿見られけり　野口里井
嫁が君この家の勝手知りつくし　轡田　進
磨きたる廊下の長さ嫁が君　中坪達哉

【初鶏《はつどり》】

元日の明け方に鳴く一番鶏《いちばんどり》。新しい年の始まる事触れの声。❖常に聞くのとちがい、めでたさがひとしおである。

初鶏や日の梁《うつばり》のあなたより　蓼　太
初鶏にこたふる鶏も遠からぬ　阿部みどり女
初鶏やひそかにたかき波の音　久保田万太郎
木曾に来て初鶏のこの勁《つよ》き声　所　山花
初鶏の声を遠くに火を使ふ　柿本多映
初鶏の閧高らかに尾を引けり　岡安仁義
初鶏やあめつちはなほ真の闇　鷹羽狩行
初鶏や神代のままの星の数　杉　良介
初鶏の次の声待つ山河かな　遠藤若狭男
初鶏のながながと日の神を呼ぶ　大野崇文

【初声《はつこゑ》】

元日の早暁に聞くはじめての鳥の声。諸鳥の鳴き声をいう。❖鳥に限っていい、犬や猫などについてはいわない。

初声の戒壇院の石叩　岡井省二
初声の雀の中の四十雀　青柳志解樹
帆柱に来て初声を高めけり　茨木和生
初声や向ひの山の薄明り　小山あきお
初声や笹叢に日の射し入りぬ　佐々木潤子

【初雀《はつすずめ》】

元日の雀。身近にあっていつも聞き慣れている雀の鳴き声も、新年にはめでたく聞こえる。軒先などで見る姿も愛らしく感じられる。

みつめて居ていよよ小さし初雀　澤井我来
お手玉のごとくにあそぶ初雀　下村梅子
初雀日輪いまだつばさなし　千代田葛彦
初雀嘴《はし》よりひかりこぼしけり　岸田稚魚
初雀非常階段落ちるなよ　小笠原和男
舞殿の屋根に弾みて初雀　木暮剛平
花蕊のごとき足跡初雀　金箱戈止夫

あさくさの雷門の初雀　今井杏太郎
群れ飛んで一羽残りぬ初雀　稲畑汀子
つぎつぎに松よりこぼれ初雀　柏原眠雨
水の上の影の小粒や初雀　冨田正吉
初雀来てをり玉の水浴びに　島谷征良
松の葉の氷啄む初雀　岩井英雅
初雀吹き戻さるゝ渚かな　中岡毅雄

【初鳩《はつばと》】

正月に見る鳩。初詣の寺社の境内などで見かける姿を愛《め》でていう。

由比ヶ浜の風が初鳩ちらしけり　西　宇内
初鳩のくぐもり鳴くや塔の下　浅野草人
初鳩や海光届く一の宮　石川千代子

【初鴉《はつがらす》】

元日の鴉で、姿と鳴き声にいう。❖鴉は姿も声も不気味で不吉な鳥の印象を与えるが、八咫烏《やたがらす》・三足《さんぞく》の烏などは瑞兆とされ、元日の鴉は神鳥《しんう》として愛でられた。

ばら〳〵に飛んで向ふへ初鴉　高野素十
背山よりいつもの声の初鴉　後藤比奈夫
噴煙のあたりを去らず初がらす　米谷静二
松島の佳き松にゐる初鴉　小原啄葉
道に出て人のごとくに初鴉　山田みづえ
地に降りて声つつしめる初鴉　宮岡計次
初鴉吹かるる風の結び目に　神蔵　器
初鴉声ごと吹かれ森を越ゆ　本宮哲郎
二羽たちて三羽となりぬ初烏　鷹羽狩行
声少しづつ初鴉らしくなる　上井正司
初鴉その漆黒を称え合う　宇多喜代子
夕されば常のこゑなり初鴉　小島　健
みづうみへこゑ伸びてゆく初鴉　井上康明

【伊勢海老《いせえび》】

イセエビ科の甲殻類。太平洋岸に棲息するが、日本海には少ない。雄渾《ゆうこん》な姿と色が正月の賀宴にふさわしく、昔から祝膳を飾る正月用の海の幸として珍重されてきた。❖茹で上がった色がいかにもめでたい。→飾海老

木屑より出て伊勢海老の髭うごく　福田甲子雄
伊勢海老のどことは言はず菫いろ　角川照子
これやこの伊勢海老の舵紅に　鷹羽狩行
伊勢海老の二藍の色誉めにけり　中西夕紀
伊勢海老の髭の先まで蒸されたり　山本一史

【楪《ゆづりは》】

正月飾りに用いるユズリハ科の常緑高木、楪の葉。楪は暖地の山に自生するが、多くは庭木として植えられる。葉は大型の長楕《だ》円《えん》形で、長さ十五センチほど。その表面は艶のある緑色で肉厚。裏面は白みがかっていて、長い葉柄は紅色を帯びる。常緑樹の常として新しい葉が生長してから古い葉が落ちるさまを、順に世代を譲ることに見立て、縁起が良いとする。

楪をもう二三枚欲しきかな　中田みづほ
ゆづり葉にのせて大和の焼肴　大島民郎
楪の紅に心のある如く　町　春草
楪の柄のくれなゐに雪紬ぐ　古賀まり子
楪や高処の一戸よく見ゆる　児玉輝代
楪に日和《ひより》の山を重ねけり　大峯あきら
楪を流るる日ざし高野口　友岡子郷
楪の下の親しき歩みかな　中山世一

【歯朶《しだ》】羊歯《しだ》　裏白《うらじろ》

シダは種類が多いが、正月の歯朶といえば裏白のことで、葉の表は艶やかな緑色だが裏が白い。葉が対になっているので諸向《もろむき》ともいい、夫婦和合の象徴とする。裏が白いのを白髪の長寿になぞらえ、縁起のよいものとして注連縄やお飾りに使う。またそこから、齢《よわい》（＝歯）を延べるとして「歯朶」の字を用いる。❖山中や路傍などに生えているものは新年の季語とはしない。→歯朶刈（冬）・歯朶飾る

歯朶の葉の右左あるめでたさよ　高野素十

歯朶の塵こぼれて畳うつくしき　大峯あきら
裏白に映えて神世の灯かな　野村泊月
裏白と一夜明くれば古稀の父　百合山羽公
うらじろの反りてかすかに山の声　髙崎武義

【福寿草《ふくじゆさう》】　元日草《ぐわんじつさう》

キンポウゲ科の多年草で、江戸時代から鑑賞用に栽培が行われており、正月に花が咲くように鉢植えにしたことから元日草とも呼ぶ。その名とともに黄金色の花がいかにもめでたさを感じさせる。❖自生しているものの開花は二～三月。

福寿草家族のごとくかたまれり　福田蓼汀
日の障子太鼓の如し福寿草　松本たかし
福寿草ひらきてこぼす真砂かな　橋本鶏二
妻の座の日向ありけり福寿草　石田波郷
下町や軒端の鉢の福寿草　石塚友二
裏山にゐくぼの日ざし福寿草　成田千空
ゆるみつつ金をふふめり福寿草　深見けん二
どの子にも母似の笑窪福寿草　板橋美智代
その字画ほぐすごとくに福壽草　鷹羽狩行
針山も日にふくらみて福寿草　八染藍子
福寿草母なる子なる蕾かな　山田弘子
見回して空ばかりなり福寿草　友岡子郷
福寿草雛がつばさを張るやうに　須原和男
朝日まだよそよそしくて福寿草　山本一歩
母ひとりには広き家福寿草　佐藤郁良
玄関の白砂青苔元日草　鷹羽狩行

【若菜《わかな》】　粥草　七草菜

正月七日の七種粥《ななくさがゆ》に入れる春の若草をさす。

↓七種

雪の戸や若菜ばかりの道一つ　言水
初若菜三筋四すぢとかぞへけり　鳳朗
粥草や葛飾舟の朝みどり　蕪村
嵯峨へ行き御室《おむろ》へ戻り若菜かな　正岡子規
籠の目に土のにほひや京若菜　大須賀乙字
初若菜うらうら海にさそはれて　長谷川かな女

ふるさとは白波の磯初若菜　村田　脩

【春の七草《はるのななくさ》】

正月七日に食べる七種粥に入れる若菜。根白草・薺・御行・繁縷《はこべら》・仏の座・菘《すずな》・蘿蔔《すずしろ》の七種。→七種・若菜

あをあをと春七草の売れのこり　高野素十
七草の名札新らし雪の中　鈴木花蓑
折々に七草籠の置き処　池内たけし
七種のみどり細《くは》しき一籠かな　野澤節子
苞とけば七草の菜の青ひらく　能村登四郎
七草のはこべら莟もちてかなし　山口青邨
七種のすずしろなれば透き通る　佐藤麻績

【根白草《ねじろぐさ》】

春の七草のひとつ。芹の異称。

根白草仏の山の日だまりに　高木良多
指細くしては摘みけり根白草　今泉陽子
三代の俎にほふ根白草　新田祐久
根白草ばらまかれたる薄日かな　井出　渉
師も父母も在さぬこの世根白草　池田澄子
播磨野の夢《ゆめ》前《さき》川の根白草　松尾隆信

【薺《なずな》】　**初薺**　**薺売**

春の七草のひとつ。

下京やさざめき通る薺うり　蝶　夢
濡縁や薺こぼるゝ土ながら　嵐　雪
ふるさとの不二かゞやける薺かな　勝又一透
千枚田より摘みきたる薺なる　斎藤梅子
俎板に散らばつてゐるなづなかな　山本一歩
松島の松いろいろや初なづな　長谷川　櫂

【御行《おぎやう》】　**御形《ごぎやう》**　**五形《ごぎやう》**

春の七草のひとつ。母子草《ははこぐさ》のことで、御《お》行《ぎやう》・御行《ごぎやう》という古い呼び名が用いられている。→母子草（春）

雨に野は相生すべき五ぎやうかな　季　吟
古都に住む身には平野の御行かな　名和三幹竹
こもごもに二人子の唄御行摘む　石田波郷
高麗の里御行の畦に風移る　広瀬一朗

御形摘む大和島根を膝に敷き　八田木枯

【仏の座《ほとけのざ》】　**田平子《たびらこ》**

春の七草のひとつ。キク科の越年草、小鬼《こおに》田平子《たびらこ》のこと。蓮華の円座に似た形から仏の座の名がある。❖春に花をつけるシソ科の越年草ホトケノザとは別の植物。

油屋の千本格子ほとけの座　松本澄江
日のひかりひとときどき仏の座　山口速
しつかりとひつそりとあり仏の座　有馬朗人
日の中に浮んでゐたる仏の座　高橋将夫
たびらこや洗ひあげおく雪の上　吉田冬葉
田平子や午後より川に人の出て　岡井省二

【菘《すずな》】　**菁《すずな》**

春の七草のひとつ。蕪のことだが、菘と呼んで新年のものとしている。古くは鈴菜と書いたが、鈴は小さいものの意という。

山口につくる生駒の鈴菜かな　言水
早池峰の日のゆきわたる菘かな　菅原多つを

【蘿蔔《すずしろ》】

春の七草のひとつで、大根のことを蘿蔔と呼んで新年のものとしている。

すずしろや春も七日を松の露　鳳朗
すずしろと書けば七草らしきかな　井沢修

【子日草《ねのひぐさ》】　**姫小松**　**子の日《ねのひ》の松《まつ》**

子の日の遊びに引き抜く小松のこと。↓小松引

根づかせて見せばやけふの子の日草　暁台
湖見ゆる丘に来て引く子の日草　田中平洲
子日草海原の日に手をかざし　則近文子
絵巻物ひろげし如く姫小松　成瀬正俊

新年の行事

一月の行事の一覧です。
吟行にお出かけの場合には、かならず日時をお確かめください。

《1月》

1日 **弥彦神社正月夜宴神事**（〜3） 新潟県弥彦村
浅草寺修正会（浅草寺・12／31〜1／6） 東京都台東区
隅田川七福神詣（白鬚神社など6社寺・〜7） 東京都墨田区
鶴岡八幡宮御判行事（〜6） 神奈川県鎌倉市
蛙狩神事・御頭御占神事（諏訪大社上社） 長野県諏訪市
初伊勢〈歳旦祭〉（伊勢神宮） 三重県伊勢市
白朮祭《おけらさい》（八坂神社） 京都市
東本願寺修正会（〜7） 京都市
繞道祭《にようどうさい》（大神《おおみわ》神社） 奈良県桜井市
橿原神宮歳旦祭 奈良県橿原市
四天王寺修正会（〜14） 大阪市

2日 **大御饌祭**《おおみけさい》（出雲大社） 島根県出雲市
大日堂舞楽（大日霊貴《おおひるめむち》神社） 秋田県鹿角市
北野の筆始祭（北野天満宮） 京都市

3日 **寺野のひよんどり** 静岡県浜松市
吉備津神社の矢立神事 岡山市
玉取祭〈玉せせり〉（筥崎宮） 福岡市

4日 **中宮祠**《ちゆうぐうし》**武射祭**（二荒山《ふたらさん》神社） 栃木県日光市
下鴨神社蹴鞠はじめ 京都市
住吉大社踏歌神事 大阪市

5日 **浅草寺牛玉**《ごおう》**加持会** 東京都台東区
大山祭（伏見稲荷大社） 京都市
五日戎〈南市の初戎〉（南市恵比須神社） 奈良市

上旬　**加賀鳶出初め式**　石川県金沢市
6日　**少林山七草大祭だるま市**（少林山達磨寺・～7）　群馬県高崎市
びんずる廻し（善光寺）　長野市
7日　**白馬祭**（鹿島神宮）　茨城県鹿嶋市
善光寺御印文頂戴（～15）　長野市
三島御田打ち神事（三嶋大社）　静岡県三島市
清水寺の牛玉《ごおう》　京都市
住吉の白馬神事《あおうましんじ》（住吉大社）　大阪市
太宰府天満宮鷽《うそ》替え・鬼すべ　福岡県太宰府市
鬼夜（大善寺玉垂宮）　福岡県久留米市
9日　**西本願寺報恩講**（～16）　京都市
第4土曜　**若草山焼き**　奈良市
第2月曜　**鬼走**（常楽寺）　滋賀県湖南市
10日　**今宮戎神社十日戎・宝恵駕《ほえかご》**（9～11）　大阪市
金刀比羅宮初こんぴら　香川県琴平町
11日　**御札切り**（遊行寺）　神奈川県藤沢市
熱田神宮踏歌神事〈あらればしり〉　愛知県名古屋市
枚岡神社粥占神事　大阪府東大阪市
大宝の綱引き　長崎県五島市
12日　**坂東報恩寺まないた開き**　東京都台東区
伏見稲荷大社奉射祭　京都市
13日　**住吉のお弓始め**〈御結鎮《みけち》神事〉（住吉大社）　大阪市
14日　**新野の雪祭り**（新野伊豆神社）　長野県阿南町
15日　**チャッキラコ**（本宮、海南神社）　神奈川県三浦市
15日頃　**三十三間堂の楊枝浄水加持・通し矢**（15日に近い日曜）　京都市
16日　**上賀茂神社武射神事**　京都市
藤森神社御木始・御弓始　京都市
白毫寺閻魔もうで　奈良市
17日　**三吉梵天祭**（三吉神社）　秋田市
18日　**浅草寺亡者送り**　東京都台東区
20日　**常行堂二十日夜祭**〈延年の舞〉（毛越寺）

岩手県平泉町
百手祭《ももてさい》〈厳島の御弓始〉（大元神社）　広島県廿日市市

21日　**川崎大師初大師**　神奈川県川崎市
　東寺初弘法　京都市

第4日曜　**箟岳白山**《ののたけはくさん》**祭**〈箟宮祭〉（箟岳山箟峯寺）　宮城県涌谷町

24日　**亀戸天神社うそ替え神事**（～25）　東京都江東区
　愛宕神社初愛宕　京都市
　とげぬき地蔵大祭（高岩寺）　東京都豊島区

25日　**篠原踊**（篠原天神社）　奈良県五條市
　北野天満宮初天神　京都市
　太宰府天満宮初天神祭　福岡県太宰府市

27日　**道了尊大祭**（最乗寺・～28）　神奈川県南足柄市

◆工夫してみたい俳句の助数詞

「一個」の「個」、「一つ」の「つ」など、ものの数量に添える接尾語を助数詞といいます。ここでは、そのほんの一例を見てみましょう。

兎

野兎の二羽見失ふ日暮かな

❖「匹」「羽」どちらでも。

蝶

一頭の蝶のはるけき真昼かな

❖「匹」「頭《とう》」どちらでも。

荒巻鮭

三本の荒巻鮭へ怒濤かな

❖魚が生きている状態のときは「匹」、釣りや漁の獲物としては「尾」、商品として扱う場合は形状ごとに、細長い魚（サンマ・イワシ等）は「本」、平面的な魚（ヒラメ・カレイ等）は「枚」と数えることが多いようです。

手袋

手袋の一双《そう》の緋を愛すべく

❖左右が決まっているペアは「双」で数えます。

墓

墓の二基三基と野菊うつくしく

❖「基《き》」は四角い土台や一人では動かしがたいものを数えるときの語です。句碑や石碑、銅像や古墳などにも適用されます。

羊羹

数へ日の羊羹三棹《さお》とは重き

❖細長い棒状の菓子が「棹物菓子」とも呼ばれることから。

写真

数葉の写真を糧に冬支度

❖詩的な表現をしたいときに「葉《よう》」となるようです。葉書も同様です。

詩

三編の詩を葬りて秋思かな

❖「編」「篇」は詩や小説などを数えるときに用います。

墨

それぞれに一挺の墨初景色

❖墨は手に持つもののため「挺《ちょう》」(丁《ちょう》)などと数えます。硯は「面」と数えます。

太鼓

かく逸《はや》る祭太鼓の面震へ

❖太鼓や琴など、皮や弦を張った楽器は「面」「張《ちょう》」などと数えます。

焜炉

二口の焜炉のための壺焼ぞ

❖焜炉全体は「台」で数えますが、噴き出し口は「口」にしたいですね。

座敷

一間では足りぬとつなぎ夏座敷
風すこし二間つづきの冬座敷
❖座敷は「間」で数えます。宴席という意味の「お座敷」の場合は「席」で数えるのが普通です。

鏡

雪降れば雪の三面鏡となり
❖持ち運びのできるものは「枚」、はめ込まれたものは「面」で数えます。

簞笥

一棹の簞笥へ届く春夕焼
❖かつて、担ぐのに棹を用いたことから「棹」と数えます。

笛

一管の笛の音淡し春隣
❖口で吹く管楽器は「管」で数えます。

◆読めますか　新年の季語

御降	着衣始	白朮詣	賀詞	籟初
淑気	大服	楪	初糶	騎初
野老飾る	喰積	初東風	屠蘇	国栖奏
御慶	草石蚕	藁盒子	五万米	鳥総松
傀儡師	恵方詣	七五三縄	手斧始	蘿蔔

◆読めましたか　新年の季語

御降	おさがり
淑気	しゅくき
野老飾る	ところかざる
御慶	ぎょけい
傀儡師	かいらいし・くぐつし
着衣始	きそはじめ
大服	おおぶく
喰積	くいつみ
草石蚕	ちょろぎ
恵方詣	えほうまいり
白朮詣	おけらまいり
楪	ゆずりは
初東風	はつごち
藁盒子	わらごうし
七五三縄	しめなわ
賀詞	がし・よごと
初糶	はつせり
屠蘇	とそ
五万米	ごまめ
手斧始	ちょうなはじめ
籟初	ふきぞめ
騎初	のりぞめ
国栖奏	くずのそう・くずそう
鳥総松	とぶさまつ
蘿蔔	すずしろ

二十四節気七十二候表

四季	二十四節気	現行暦の大略の日	七十二候	現行暦の大略の日	中国	意味	日本	意味
初春	立春	2月4日	初候	4—8	東風解凍《とうふうこおりをとく》	春風が吹き始め氷を解かす	東風解凍《とうふうこおりをとく》	春風が吹き始め氷を解かす
			二候	9—13	蟄虫始振《ちっちゅうはじめてふるう》	地中の虫が動き始める	黄鶯睍睆《こうおうけんかんす》	鶯が鳴き始める
			三候	14—18	魚上氷《うおこおりにのぼる》	氷の間から魚が姿を見せる	魚上氷《うおこおりにのぼる》	氷の間から魚が姿を見せる
	雨水	2月19日	初候	19—23	獺祭魚《だつうおをまつる》	獺《かわうそ》が捕った魚を岸辺に並べ祭をしているように見える	土脉潤起《どみゃくうるおいおこる》	雨が降って土が潤う
			二候	24—28	鴻雁来《こうがんきたる》	雁が飛来する	霞始靆《かすみはじめてたなびく》	霞がたなびき始める
			三候	1—4	草木萌動《そうもくほうどうす》	草木が芽吹き始める	草木萌動《そうもくきざしうごく》	草木が芽吹き始める
仲春	啓蟄	3月5日	初候	5—9	桃始華《ももはじめてはなさく》	桃が咲き始める	蟄虫啓戸《ちっちゅうこをひらく》	虫が地中から這い出す
			二候	10—14	倉庚鳴《そうこうなく》	鶯が鳴き始める	桃始笑《ももはじめてわらう》	桃が咲き始める
			三候	15—19	鷹化為鳩《たかかしてはととなる》	鷹が鳩に姿を変える	菜《な》虫化蝶《むしちょうとかす》	青虫が蝶となる
	春分	3月20日	初候	20—24	玄鳥至《げんちょういたる》	燕が来る	雀始巣《すずめはじめてすくう》	雀が巣を作り始める
			二候	25—29	雷乃発声《かみなりすなわちこえをはっす》	雷鳴がとどろき始める	桜始開《さくらはじめてひらく》	桜が咲き始める

四季	二十四節気	現行暦の大略の日	七十二候	現行暦の大略の日	中国	意味	日本	意味
			三候	30—4	始電《はじめていなびかりす》	稲妻が光り始める	雷乃発声《らいすなわちこえをはっす》	雷鳴がとどろき始める
晩春	清明	4月5日	初候	5—9	桐始華《きりはじめてはなさく》	桐が咲き始める	玄鳥至《げんちょういたる》	燕が飛来する
			二候	10—14	田鼠《でんそ》化鴽《かしてうずらとなる》	田鼠《もぐら》が鶉となる	鴻雁北《こうがんきたす》	雁が北へ渡る
			三候	15—19	虹始見《にじはじめてあらわる》	虹が初めて現れる	虹始見《にじはじめてあらわる》	虹が初めて現れる
	穀雨	4月20日	初候	20—24	萍始生《うきくさはじめてしょうず》	浮草が生い始める	葭始生《よしはじめてしょうず》	葦が芽を出す
			二候	25—29	鳴鳩払羽《めいきゅうはねをはらう》	斑鳩《いかるが》が羽を清める	霜止出苗《しもやんでなえいず》	霜が終わり苗が生長する
			三候	30—4	戴勝降桑《たいしょうくわにくだる》	戴勝《やつがしら》が桑に降りる	牡丹華《ぼたんはなさく》	牡丹が咲く
初夏	立夏	5月5日	初候	5—9	螻蟈鳴《ろうこくなく》	蛙が鳴く	鼃始鳴《かえるはじめてなく》	蛙が鳴く
			二候	10—14	蚯蚓出《きゅういんいず》	蚯蚓《みみず》が出てくる	蚯蚓出《きゅういんいず》	蚯蚓《みみず》が出てくる
			三候	15—20	王瓜《おうか》生《しょうず》	烏瓜が実をつけ始める	竹笋生《ちくかんしょうず》	筍が生える
	小満	5月21日	初候	21—25	苦菜秀《くさいひいず》	苦菜が茂る	蚕起食桑《かいこおこつてくわをくらう》	蚕が桑を食べ始める
			二候	26—30	靡《び》草死《そうかる》	田の草が枯れる	紅花《こうか》栄《さかう》	紅花が咲く
			三候	31—4	麦秋至《ばくしゅういたる》	麦が熟す	麦秋至《ばくしゅういたる》	麦が熟す

仲夏	芒種	6月5日	初候	5—9	蟷螂生《とうろうしょうず》	蟷螂《かまきり》が産まれる	蟷螂生《とうろうしょうず》	蟷螂《かまきり》が産まれる
			二候	10—14	鵙始鳴《もずはじめてなく》	鵙が鳴く	腐草為蛍《ふそうほたるとなる》	腐った草が蛍になる
			三候	15—20	反舌無声《はんぜっこえなし》	百舌が鳴かなくなる	梅子黄《うめのみきなり》	梅の実が黄色になる
	夏至	6月21日	初候	21—26	鹿角解《しかのつのおつ》	鹿の角が落ちる	乃東枯《ないとうかるる》	靫草《うつぼぐさ》が枯れる
			二候	27—1	蜩始鳴《せみはじめてなく》	蜩が鳴き始める	菖蒲華《あやめはなさく》	菖蒲《あやめ》が咲く
			三候	2—6	半夏《はんげ》生《しょうず》	烏柄杓が生える	半夏《はんげ》生《しょうず》	烏柄杓が生える
晩夏	小暑	7月7日	初候	7—11	温風至《おんぷういたる》	温風が吹き始める	温風至《おんぷういたる》	温風が吹き始める
			二候	12—16	蟋蟀居壁《しっしゅつかべにおる》	蟋蟀《きりぎりす》が壁を這う	蓮始開《はすはじめてひらく》	蓮が咲き始める
			三候	17—22	鷹乃学習《たかすなわちがくしゅうす》	鷹の子が飛び始める	鷹乃学習《たかすなわちがくしゅうす》	鷹の子が飛び始める
	大暑	7月23日	初候	23—27	腐草為蛍《ふそうほたるとなる》	腐った草が蛍になる	桐始結花《きりはじめてはなをむすぶ》	桐の実が出来る
			二候	28—1	土潤溽暑《つちうるおいてじょくしょす》	土が湿り暑くなる	土潤溽暑《つちうるおいてじょくしょす》	土が湿り暑くなる
			三候	2—6	大雨《たいう》時行《ときどきおこなう》	しばしば大雨が降る	大雨《たいう》時行《ときどきおこなう》	しばしば大雨が降る
初秋	立秋	8月7日	初候	7—12	涼風至《りょうふういたる》	涼風が吹き始める	涼風至《りょうふういたる》	涼風が吹き始める
			二候	13—17	白露《はくろ》降《くだる》	白露が降りる	寒蟬鳴《かんせんなく》	蜩《ひぐらし》が鳴く

四季	二十四節気	現行暦の大略の日	七十二候	現行暦の大略の日	中国	意味	日本	意味
			三候	18―22	寒蟬鳴《かんせんなく》	蜩《ひぐらし》が鳴く	蒙霧升降《もうむしょうごう》	深い霧が立ち籠める
初秋	処暑	8月23日	初候	23―27	鷹乃祭鳥《たかすなわちとりをまつる》	鷹が鳥を並べて食べ祭をしているように見える	綿柎開《めんぷひらく》	綿の萼《がく》が開き始める
			二候	28―1	天地《てんち》始粛《はじめてしゅくす》	暑さがおさまってくる	天地《てんち》始粛《はじめてしゅくす》	暑さがおさまってくる
			三候	2―7	禾《か》乃登《すなわちみのる》	稲が実る	禾《か》乃登《すなわちみのる》	稲が実る
仲秋	白露	9月8日	初候	8―11	鴻雁来《こうがんきたる》	雁が飛来する	草露白《そうろしろし》	草に降りた露が白く光る
			二候	12―16	玄鳥帰《げんちょうかえる》	燕が南方へ帰る	鶺鴒鳴《せきれいなく》	鶺鴒が鳴く
			三候	17―22	群鳥養羞《ぐんちょうしゅうをやしなう》	鳥たちが冬に備える	玄鳥去《げんちょうさる》	燕が南方へ帰る
	秋分	9月23日	初候	23―27	雷始収声《らいはじめてこえをおさむ》	雷鳴がしなくなる	雷乃収声《らいすなわちこえをおさむ》	雷鳴がしなくなる
			二候	28―2	蟄虫坏戸《ちっちゅうとをふさぐ》	地に入る虫がその穴を塞ぐ	蟄虫坏戸《ちっちゅうとをふさぐ》	地に入る虫がその穴を塞ぐ
			三候	3―7	水始涸《みずはじめてかる》	水田の水が涸れ始める	水始涸《みずはじめてかる》	水田の水が涸れ始める
晩秋	寒露	10月8日	初候	8―12	鴻雁来賓《こうがんらいひんす》	雁が飛来する	鴻雁来《こうがんきたる》	雁が飛来する
			二候	13―17	雀入大水為《すずめたいすいにいりてはまぐり》蛤《となる》	雀が海に入り蛤となる	菊花《きくか》開《ひらく》	菊が咲き始める

			三候	18—22	菊有黄華《きくにこうかあり》	菊の黄色い花がある	蟋蟀在戸《しっしゅっこにあり》	蟋蟀《きりぎりす》が戸口で鳴く
	霜降	10月23日	初候	23—27	豺乃祭獣《さいすなわちけものをまつる》	狼が獲物を並べて食べて祭をしているように見える	霜始降《しもはじめてふる》	霜が降り始める
			二候	28—1	草木黄落《そうもくこうらくす》	草木が黄葉し落葉する	霎時施《しぐれときどきほどこす》	ときどき時雨がある
			三候	2—6	蟄虫咸俯《ちっちゅうことごとくふす》	土中に虫が隠れる	楓蔦黄《ふうかつきなり》	楓や蔦が色づく
初冬	立冬	11月7日	初候	7—11	水始氷《みずはじめてこおる》	水が凍り始める	山茶始開《さんちゃはじめてひらく》	山茶花が咲き始める
			二候	12—16	地《ち》始凍《はじめてこおる》	大地が凍り始める	地《ち》始凍《はじめてこおる》	大地が凍り始める
			三候	17—21	雉入大水為蜃《きじたいすいにいりてしんとなる》	雉が海に入って大蛤となる	金盞香《きんせんこうばし》	水仙が咲く
	小雪	11月22日	初候	22—26	虹蔵不見《にじかくれてみえず》	虹が現れなくなる	虹蔵不見《にじかくれてみえず》	虹が現れなくなる
			二候	27—1	天気升地気降《てんきしょうしちきこうす》	天の気が上り地の気が下がる	朔風払葉《さくふうはをはらう》	北風が木の葉を落とす
			三候	2—6	閉塞成冬《へいそくしてふゆとなる》	天地の気が閉塞して冬となる	橘始黄《たちばなはじめてきなり》	橘が黄葉し始める
仲冬	大雪	12月7日	初候	7—11	鶡鴠不鳴《かったんなかず》	山鳥も鳴かなくなる	閉塞成冬《へいそくしてふゆとなる》	天地の気が閉塞して冬となる
			二候	12—16	虎始交《とらはじめてつるむ》	虎が交尾を始める	熊蟄穴《くまあなにちっす》	熊が穴に籠る
			三候	17—21	茘挺出《れいていいずる》	大韮が芽を出す	鱖魚群《けつぎょむらがる》	鮭が群がり川を上る

四季	二十四節気	現行暦の大略の日	七十二候	現行暦の大略の日	中国	意味	日本	意味
仲冬	冬至	12月22日	初候	22—26	蚯蚓結《きゅういんむすぶ》	蚯蚓《みみず》が地中にこもる	乃東生《ないとうしょうず》	靫草《うつぼぐさ》が芽を出す
			二候	27—31	麋角解《びかくげす》	大鹿が角を落とす	麋角解《びかくげす》	大鹿が角を落とす
			三候	1—4	水泉動《すいせんうごく》	地中で凍った泉が解けて動く	雪下出麦《せつかむぎをいだす》	雪の下で麦が芽を出す
晩冬	小寒	1月5日	初候	5—9	雁北郷《かりきたにむかう》	雁が北へ渡る	芹乃栄《せりすなわちさかう》	芹が生長する
			二候	10—14	鵲始巣《かささぎはじめてすくう》	鵲が巣を作り始める	水泉動《すいせんうごく》	地中で凍った泉が解けて動く
			三候	15—19	雉始雊《きじはじめてなく》	雉が鳴き始める	雉始雊《きじはじめてなく》	雉が鳴き始める
	大寒	1月20日	初候	20—24	雞始乳《にわとりはじめてにゅうす》	鶏が卵を産み始める	款冬華《かんとうはなさく》	蕗の薹が咲き始める
			二候	25—29	征鳥厲疾《せいちょうはやくとし》	鷙や鷹が飛翔する	水沢腹堅《すいたくふくけん》	沢の氷が厚くなる
			三候	30—3	水沢腹堅《すいたくふくけん》	沢の氷が厚くなる	鶏始乳《にわとりはじめてにゅうす》	鶏が卵を産み始める

・七十二候については、中国のものは宣明暦により、日本のものは宝暦暦により掲げた。
・読み方はさまざまあるが、同じ表記には同じ読み方を当てるなどわかりやすくした。
・季語として使われる七十二候は、句の中で使いやすい形に変えてあることがある。

総索引

一、『俳句歳時記　第五版』全五巻に収録の季語・傍題のすべてを現代仮名遣いの五十音順に配列した。
一、収録巻は春・夏・秋・冬・新（新年）で示した。
一、漢数字はページ数を示す。
一、＊のついた語は本見出しである。

あ

あいうう藍植う　春七四
あいすきゃんでーアイスキャンデー　夏七六
あいすくりーむアイスクリーム　夏七六
あいちぢみ藍縮　夏六三
＊あいちょうしゅうかん愛鳥週間　夏二二
あいちょうび愛鳥日　夏二二
＊あいのかぜあいの風　夏三九
＊あいのはな藍の花　秋二〇二
あいのはね愛の羽根　秋九六
＊あいまく藍蒔く　春七四
あいみじん藍微塵　春一八二
あいゆかた藍浴衣　夏六四
＊あおあし青蘆　夏二四八
あおあし青葦　夏二四八
＊あおあらし青嵐　夏四〇
＊あおい葵　夏二三五
＊あおいね青稲　夏二二四
＊あおいまつり葵祭　夏二二九
＊あおうめ青梅　夏二〇〇
あおかえで青楓　夏二〇八
あおがえる青蛙　夏一四
＊あおがき青柿　夏二〇〇
あおかび青黴　夏二六五
あおがや青蚊帳　夏八六
あおぎた青北風　秋四八
＊あおきのはな青木の花　春一六三
＊あおきのみ青木の実　冬一九八
あおきふむ青き踏む　春八三
＊あおぎり梧桐　夏二〇九
あおぎり青桐　夏二〇九
あおくびだいこん青首大根　冬二二五
＊あおくるみ青胡桃　夏二〇一
あおげら青げら　秋一二九
あおごち青東風　夏三九
＊あおさ石蓴　春二一六
＊あおさぎ青鷺　夏一五七
あおさとり石蓴採　春二一六
＊あおざんしょう青山椒　夏二四三
あおしぐれ青時雨　夏二〇五
あおじそ青紫蘇　夏二四三
＊あおしば青芝　夏二四七
＊あおじゃしん青写真　冬一二六
あおすじあげは青筋揚羽　夏一七一
あおすじあげは青条揚羽　夏一七一
＊あおすすき青芒　夏二四七
あおすすき青薄　夏二四七
＊あおすだれ青簾　夏八四
＊あおた青田　夏一五七
あおだいしょう青大将　夏一四七
あおたかぜ青田風　夏一五七
あおたなみ青田波　夏一五七
あおたみち青田道　夏一五七

＊あおつた青蔦　夏二四七
あおつゆ青梅雨　夏四三
＊あおとうがらし青唐辛子　夏二四三
あおとうがらし青唐辛　夏二四三
あおとうがらし青蕃椒　夏二四三
あおとかげ青蜥蜴　夏一四六
あおなつめ青棗　秋一五八
＊あおぬた青饅　春六一
あおね青嶺　夏五三
あおの青野　夏五四
＊あおば青葉　夏二〇五
あおばえ青蠅　夏一八一
あおはぎ青萩　夏二四八
あおばじお青葉潮　夏五六
あおばしぐれ青葉時雨　夏二〇五
あおばしょう青芭蕉　夏二三四
＊あおばずく青葉木菟　夏一五三
あおばやま青葉山　夏二〇五
あおばやみ青葉闇　夏二〇七
あおふくべ青瓢　秋一八九
＊あおぶどう青葡萄　夏二〇一
＊あおほおずき青鬼灯　夏二三三
あおほおずき青酸漿　夏二三三
あおまつかさ青松毬　秋一六六
＊あおまつむし青松虫　秋一四三
＊あおみかん青蜜柑　秋一六〇
あおみさき青岬　夏五五
あおみなづき青水無月　夏二八
＊あおむぎ青麦　春一九五
あおやぎ青柳　春一七三
＊あおりんご青林檎　夏二〇一
あかあり赤蟻　夏一八五
＊あかいはね赤い羽根　秋九六
＊あかえい赤鱏　夏一六六
あかがえる赤蛙　春一二五
あかかぶ赤蕪　冬二二五
あかがりあかがり　冬一三三
＊あかぎれ皸　冬一三三
あかぎれ皹　冬一三三
あかげら赤げら　秋一二九
＊あかざ藜　夏二五四
＊あかしあのはなアカシアの花　夏二二五
あかしお赤潮　夏五六
あかじそ赤紫蘇　夏二四三
あかとんぼ赤蜻蛉　秋一三九
あかなす赤茄子　夏二四〇
あかのまま赤のまま　秋二三〇
＊あかのまんま赤のまんま　秋二三〇
あかはら赤腹　夏一四六
あかふじ赤富士　夏五三
あかまむし赤蝮　夏一四八
あかまんま赤まんま　秋二三〇
あかりしょうじ明り障子　冬二〇一
＊あき秋　秋一七
あきあかね秋茜　秋一三九
あきあじ秋味　秋一三五
あきあつし秋暑し　秋一九
＊あきあわせ秋袷　秋六三
あきいりひ秋入日　秋三四
あきうちわ秋団扇　秋七〇
＊あきうらら秋麗　秋二八
＊あきおうぎ秋扇　秋七〇
＊あきおさめ秋収　秋七七
＊あきおしむ秋惜しむ　秋三三
＊あきかぜ秋風　秋四五
＊あきがつお秋鰹　秋一三四
あきかや秋蚊帳　秋七〇
あきかわ秋川　秋五九

あききたる秋来る 秋一九
あきく秋来 秋一九
*あきくさ秋草 秋二〇三
あきぐち秋口 秋一八
あきぐみ秋茱萸 秋一七六
*あきぐもり秋曇 秋四九
あきくる秋暮る 秋三一
*あきご秋蚕 秋一四九
*あきこき晶子忌 夏二三九
あきざくら秋桜 秋一八二
*あきさば秋鯖 秋一三四
*あきさむ秋寒 秋二九
あきさむし秋寒し 秋二九
あきさめ秋雨 秋四九
あきしお秋潮 秋六〇
*あきしぐれ秋時雨 秋五〇
*あきじめり秋湿 秋四九
あきすずし秋涼し 秋二〇
*あきすだれ秋簾 秋七一
*あきすむ秋澄む 秋二六
あきぞら秋空 秋三六
*あきたかし秋高し 秋三六
あきたつ秋立つ 秋一九
*あきちかし秋近し 夏三六
あきちょう秋蝶 秋一二七
あきつ あきつ 秋一三九
あきついり秋黴雨 秋四九
あきつばめ秋燕 秋一二四
*あきでみず秋出水 秋五九
あきどなり秋隣 夏三六
あきともし秋ともし 秋六九
*あきどよう秋土用 秋三〇
あきないはじめ商始 新三九
あきなかば秋なかば 秋二一
*あきなす秋茄子 秋一九〇
あきなすび秋茄子 秋一九〇
あきなくさ秋七草 秋二〇六
あきにいる秋に入る 秋一九
あきの秋野 秋五五
*あきのあさ秋の朝 秋二四
*あきのあめ秋の雨 秋四九
あきのあゆ秋の鮎 秋一二一
あきのあわせ秋の袷 秋六三
あきのいろ秋の色 秋二四
あきのうま秋の馬 秋一二一
*あきのうみ秋の海 秋五九
*あきのか秋の蚊 秋一三六
あきのかぜ秋の風 秋四五
*あきのかや秋の蚊帳 秋七〇
あきのかや秋の幮 秋七〇
*あきのかわ秋の川 秋五九
あきのくさ秋の草 秋二〇三
*あきのくも秋の雲 秋三六
*あきのくれ秋の暮 秋二五
*あきのこえ秋の声 秋二五
あきのこま秋の駒 秋一二一
あきのころもがえ秋の更衣 秋六三
*あきのしお秋の潮 秋六〇
*あきのしも秋の霜 秋五三
*あきのせみ秋の蝉 秋一二七
*あきのその秋の園 秋五六
*あきのそら秋の空 秋三六
*あきのた秋の田 秋五七
*あきのちょう秋の蝶 秋一二七
あきのなぎさ秋の渚 秋五九
*あきのななくさ秋の七草 秋二〇六
あきのなみ秋の波 秋五九
*あきのにじ秋の虹 秋五一
*あきのの秋の野 秋五五

＊あきのはえ　秋の蠅　秋一三六
＊あきのはち　秋の蜂　秋一三七
あきのはつかぜ　秋の初風　秋四六
あきのはま　秋の浜　秋五九
＊あきのひ　秋の日（時候）　秋二四
＊あきのひ　秋の日（天文）　秋三四
＊あきのひ　秋の灯　秋六九
あきのひかり　秋の光　秋三四
あきのひな　秋の雛　秋九四
＊あきのひる　秋の昼　秋二四
あきのへび　秋の蛇　秋一三
＊あきのほたる　秋の蛍　秋一三六
あきのみさき　秋の岬　秋五九
＊あきのみず　秋の水　秋五八
あきのみね　秋の峰　秋五五
＊あきのやま　秋の山　秋五五
あきのゆう　秋の夕　秋二五
あきのゆうべ　秋の夕べ　秋二五
＊あきのゆうやけ　秋の夕焼　秋五一
＊あきのよ　秋の夜　秋二六
あきのよい　秋の宵　秋二六
あきはじめ　秋初め　秋一八
あきばしょ　秋場所　秋八七
＊あきばれ　秋晴　秋三五
あきび　秋日　秋三四
あきひかげ　秋日影　秋三四
＊あきひがん　秋彼岸　秋三
あきびより　秋日和　秋三五
＊あきふうりん　秋風鈴　秋七一
＊あきふかし　秋深し　秋三
＊あきへんろ　秋遍路　秋一〇六
あきほたる　秋蛍　秋一三六
＊あきまき　秋蒔　秋八二
あきまつ　秋待つ　夏三六
＊あきまつり　秋祭　秋一〇三
＊あきめく　秋めく　秋二〇
あきやま　秋山　秋五五
あきゆうやけ　秋夕焼　秋五一
あきゆく　秋行く　秋三
あきゆやけ　秋夕焼　秋五一
あけのはる　明の春　新二
あげはちょう　揚羽蝶　夏一七一
あげはちょう　鳳蝶　夏一七一
あげはなび　揚花火　夏一二
あげばね　揚羽子　新六二
＊あけび　通草　秋一七七
あけび　木通　秋一七七
＊あけびのはな　通草の花　春一五九
あけびのはな　木通の花　春一五九
あけびのみ　通草の実　秋一七七
あげひばり　揚雲雀　春一二八
あけやす　明易　夏三
あけやすし　明易し　夏三
あごあご　夏一六六
＊あさ　麻　夏二四六
＊あさがお　朝顔　秋一八〇
あさがお　蕣　秋一八〇
＊あさがおいち　朝顔市　夏一三六
あさがおのたね　朝顔の種　秋一八一
＊あさがおのみ　朝顔の実　秋一八一
あさがおまく　朝顔蒔く　春七三
あさがすみ　朝霞　春四五
あさかり　麻刈　夏二四六
あさぎぬ　麻衣　夏六二
あさぎり　朝霧　秋五一
あさくさのり　浅草海苔　春二一六
あさくさまつり　浅草祭　夏一三〇
＊あさぐもり　朝曇　夏四九
あさごち　朝東風　春三八

あさごろも麻衣　夏六三
あさざくら朝桜　春一五四
*あさざむ朝寒　秋一二九
あさしぐれ朝時雨　冬四三
あさしも朝霜　冬四五
あさすず朝涼　夏三五
あさすず朝鈴　秋一四三
あさぜみ朝蝉　夏一七八
あさたきび朝焚火　冬二一
*あさつき胡葱　春一九四
あさつばめ朝燕　春一二九
あさつゆ朝露　秋五三
*あさなぎ朝凪　夏四一
あさにじ朝虹　夏四七
*あさね朝寝　春八八
あさのは麻の葉　夏二四六
あさのはな麻の花　夏二四六
あさのれん麻暖簾　夏八四
あさばたけ麻畠　夏二四六
あさひき麻引　夏二四六
あさひばり朝雲雀　春一二八
あさふく麻服　夏六三
あさぶとん麻蒲団　夏八三
*あさまく麻蒔く　春七四
*あざみ薊　春二〇四
あざみかる薊枯る　冬二一七
*あさやけ朝焼　夏五〇
*あさり浅蜊　春一四三
あさりうり浅蜊売　春一四三
あさりじる浅蜊汁　春一四三
あさりぶね浅蜊舟　春一四三
*あじ鰺　夏一六五
あしかび蘆牙　春二三
*あしかり蘆刈　秋八五
あしかる蘆刈る　秋八五
あしかる蘆枯る　冬二一八
*あじさい紫陽花　夏一九二
あじさいき紫陽花忌　夏一四一
*あじさし鰺刺　夏一五八
あししげる蘆茂る　夏二四八
*あしたば明日葉　春二一〇
あしながばち足長蜂　春一四八
あしのきり蘆の錐　春二三
*あしのつの蘆の角　春二三
*あしのはな蘆の花　秋二〇八
あしのほ蘆の穂　秋二〇八
あしのほわた蘆の穂絮　秋二〇八
あしのめ蘆の芽　春二三
*あしのわかば蘆の若葉　春二三
あしはら蘆原　秋二〇八
あしび蘆火　秋八五
*あしびのはな馬酔木の花　春一六三
あしぶね蘆舟　秋八五
*あじろ網代　冬二一九
あじろぎ網代木　冬二一九
あじろどこ網代床　冬二一九
あじろもり網代守　冬二一九
あずきあらいあづきあらひ　秋一四九
あずきがゆ小豆粥　新四
あずきひく小豆引く　秋八三
あずきまく小豆蒔く　夏九八
*あずまぎく東菊　春一八二
あずまぎく吾妻菊　春一八二
あずまこーと東コート　冬七六
*あせ汗　夏一一八
あぜあおむ畦青む　春一九六
あせしらず汗しらず　夏八七
あせぬぐい汗拭ひ　夏六八
*あぜぬり畦塗　春七〇

あぜぬる畦塗る　春七〇
あせのめし汗の飯　夏七〇
あせばむ汗ばむ　夏一一八
あぜび畦火　春六九
あせびのはなあせびの花　春一六三
あせふき汗ふき　夏六八
あせぼあせぼ　夏一三〇
あぜまめ畦豆　秋六五
＊あせも汗疹　夏一三〇
あぜやき畦焼　春六九
あぜやく畦焼く　春六九
あそびぶね遊び船　夏一〇七
＊あたたか暖か　春二八
あたたけしあたたけし　春二八
＊あたためざけ温め酒　秋九四
＊あつかん熱燗　冬八一
あつぎ厚着　冬七三
あつごおり厚氷　冬五八
あつさ暑さ　夏二三
あつさまけ暑さ負け　夏一一九
＊あつし暑し　夏二三
あっぱっぱあつぱつぱ　夏六二
あつものざき厚物咲　秋一八五

あとずさりあとずさり　夏一八三
＊あなご穴子　夏一六七
あなご海鰻　夏一六七
あなせぎょう穴施行　冬六八
あなづり穴釣　冬一二五
あななすアナナス　夏二〇四
あなばち穴蜂　春一四八
あなまどい穴惑　秋一三
＊あねもねアネモネ　春一八三
＊あぶ虻　春一四八
あぶらぜみ油蟬　夏一七八
＊あぶらでり油照　夏五一
あぶらでり脂照　夏五一
あぶらなのはな油菜の花　春一八八
あぶらむし油虫　夏一八四
あぶれか溢蚊　秋一三七
＊あま海女　春八一
あまうそ雨鷽　春一三九
＊あまがえる雨蛙　夏一四四
あまがき甘柿　秋一五五
＊あまごい雨乞　夏九六
＊あまざけ甘酒　夏七四
＊あまだい甘鯛　冬一八二

あまちゃ甘茶　春一〇八
あまちゃでら甘茶寺　春一〇八
あまちゃぶつ甘茶仏　春一〇八
あまなつ甘夏　春一六七
＊あまのがわ天の川　秋四四
あまのふえ海女の笛　春八一
あまのり甘海苔　春二六
あまぼし甘干　秋六七
あまよろこび雨喜び　夏四五
あまりなえ余苗　夏二四
＊あまりりすアマリリス　夏二三一
＊あみど網戸　夏八三
あむすめろんアムスメロン　夏二三九
あめのいのり雨の祈　夏九六
あめのつき雨の月　秋四一
あめめいげつ雨名月　秋四一
＊あめんぼ水馬　夏一七八
あめんぼう水馬　夏一七八
＊あやめ渓蓀　夏二三一
あやめぐさあやめぐさ　夏二三三
あやめさす菖蒲挿す　夏一二三
あやめのひ菖蒲の日　夏一二三
あやめふく菖蒲葺く　夏一二三

＊あゆ鮎 夏一六一
あゆおつ鮎落つ 秋一三三
あゆかけ鮎掛 夏一〇三
あゆがり鮎狩 夏一〇三
＊あゆくみ鮎汲 春八〇
あゆずし鮎鮓 夏七〇
＊あゆつり鮎釣 夏一〇三
あゆなえ鮎苗 春八〇
あゆのこ鮎の子 春一四一
あゆのぼる鮎のぼる 春一四一
あゆのやど鮎の宿 夏一六一
あゆりょう鮎漁 夏一〇三
＊あらい洗膾 夏七八
あらいがみ洗ひ髪 夏一一七
あらいごい洗鯉 夏七八
あらいだい洗鯛 夏七八
あらいめし洗ひ飯 夏七〇
あらう荒鵜 夏一〇三
あらごち荒東風 春三八
あらたまのとし新玉の年 新一一
あらづゆ荒梅雨 夏四三
あらばしり新走 秋六三
あらまき新巻 冬九三
あらまき荒巻 冬九三
＊あらめ荒布 夏二六六
あらめかる荒布刈る 夏二六六
あらめほす荒布干す 夏二六六
あららぎのみあららぎの実 秋一七〇
＊あられ霰 冬四三
あられうお霰魚 冬一八三
あられがこあられがこ 冬一八三
＊あり蟻 夏一八五
ありあけづき有明月 秋三七
ありあなをいず蟻穴を出づ 春一四七
＊ありじごく蟻地獄 夏一八三
ありづか蟻塚 夏一八五
ありのす蟻の巣 夏一八五
ありのとう蟻の塔 夏一八五
ありのみ有の実 秋一五五
ありのみち蟻の道 夏一八五
ありのれつ蟻の列 夏一八五
＊あろうき亜浪忌 冬二六〇
＊あろえのはなアロエの花 冬二三三
あろはしゃつアロハシャツ 夏六五
＊あわ粟 秋二〇〇
＊あわおどり阿波踊 秋一〇一
＊あわせ袷 夏六二
あわのほ粟の穂 秋二〇〇
あわばたけ粟畑 秋二〇〇
＊あわび鮑 夏一六八
あわびあま鮑海女 夏一六八
あわびとり鮑取 夏一六八
あわもり泡盛 夏七三
あわゆき淡雪 春四三
あわゆき沫雪 春四三
＊あんか行火 冬一〇七
＊あんご安居 夏一三五
＊あんこう鮟鱇 冬一八二
＊あんこうなべ鮟鱇鍋 冬九〇
＊あんず杏 夏二〇三
あんず杏子 夏二〇三
＊あんずのはな杏の花 春一六八
あんずのみ杏の実 夏二〇三
あんですめろんアンデスメロン 夏二三九
あんみつ餡蜜 夏七八

い

＊いいぎりのみ飯桐の実 秋一七四

いーすたーイースター　春一二三
＊いいだこ飯蛸　春一四三
＊いうぅ藺植う　冬二一六
いえばえ家蝿　夏一八一
いおまんてイオマンテ　冬二三九
＊いか烏賊　夏一六八
いかいちょぅ居開帳　春一〇七
いがぐり毬栗　秋一五七
いかずちいかづち　夏四八
＊いかつり烏賊釣　夏一〇五
いかつりび烏賊釣火　夏一〇五
いかつりぶね烏賊釣舟　夏一〇五
＊いかなご鮊子　春一三八
いかなご玉筋魚　春一三八
いかなごぶね鮊子舟　春一三八
いかのこぅ烏賊の甲　夏一六八
いかのすみ烏賊の墨　夏一六八
いかのぼりいかのぼり　春八六
いかのぼり凧　新六五
いかび烏賊火　夏一〇五
＊いかり藺刈　夏九九
＊いかりそぅ錨草　春二〇三
いかりそぅ碇草　春二〇三
＊いきしろし息白し　冬二三一
いきぼん生盆　秋一〇七
＊いきみたま生身魂　秋一〇七
いきみたま生御魂　秋一〇七
いぐさうぅ藺草植う　冬二一六
いぐさかり藺草刈　夏九九
いぐるま藺車　夏九九
いけすぶね生簀船　夏一〇七
いけすりょぅり生洲料理　夏一〇七
＊いけぶしん池普請　冬二三一
いこ眠蚕　春七八
＊いさざ魦　冬一八五
いさざあみ魦網　冬一八五
いさざぶね魦舟　冬一八五
いさな勇魚　冬一六九
いさなとり勇魚取　冬二三一
いざぶとん藺座蒲団　夏八二
＊いざよい十六夜　秋四一
いざよいのつき十六夜の月　秋四一
いしあやめ石菖蒲　夏二四九
いしたたき石叩き　秋一三八
いしぼたん石牡丹　春一四六
いしやきいも石焼藷　冬八五
＊いずみ泉　夏五八
いずみどの泉殿　夏一八一
＊いせえび伊勢海老　新九九
いせこぅ伊勢講　春九六
いせさんぐぅ伊勢参宮　春九六
＊いせまいり伊勢参　春九六
＊いそあそび磯遊　春八三
いそあま磯海女　春八一
いそがに磯蟹　夏一六九
＊いそかまど磯竈　春八一
＊いそぎんちゃく磯巾着　春一四六
いそしぎ磯鴫　秋一三九
いそたきび磯焚火　春八一
いそちどり磯千鳥　冬一七六
いそなげき磯なげき　春八一
＊いそなつみ磯菜摘　春八一
いそびらき磯開　春八三
いそまつり磯祭　春八三
＊いたち鼬　冬一六七
いたちぐさいたちぐさ　春一六一
いたちはぜいたちはぜ　春一六一
いたちわな鼬罠　冬一一九
＊いたどり虎杖　春二〇四

＊いたどりのはな虎杖の花　夏二五四
＊いちいのみ一位の実　秋一七〇
＊いちがつ一月　冬二六
いちがつばしょ一月場所　新七〇
いちげ一夏　夏二二五
いちげそぅ一花草　春二〇三
＊いちご苺　夏二三四
いちご覆盆子　夏二三四
いちごがり苺狩　夏二三四
＊いちごのはな苺の花　春一九〇
いちごばたけ苺畑　夏二三四
＊いちじく無花果　秋一五九
いちのぅま一の午　春九一
いちのとら一の寅　新九三
いちのとり一の酉　冬一四五
＊いちはつ鳶尾草　夏二三三
いちはつ一八　夏二三三
いちばんぐさ一番草　夏九七
いちばんしぶ一番渋　秋八〇
いちばんちゃ一番茶　春七九
いちやずし一夜鮓　夏七〇
＊いちょぅおちば銀杏落葉　冬二〇三
いちょぅかる銀杏枯る　冬二〇四

＊いちようき一葉忌　冬一六二
＊いちょぅちる銀杏散る　秋一六七
＊いちょぅのはな銀杏の花　春一七四
いちょぅのはな公孫樹の花　春一七四
いちょぅのみ銀杏の実　秋一七二
＊いちょぅもみじ銀杏黄葉　秋一六五
いちようらいふく一陽来復　冬二三
＊いちりんそぅ一輪草　春二〇三
いつ凍つ　冬三二
いつ冱つ　冬三二
＊いつか五日　新一七
＊いつくしまかんげんさい厳島管絃祭　夏一一三
いつくしままつり厳島祭　夏一一三
＊いっさき一茶忌　冬一五八
＊いっぺきろぅき一碧楼忌　冬一六三
いてかえる凍返る　春二〇
いてぐも凍雲　冬三七
いてぞら凍空　冬三七
いてだき凍滝　冬六〇
いてちょぅ凍蝶　冬一八七
＊いてつち凍土　冬五八
いてづる凍鶴　冬一七八

いてとく凍解く　春五五
＊いてどけ凍解　春五五
いてぼし凍星　冬二八
いてゆるむ凍ゆるむ　春五五
いとうりいとうり　秋一八九
いどかえ井戸替　夏九二
いとくりそぅ糸繰草　春一八七
いとざくら糸桜　春一五三
いどさらえ井戸浚　夏九二
いとすすき糸芒　秋二〇七
＊いとど竈馬　秋一四一
＊いととり糸取　夏一〇三
いととりぅた糸取歌　夏一〇三
＊いととんぼ糸蜻蛉　夏一八〇
いとねぎ糸葱　春一九四
いとひき糸引　夏一〇三
いとやなぎ糸柳　春一七三
いとゆぅ糸遊　春四六
いなえぅう藺苗植う　冬一一六
いなぎ稲木　秋七六
いなぎ稲城　秋七六
いなぐるま稲車　秋七五
＊いなご蝗　秋一四六

いなご螽　秋一四六
いなご稲子　秋一四六
いなごとり蝗採　秋一四六
*いなすずめ稲雀　秋一二五
*いなずま稲妻　秋五〇
いなだ稲田　秋五七
いなづか稲束　秋七五
いなつるび稲つるび　秋五〇
いなびかり稲光　秋五〇
いなぶね稲舟　秋七五
いなほ稲穂　秋一九六
いなぼこり稲埃　秋七七
いなほなみ稲穂波　秋一九六
いなむしおくり稲虫送り　秋一二一
いなりこう稲荷講　春九一
いぬたでのはな犬蓼の花　秋二三〇
いぬのふぐりいぬのふぐり　春二〇六
*いぬふぐり犬ふぐり　春二〇六
いぬわらびいぬ蕨　春二〇五
*いね稲　秋一九六
いねかけ稲掛　秋七六
*いねかり稲刈　秋七五
いねかる稲刈る　秋七五
*いねこき稲扱　秋七七
*いねつむ寝積む　新六九
いねつむ稲積む　新六九
いねのあき稲の秋　秋一九六
いねのか稲の香　秋一九六
*いねのはな稲の花　秋一九六
いねほす稲干す　秋七六
*いのこ亥の子　冬一三六
*いのこずち牛膝　秋二二二
いのこもち亥の子餅　冬一三六
*いのしし猪　秋一一一
*いのはな藺の花　夏二五四
*いばらのはな茨の花　夏二二一
*いばらのみ茨の実　秋一七六
いばらのめ茨の芽　春一五八
いぶりずみ燻炭　冬二〇四
いほす藺干す　夏九九
いぼむしりいぼむしり　秋一四七
いまがわやき今川焼　冬八五
いまちいまち居待　秋四三
*いまちづき居待月　秋四三
*いも芋　秋一九二
いも甘藷　秋一九一
いも藷　秋一九一
いもあらし芋嵐　秋四九
*いもうう芋植う　春七四
いもがらいもがら　秋一九二
いもじょうちゅう甘藷焼酎　夏七三
いもすいしゃ芋水車　秋一九二
いもだね芋種　春一九五
いもなえ藷苗　春一九五
*いもにかい芋煮会　秋九〇
いものあき芋の秋　秋一九二
いものつゆ芋の露　秋五三
いものは芋の葉　秋一九二
いものめ芋の芽　春一九五
いもばたけ芋畑　秋一九二
*いもむし芋虫　秋一四九
いもめいげつ芋名月　秋三九
*いもり蠑螈　夏一四六
いもり井守　夏一四六
いよすだれ伊予簾　夏八四
いりひがん入彼岸　春二四
いりやあさがおいち入谷朝顔市　夏一二六
いれいのひ慰霊の日　夏一三七

*いろかえぬまつ色変へぬ松　秋一六六
いろくさ色草　秋二〇三
いろごい色鯉　夏一六〇
いろたび色足袋　冬八〇
*いろどり色鳥　秋一三三
いろなきかぜ色なき風　秋四五
いろはがるたいろは歌留多　新九九
いろり囲炉裡　冬一〇六
いろり囲炉裏　冬一〇六
いわいぎ祝木　新四三
いわいばし祝箸　新五〇
*いわし鰯　秋一三四
いわし鰮　秋一三四
いわしあみ鰯網　秋八六
*いわしぐも鰯雲　秋三七
*いわしひく鰯引く　秋八六
いわしぶね鰯船　秋八六
いわしほす鰯干す　秋八六
いわしみず岩清水　夏五八
いわしみずまつり石清水祭　秋一〇五
*いわな岩魚　夏一六三
いわな巌魚　夏一六三
いわなつり岩魚釣　夏一六三
いわのり岩海苔　春二一六
*いんげんまめ隠元豆　秋二〇〇
いんばねすインバネス　冬七七

う

*う鵜　夏一五六
うあんご雨安居　夏一三五
*ういきょうのはな茴香の花　夏二三四
ういてこい浮いて来い　夏一一三
うえきいち植木市　春七四
うえすとんさいウエストン祭　夏一二七
*うえた植田　夏五七
*うおじま魚島　春一三六
*うかい鵜飼　夏一〇三
うかがり鵜篝　夏一〇三
うかご鵜籠　夏一〇三
うかれねこうかれ猫　春一三三
*うきくさ萍　夏二六四
うきくさ浮草　夏二六四
うきくさおいそむ萍生ひ初む　春二一二
うきくさのはな萍の花　夏二六四
うきくさもみじ萍紅葉　秋一三三
うきごおり浮氷　春五六
*うきす浮巣　夏一五五
*うきにんぎょう浮人形　夏一一三
うきねどり浮寝鳥　冬一七五
うきは浮葉　夏二二八
うきわ浮輪　夏一〇九
うぐい石斑魚　春一四〇
*うぐいす鶯　春一二七
*うぐいすな鶯菜　春一九一
うぐいすな黄鳥菜　春一九一
うぐいすのおとしぶみ鶯の落し文　夏一七七
うぐいすのたにわたり鶯の谷渡り　春一二七
*うぐいすもち鶯餅　春六三
*うげつ雨月　秋四一
うけらやくうけら焼く　夏九一
*うご海髪　春二一七
*うこぎ五加木　春一七三
うこぎ五加　春一七三
うこぎがき五加木垣　春一七三
うこぎめし五加木飯　春一七三

うこんこう鬱金香　春一八四
＊うさぎ兎　冬一六八
うさぎあみ兎網　冬二一九
うさぎがり兎狩　冬二一八
うさぎわな兎罠　冬二一九
うじ蛆　夏一八一
うしあぶ牛虻　春一四八
うしあらう牛洗ふ　夏九四
うしあわせ牛合はせ　春九五
うしずもう牛角力　春九五
うしのつのつき牛の角突き　春九五
うしひやす牛冷す　夏九四
うしべに丑紅　冬六九
うしまつり牛祭　秋一三
うしょう鵜匠　夏一〇三
＊うすい雨水　春二三
うすかざる臼飾る　新二一
うすがすみ薄霞　春四五
うすぎぬ薄衣　夏六三
うすこうばい薄紅梅　春一五三
うすごおり薄氷　春五五
うすごろも薄衣　夏六三
うずしお渦潮　春八三
うずしおみ渦潮見　春八三
うすずみざくら薄墨桜　春一五四
＊うすばかげろう薄翅蜉蝣　夏一八三
＊うずまさのうしまつり太秦の牛祭　秋一三
うずみ渦見　春八三
うずみび埋火　冬二〇四
うずみぶね渦見船　春八三
うずむし渦虫　夏一七八
＊うすもの羅　夏六三
＊うすもみじ薄紅葉　秋一六三
＊うずら鶉　秋一三九
＊うすらい・うすらひ薄氷　春五五
うずらかご鶉籠　秋一三九
＊うそ鷽　春一三九
＊うそかえ鷽替　新九〇
うそさむうそ寒　秋二九
うそひめ鷽姫　春一三九
＊うたいぞめ謡初　新六七
＊うたかいはじめ歌会始　新七三
うたがるた歌がるた　新五九
うちあげはなび打揚花火　夏一一一
＊うちみず打水　夏九三
うちむらさきうちむらさき　冬二九九
＊うちわ団扇　夏八九
うちわおく団扇置く　秋七〇
うちわかけ団扇掛　夏八九
うづえ卯杖　新九三
うつかい鵜遣　夏一〇三
＊うづき卯月　夏三三
うづきなみ卯月波　夏五五
うつぎのはな空木の花　夏二二一
＊うつせみ空蟬　夏一七九
うづち卯槌　新九三
＊うつぼぐさ靫草　夏二六〇
うつぼぐさ空穂草　夏二六〇
＊うど独活　春一九三
＊うどのはな独活の花　夏二三六
うどほる独活掘る　春一九三
＊うどんげ優曇華　夏一八三
＊うなぎ鰻　夏一六七
うなぎかき鰻搔　夏一六七
うなぎづつ鰻筒　夏一六七
＊うなみ卯波　夏五五
うなわ鵜縄　夏一〇三
＊うに海胆　春一四六

うに海栗　春一四六
うに雲丹　春一四六
＊うのはな卯の花　夏二一一
うのはながき卯の花垣　夏二一一
＊うのはなくたし卯の花腐し　夏四三
うのはなくだし卯の花くだし　夏四三
うのはなづき卯の花月　夏一三
うのふだ卯の札　新九三
うぶね鵜舟　夏二〇三
うべうべ　秋二二〇
うべのはなうべの花　春一七九
うまあらう馬洗ふ　夏九四
＊うまおい馬追　秋一四五
うまおいむし馬追虫　秋一四五
＊うまごやし苜蓿　春二〇〇
＊うまこゆ馬肥ゆ　秋一三
うまのあしがたのはなうまのあしがたの花　春二〇八
うまのこ馬の子　春一三
うまのりぞめ馬騎初　新七三
うまひやす馬冷す　夏九四
うままつり午祭　春九一

＊うまやだし厩出し　春六七
うみあけ海明　春五六
うみう海鵜　夏一五六
うみうなぎうみうなぎ　夏一六七
うみぎり海霧　夏四六
うみこおる海凍る　冬五八
＊うみねこかえる海猫帰る　秋一二五
＊うみねこわたる海猫渡る　春一三
うみのいえ海の家　夏一一〇
＊うみのひ海の日　夏一三
うみびらき海開き　夏一一〇
＊うみほおずき海酸漿　夏一六九
うみます海鱒　春一三九
＊うめ梅　春一五一
うめがか梅が香　春一五一
うめごち梅東風　春三八
うめさぐる梅探る　冬一二五
＊うめしゅ梅酒　夏七三
うめづきよ梅月夜　春一五一
うめづけ梅漬　夏七三
うめにがつ梅二月　春一五一
うめのさと梅の里　春一五一
うめのはな梅の花　春一五一

うめのみ梅の実　夏二〇〇
うめのやど梅の宿　春一五一
うめはやし梅早し　冬一九一
うめびより梅日和　春一五一
うめぼし梅干　夏七三
＊うめほす梅干す　夏七三
＊うめみ梅見　春八四
うめみちゃや梅見茶屋　春八四
うめむしろ梅筵　夏七三
＊うめもどき梅擬　秋一七五
うめもどき落霜紅　秋一七五
＊うめわかき梅若忌　春一二五
うめわかまいり梅若参　春一二五
うめわかまつり梅若祭　春一二五
うらがる末枯る　秋二〇五
＊うらがれ末枯　秋二〇五
うらじろ裏白　新一〇〇
うらじろかざる裏白飾る　新一三
うらべにいちげ裏紅一花　春二〇三
うらぼん盂蘭盆　秋一〇六
＊うらぼんえ盂蘭盆会　秋一〇六
うらまつり浦祭　秋一〇三
うらうらうらら　春二八

*うららか麗か　春二八
うららけしうららけし　春二八
*うり瓜　夏二三八
うりごや瓜小屋　夏二〇一
*うりずんうりずん　春三三
うりぞめ売初　新三九
うりぬすっと瓜盗人　夏二〇一
うりのうし瓜の牛　秋一〇六
うりのうま瓜の馬　秋一〇六
*うりのはな瓜の花　夏二三五
うりばたけ瓜畑　夏二三八
*うりばん瓜番　夏二〇一
うりばんごや瓜番小屋　夏二〇一
うりひやす瓜冷す　夏七三
うりぼう瓜坊　秋二三
うりもみ瓜揉　夏七三
うりもむ瓜揉む　夏七三
うりもり瓜守　夏二〇一
*うるしかき漆掻　夏二〇一
うるしかく漆掻く　夏二〇一
*うるしもみじ漆紅葉　秋一六五
*うるめいわし潤目鰯　冬一八四
うろこぐも鱗雲　秋三七
うろぬきな虚抜菜　秋一九四
*うんか浮塵子　秋一四六
*うんかい雲海　夏四七
*うんどうかい運動会　秋六三

え

えい鱏　夏一六六
えい鱝　夏一六六
えいじつ永日　春二九
えうちわ絵団扇　夏八九
えーぷりるふーるエープリルフール　春九八
えおうぎ絵扇　夏八八
えきでん駅伝　新七〇
えござ絵茣蓙　夏八二
えごちるえご散る　夏二一七
*えごのはなえごの花　夏二一七
えすごろく絵双六　新六〇
えすだれ絵簾　夏八四
*えぞにうえぞにう　夏二六三
えぞにう蝦夷丹生　夏二六三
えだかわず枝蛙　夏一四四
えだこ絵凧　春八六
えだずみ枝炭　冬二〇四
*えだまめ枝豆　秋六五
えちごじょうふ越後上布　夏六四
えちごちぢみ越後縮　夏六三
えちぜんがに越前蟹　冬一八六
えとうろう絵灯籠　秋七一
えどふうりん江戸風鈴　夏九〇
*えにしだ金雀枝　夏一九五
えにしだ金枝花　夏一九五
えにしだ金雀児　夏一九五
えのこぐさゑのこ草　秋二三三
*えのころぐさ狗尾草　秋二三三
*えびいも海老芋　冬二二四
えひがさ絵日傘　夏九一
えびかざる海老飾る　新三一
えびかずらえびかづら　秋一七七
えびすいち蛭子市　冬二一四
えびすかご戎籠　新七七
えびすぎれ恵比須切　冬二一四
*えびすこう恵比須講　冬二一四
えびすこう夷講　冬二一四
えびすざさ戎笹　新九〇
えびすまつり戎祭　新九〇

えびすまわし夷廻し　新四六
＊えびづる蝦蔓　秋一一七
えびづる蘡薁　秋一一七
＊えびね化偸草　春二〇八
えびね海老根　春二〇八
えびねらんえびね蘭　春二〇八
えぶすま絵襖　冬二〇三
＊えぶみ絵踏　春九一
えぶりえぶり　新八四
えほう恵方　新八六
えほう吉方　新八六
＊えほうまいり恵方詣　新八六
えほうみち恵方道　新八六
えみぐり笑栗　秋一二七
＊えよう会陽　新九四
＊えりさす魞挿す　春八〇
＊えりまき襟巻　冬七八
えんいき円位忌　春一二五
えんえい遠泳　夏一〇九
えんこうき円光忌　春一一〇
えんざ円座　夏八二
＊えんじゅのはな槐の花　夏二一三
＊えんしょ炎暑　夏三四
＊えんそく遠足　春五九
＊えんちゅう炎昼　夏三〇
えんてい炎帝　夏三一
＊えんてん炎天　夏五一
＊えんどう豌豆　夏二三七
えんどうのはな豌豆の花　春一八九
えんどうまく豌豆蒔く　秋八二
えんねつ炎熱　夏三四
えんねつき炎熱忌　夏一四二
＊えんねんのまい延年の舞　新八五
＊えんぶりえんぶり　新八四
えんまこおろぎえんま蟋蟀　秋一四一
えんめいぎく延命菊　春一八一
えんらい遠雷　夏四八
えんりゃくじみなづきえ延暦寺六月会　夏一三六

お

おいうぐいす老鶯　夏一三三
おいざくら老桜　春一五四
おいばね追羽子　新六二
おいまわた負真綿　冬七二
＊おいらんそう花魁草　夏二三〇
＊おうがいき鷗外忌　夏一四〇
＊おうぎ扇　夏八八
おうぎおく扇置く　秋七〇
おうぎながし扇流し　夏一三〇
＊おうしょくき黄蜀葵　夏二三五
＊おうちのはな楝の花　夏二一六
おうちのはな樗の花　夏二一六
＊おうちのみ楝の実　秋一七〇
おうちのみ樗の実　秋一七〇
おうとう桜桃　夏二〇二
＊おうとうき桜桃忌　夏一四〇
＊おうとうのはな桜桃の花　春一六二
おうとうのみ桜桃の実　夏二〇二
おうなまい老女舞　新八五
＊おうばい黄梅　春一五九
おえしき御会式　冬二五一
おおあさ大麻　夏二四六
おおあした大旦　新一五
＊おおいしき大石忌　春一一四
おおぎく大菊　秋一八五
おおしも大霜　冬四五
おおたか大鷹　冬一六九
おおつごもり大つごもり　冬二五

おーでころんオーデコロン　夏八七
おおでまりおほでまり　夏一九五
おおとし大年　冬三五
おおどし大年　冬三五
おーどとわれオードトワレ　夏八七
おおね大根　冬二二五
おおば大葉　夏二四三
おーばーオーバー　冬七六
おーばーこーとオーバーコート　冬七六
＊おおばこのはな車前草の花　夏二三七
おおばこのはな大葉子の花　夏二三七
おおはらえ大祓　冬一四九
おおばん大鷭　夏一五五
おおばんやき大判焼　冬八五
おおひでり大旱　夏五三
おおびる大蒜　春一九三
＊おおぶく大服　新四九
おおぶく大福　新四九
おおぶくちゃ大福茶　新四九
＊おおみそか大晦日　冬三五
おおみそか大三十日　冬三五
おおみなみ大南風　夏三九
おおみねいり大峰入　春一一一
おおむぎ大麦　夏二四三
＊おおやまれんげ大山蓮華　夏二二六
おおやまれんげ天女花　夏二二六
おおゆき大雪　冬四六
＊おおるり大瑠璃　夏一五八
おおわし大鷲　冬一七〇
おおわた大綿　冬一八九
おかいちょうお開帳　春一〇七
おかがみ御鏡　新三〇
おかげまいり御蔭参　春九六
おかざりお飾　新二九
おかとらのお岡虎尾　夏二五八
おかぼ陸稲　秋一九六
おかめいちおかめ市　冬一四五
＊おがら苧殻　秋一〇一
おがらたく苧殻焚く　秋一〇八
おがらび苧殻火　秋一〇八
おがるかや雄刈萱　秋二〇八
おがんじつお元日　新一四
＊おぎ荻　秋二〇九
おきあま沖海女　春八一
おきごたつ置炬燵　冬一〇五
＊おきざりすオキザリス　春一八六
おきつだい興津鯛　冬一八二
おきなき翁忌　冬一五六
＊おきなぐさ翁草　春二〇三
＊おきなます沖膾　夏七九
＊おきなわき沖縄忌　夏一三七
おぎのかぜ荻の風　秋二〇九
おぎのこえ荻の声　秋二〇九
おぎはら荻原　秋二〇九
おきまつり釈奠　春九七
＊おぎょう御行　新一〇三
＊おくて晩稲　秋一九八
おくてかる晩稲刈る　秋一九八
おくらびらき御蔵開　新四三
＊おくりづゆ送り梅雨　夏四四
おくりび送火　秋一〇八
おくれが後れ蚊　秋一三六
おけらたくをけらたく　夏九一
おけらなくおけら鳴く　秋一四七
おけらなわ白朮縄　新八七
おけらび白朮火　新八七
＊おけらまいり白朮詣　新八七
おごおご　春二一七

おこう御講　冬一五三
＊おこうなぎ御講凪　冬三九
＊おこしえ起し絵　夏一二五
おごのりおごのり　春一二七
＊おさがり御降　新三三
おさめのだいし納の大師　冬一四八
おさめばり納め針　春九二
おさめばり納め針　冬一三八
おさめふだ納札　冬一四八
おしをし　冬一七六
おじか牡鹿　秋一二
＊おじぎそう含羞草　夏一三〇
おしずし押鮓　夏七〇
おしぜみ啞蟬　夏一七八
おしちや御七夜　冬一五三
＊おしどり鴛鴦　冬一七六
おしのくつ鴛鴦の沓　冬一七六
おじやおじや　冬八四
おじゅうやお十夜　冬一五〇
おしょうがつお正月　新一三
おしろいおしろい　秋一八三
おしろいのはなおしろいの花　秋一八三
＊おしろいばな白粉花　秋一八三
おじろわし尾白鷲　冬一七〇
おせちお節　新五一
おそきひ遅き日　春三〇
＊おそざくら遅桜　春一五六
おそづき遅月　秋三七
おたいまつお松明　春一〇四
＊おたうえ御田植　夏一三一
おだき男滝　夏九九
おたびしょ御旅所　夏一二八
おだまき苧環　春一八七
＊おだまきのはな苧環の花　春一八七
おたまじゃくしお玉杓子　春一二四
＊おちあゆ落鮎　秋一三
おちぐり落栗　秋一三七
おちしい落椎　秋一六九
おちつの落ち角　春一三
おちつばき落椿　春一五三
＊おちば落葉　冬二〇三
おちばかき落葉掻　冬二〇三
おちばかご落葉籠　冬二〇三
おちばたき落葉焚　冬二一一
おちばどき落葉時　冬二〇三
おちひばり落雲雀　春一二八
＊おちぼ落穂　秋一九八
おちぼひろい落穂拾ひ　秋一九八
おちゅうげんお中元　秋一〇三
おちゅうにちお中日　春一〇六
＊おつげさい御告祭　春一三
＊おつじき乙字忌　冬一六三
＊おでんおでん　冬九〇
＊おとこえし男郎花　秋一二六
おとこづゆ男梅雨　夏四三
おとこめしをとこめし　秋一二六
おとこやままつり男山祭　秋一〇五
おとしだまお年玉　新三五
おどしづつ威銃　秋七五
＊おとしづの落し角　春一三
＊おとしぶみ落し文　夏一七七
＊おとしみず落し水　秋五八
おとめつばき乙女椿　春一五三
＊おとり囮　秋八五
＊おどり踊　秋八七
おとりあゆ囮鮎　夏一〇三
おどりうた踊唄　秋八七
おとりかご囮籠　秋八五

おどりがさ踊笠　秋八七
おどりぐさ踊草　夏三五八
おどりこ踊子　秋八七
＊おどりこそう踊子草　夏三五八
おとりさまお酉さま　冬二四五
おどりだいこ踊太鼓　秋八七
おどりばな踊花　夏三五八
おどりやぐら踊櫓　秋八七
おにあさり鬼浅蜊　春二四三
＊おにうちぎ鬼打木　新四四
おにうちまめ鬼打豆　冬二三九
おにおどり鬼踊　春一〇九
おにぎ鬼木　新四四
おにぐるみ鬼胡桃　秋一五九
おにすすき鬼芒　秋三〇七
＊おにつらき鬼貫忌　秋一一三
おにのこ鬼の子　秋一四八
おにはそと鬼は外　冬二三九
おにやらい鬼やらひ　冬二三九
おにゆり鬼百合　夏三三九
おにわらびおに蕨　春三〇五
おのはじめ斧始　新五八
おのむし斧虫　秋一四七

おはぐろおはぐろ　夏一八〇
おはぐろとんぼおはぐろとんぼ　夏一八〇
おばな尾花　秋三〇七
＊おはなばたけお花畑　夏五四
おはなばたけお花畠　夏五四
おひがんお彼岸　春二四
＊おひたき御火焚　冬二四五
おびな男雛　春九三
おへんろお遍路　春一〇七
おほたき御火焚　冬二四五
＊おぼろ朧　春三六
＊おぼろづき朧月　春三七
おぼろづきよ朧月夜　春三七
おぼろよ朧夜　春三七
おみずおくりお水送り　春一〇五
＊おみずとりお水取　春一〇五
＊おみなえし女郎花　秋三二五
おみなめしをみなめし　秋三二五
＊おみぬぐい御身拭　春一〇九
＊おみわたり御神渡り　冬六一
おむかえにんぎょう御迎人形　夏一三四

＊おめいこう御命講　冬二五一
おもかげぐさ面影草　春一六六
＊おもだか沢瀉　夏三五三
＊おもとのみ万年青の実　秋一八〇
おやいも親芋　秋一九二
おやがらす親烏　夏一五三
おやきかちん御焼餅　新四九
おやじか親鹿　夏一四三
おやすずめ親雀　春一三四
おやつばめ親燕　夏一五三
おやどり親鳥　春一三五
おやねこ親猫　春一一三
＊およぎ泳ぎ　夏一〇九
およぐ泳ぐ　夏一〇九
おらんだししがしらオランダ獅子頭　夏一六三
＊おりーぶのみオリーブの実　秋一五九
おりぞめ織初　新五八
おりひめ織姫　秋九七
おんこのみおんこの実　秋一七〇
＊おんしつ温室　冬二一七
おんじゃく温石　冬二〇八
おんしょう温床　春七三

おんしょぅ温床　冬二一七
おんだ御田　夏一三
おんだまつり御田祭　夏一三
おんどる温突　冬二〇三
＊おんなしょうがつ女正月　新一九
おんなれいじゃ女礼者　新二四
おんばしら御柱　夏二二八
＊おんばしらまつり御柱祭　夏二二八
おんまつり御祭　冬二四七

か

＊か蚊　夏一八一
＊が蛾　夏一七三
かーでぃがんカーディガン　冬七六
かーにばるカーニバル　春一三
＊かーねーしょんカーネーション　夏三八
かーぺっとカーペット　冬二〇三
かいがん開龕　春二〇七
かいきんしゃつ開襟シャツ　夏六五
＊かいこ蚕　春二四九
かいこうず海紅豆　夏一九七
かいこだな蚕棚　春七八

かいざんさい開山祭　夏一二七
かいし海市　春四七
かいすいぎ海水着　夏六六
＊かいすいよく海水浴　夏一一〇
＊かいせんび開戦日　冬一三六
＊かいぞめ買初　新四〇
＊かいちょう開帳　春一〇七
かいちょうでら開帳寺　春一〇七
＊かいつぶり鳰　冬一一七
かいつむりかいつむり　冬一一七
＊かいどう海棠　春一六一
＊がいとう外套　冬七六
かいなんぷう海南風　夏三九
かいのはな貝の華　春一〇七
かいひょう解氷　春五六
かいふうりん貝風鈴　夏九〇
かいぼり掻掘　夏一〇三
かいまき掻巻　冬七一
かいや飼屋　春七八
かいやぐら蜃楼　春四七
＊かいよせ貝寄風　春三八
かいよせ貝寄　春三八
かいらい傀儡　新四六

＊かいらいし傀儡師　新四六
かいれい廻礼　新三四
＊かいろ懐炉　冬二〇八
＊かいわりな貝割菜　秋一九三
かいわれ貝割　秋一九三
＊かえでのはな楓の花　春一七五
＊かえでのめ楓の芽　春一七一
かえでわかば楓若葉　夏二〇八
かえぼり換掘　夏一〇三
かえりづゆ返り梅雨　夏四四
＊かえりばな帰り花　冬一九三
かえりばな返り花　冬一九三
かえる蛙　春一二五
かえるうまる蛙生まる　春一二四
かえるかも帰る鴨　春一三三
＊かえるかり帰る雁　春一三三
かえるご蛙子　春一二四
かえるつる帰る鶴　春一三〇
かえるのこ蛙の子　春一二四
＊かおみせ顔見世　冬一二六
かかしかかし　秋七四
＊かがし案山子　秋七四
かがまんざい加賀万歳　新四四

かがみぐさかがみ草　春一六六
*かがみびらき鏡開　新四三
*かがみもち鏡餅　新三〇
かがみもちひらく鏡餅開く　新四三
かがみわり鏡割　新四三
かかりだこ懸凧　春八六
かがりびばな篝火花　春一八五
*ががんぼががんぼ　夏一八三
*かき柿　秋一五五
*かき牡蠣　冬一八六
かきうう柿植う　春七五
かきうち牡蠣打　冬二一三
*かきおちば柿落葉　冬二〇三
がききがき我鬼忌　夏一四一
かききゅうか夏期休暇　夏六〇
*かきこうざ夏期講座　夏六一
かきこうしゅうかい夏期講習会　夏六一
かきごおりかき氷　夏七五
かきしぶとる柿渋取る　秋八〇
かきすだれ柿簾　秋六七
*かきぞめ書初　新三六
かきだいがく夏期大学　夏六一
かきぢしゃかきぢしや　春一九〇
*かきつくろう垣繕ふ　春六八
*かきつばた燕子花　夏一三一
かきつばた杜若　夏一三一
かきていれ垣手入　春六八
*かきなべ牡蠣鍋　冬九〇
かきのはずし柿の葉鮓　夏七〇
*かきのはな柿の花　夏一九九
かきびより柿日和　秋一五五
*かきぶね牡蠣船　冬二二五
かきほす柿干す　秋六七
*かきむく牡蠣剝く　冬二一三
かきめし牡蠣飯　冬一八六
*かきもみじ柿紅葉　秋一六四
がきゃく賀客　新三四
かぎゅう蝸牛　夏一八一
かぎょ嘉魚　夏一六三
かぎろいかぎろひ　春四六
*かきわかば柿若葉　夏二〇八
かきわる牡蠣割る　冬二一三
がくあじさい額紫陽花　夏一九三
かくいどり蚊喰鳥　夏一四三
がくねんしけん学年試験　春五七
*がくのはな額の花　夏一九三
*かくぶつ杜父魚　冬一八三
かくぶつ杜夫魚　冬一八三
*かくまき角巻　冬七五
*かぐら神楽　冬二四七
かぐらうた神楽歌　冬二四七
かぐらはじめ神楽始　新八八
かぐらめん神楽面　冬二四七
かくらん霍乱　夏二三〇
かけあおい懸葵　夏二二九
かけいね掛稲　秋七六
*かけす懸巣　秋二三七
かけだいこん懸大根　冬二一六
かけだいこん掛大根　冬二一六
*かけたばこ懸煙草　秋八一
かけどり掛鳥　冬二四七
かけな懸菜　冬二一七
かけほうらい掛蓬莱　新三〇
かげまつり陰祭　夏二三八
*かげろう陽炎　春四六
*かげろう蜉蝣　秋一四〇
かげろう野馬　春四六
かげんのつき下弦の月　秋三七

*かごまくら籠枕　夏八三
がさいちがさ市　冬六三
かざがき風垣　冬九七
かざがこい風囲　冬九七
*かざぐるま風車　春八七
かざぐるまうり風車売　春八七
かざごえ風邪声　冬二三〇
かささぎのはし鵲の橋　秋九七
かざしぐさかざしぐさ　夏二九
*かさねぎ重ね着　冬七三
*かざはな風花　冬四八
かさぶらんかカサブランカ　夏三九
*かざよけ風除　冬九七
かざよけとく風除解く　春六七
*かざり飾　新二九
*かざりうす飾臼　新三一
かざりうま飾馬　新三九
*かざりうり飾売　冬六三
*かざりえび飾海老　新三一
*かざりおさめ飾納　新七六
かざりおろし飾卸　新七六
*かざりごめ飾米　新三三
かざりたく飾焚く　新八一
かざりたけ飾竹　新二七
かざりとる飾取る　新七六
かざりまつ飾松　新二七
かざりもち飾餅　新三〇
*かじ火事　冬一一三
がし賀詞　新三四
かしおちば樫落葉　夏二一〇
*かじか河鹿　夏一四五
*かじか鰍　秋一一三
かじかがえる河鹿蛙　夏一四五
かじかぶえ河鹿笛　夏一四五
*かじかむ悴む　冬一三四
かじけねこかじけ猫　冬一六八
かしつき加湿器　冬一〇九
かしどり樫鳥　秋一一七
かしどり橿鳥　秋一一七
*かじのは梶の葉　秋九八
*かしのはな樫の花　春一七六
*かしのみ樫の実　秋一六九
かしぼーと貸ボート　夏一〇七
かじまつり鍛冶祭　冬一四五
かじみまい火事見舞　冬一一三
*かじめ搗布　春二二五
*かじゅうう果樹植う　春七五
*がじょう賀状　新三六
*がじょうかく賀状書く　冬二一〇
かしわかば樫若葉　夏二〇八
*かしわもち柏餅　夏六九
かすいどり蚊吸鳥　夏一五一
かすがのつのきり春日の角伐　秋一〇三
かすがのまんとう春日の万灯　冬一五〇
*かすがまつり春日祭　春一〇一
*かすがまんとうろう春日万灯籠　冬一五〇
*かすがわかみやおんまつり春日若宮御祭　冬一四七
*かすじる粕汁　冬八八
*かずのこ数の子　新五一
*かすみ霞　春四五
かすみあみ霞網　秋八五
*かすみそう霞草　春一八七
かすむ霞む　春四六
*かぜ風邪　冬二三〇
かぜいれ風入　夏九二

＊かぜかおる 風薫る 夏四一
かぜぐすり 風邪薬 冬二三〇
かぜごこち 風邪心地 冬二三〇
かぜごもり 風邪籠 冬二三〇
＊かぜしす 風死す 夏四三
かぜのかみ 風邪の神 冬二三〇
かぜのぼん 風の盆 秋一〇一
＊かぜひかる 風光る 春四〇
かぜまちづき 風待月 夏二八
＊かぞえび 数へ日 冬二四
かたかけ 肩掛 冬七九
＊かたかげ 片蔭 夏五三
かたかげ 片陰 夏五三
かたかげり 片かげり 夏五三
かたかごのはな かたかごの花 春一二一
＊かたくりのはな 片栗の花 春一二一
かたしぐれ 片時雨 冬四三
かたしろ 形代 夏一一三
かたしろぐさ 片白草 夏二六一
かたしろながす 形代流す 夏一一三
かたずみ 堅炭 冬一〇四
かたつぶり かたつぶり 夏一八八
＊かたつむり 蝸牛 夏一八八
かたはだぬぎ 片肌脱 夏一一七
かたばみ 酢漿草 夏二五六
＊かたばみのはな 酢漿の花 夏二五六
かたびら 帷子 夏六三
かたぶとん 肩蒲団 冬七三
かたふり 片降 夏四五
かだん 花壇 秋五六
かちごま 勝独楽 新六四
かちどり 勝鶏 春九五
がちゃがちゃ がちやがちや 秋一四五
＊かつお 鰹 夏一六四
かつお 松魚 夏一六四
かつおつり 鰹釣 夏一六四
かつおぶね 鰹船 夏一六四
＊かっこう 郭公 夏一五〇
＊かっぱき 河童忌 夏一四一
かつみぐさ かつみ草 夏二五三
かつみのめ かつみの芽 春一二三
かつらぐさ 鬘草 春一二一
＊かと 蝌蚪 春一二四
かとうまる 蝌蚪生まる 春一二四
かどすずみ 門涼み 夏一〇六
かとのひも 蝌蚪の紐 春一二四
＊かどび 門火 秋一〇八
かどびたく 門火焚く 秋一〇八
＊かどまつ 門松 新二七
＊かどまつたつ 門松立つ 冬六四
かどまつとる 門松取る 新五六
かどやなぎ 門柳 春一七三
かとりせんこう 蚊取線香 夏八六
＊かとれあ カトレア 冬二三三
かどれい 門礼 新三四
かどれいじゃ 門礼者 新三四
かとんぼ 蚊蜻蛉 夏一八二
かなかな かなかな 秋一三八
かなぶん かなぶんかなぶん 夏一七五
かなむぐら 金葎 夏二四八
＊かに 蟹 夏一六九
＊かねくよう 鐘供養 春一二一
かねさゆ 鐘冴ゆ 冬三一
＊かねたたき 鉦叩 秋一四四
かねつけとんぼ かねつけ蜻蛉 夏一八〇
かのうば 蚊姥 夏一八二
かのこ 鹿の子 夏一四三

*かのこきかの子忌　春一一七
かのこゆり鹿の子百合　夏一二九
かのなごり蚊の名残　秋一三七
かばしら蚊柱　夏一八一
かばのはな樺の花　春一七五
*かび黴　夏二六五
かび蚊火　夏八六
かびのか黴の香　夏二六五
かびのやど黴の宿　夏二六五
*かびや鹿火屋　秋一七五
かびやもり鹿火屋守　秋一七五
かぶ蕪　冬二二五
*かふうき荷風忌　春一三〇
かぶきしょうがつ歌舞伎正月　冬一三六
*かぶとむし兜虫　夏一七四
かぶとむし甲虫　夏一七四
かぶばたけ蕪畑　冬二二五
*かぶら蕪　冬二二五
*かぶらじる蕪汁　冬八七
かぶらばた蕪畑　冬二二五
かぶわけ株分　春七七
かふんしょう花粉症　春一七四
*かほ花圃　秋五六
*かぼすかぼす　秋一六〇
*かぼちゃ南瓜　秋一一八
*かぼちゃのはな南瓜の花　夏二三五
かぼちゃまく南瓜蒔く　春七三
がま蝦蟇　夏二四五
がま蒲　夏二三四
*かまいたち鎌鼬　冬四三
がまがえるがまがへる　夏二四五
*かまきり蟷螂　秋一四七
かまきり鎌切　秋一四七
かまきりうまる蟷螂生る　夏一八〇
*かまくらかまくら　新八三
かますご叺子　春一三八
かまつかかまつか　秋一八三
かまどうま竈馬　秋一四一
*かまどねこ竈猫　冬一一六
がまのはな蒲の花　夏二三四
*がまのほ蒲の穂　夏二三四
がまのほわた蒲の穂絮　秋一三一
*がまのわた蒲の絮　秋一三一
かまはじめ釜始　新五七
かみあそび神遊　冬二四七
*かみあらう髪洗ふ　夏一一七
かみあり神在　冬二四三
かみありづき神在月　冬一八
*かみありまつり神在祭　冬二四三
かみうえ神植　夏一三一
*かみおくり神送　冬二四三
かみかえり神還　冬二四三
かみかえり神帰　冬二四三
*かみきり天牛　夏一七五
かみきりかみきり　夏一七五
かみきりむし髪切虫　夏一七五
*かみこ紙子　冬七四
かみこ紙衣　冬七四
かみさりづき神去月　冬一八
*かみすき紙漉　冬一二四
かみすきば紙漉場　冬一二四
かみつどい神集ひ　冬二四三
かみなづきかみなづき　冬一八
*かみなり雷　夏四八
かみなり神鳴　夏四八
かみなりうおかみなりうを　冬一八〇
*かみのたび神の旅　冬二四一
かみのたびだち神の旅立　冬二四一

*かみのるす神の留守　冬一四三
かみびな紙雛　春九三
かみふうせん紙風船　春八七
かみぶすま紙衾　冬七一
かみほす紙干す　冬一二四
*かみむかえ神迎　冬一四三
*かみわたし神渡　冬四一
*かめなく亀鳴く　春一二四
*かめのこ亀の子　夏一四四
かめむし亀虫　秋一四九
*かも鴨　冬一七五
かもあおい賀茂葵　夏一二九
かもかえる鴨帰る　春一三一
*かもがわおどり鴨川をどり　春一〇〇
かもがわおどり鴨川踊　春一〇〇
かもきたる鴨来る　秋一三一
*かもじぐさ髢草　春二二一
かもすずし鴨涼し　夏一五六
かもなす加茂茄子　夏二四〇
*かもなべ鴨鍋　冬八九
かものくらべうま賀茂の競馬　夏一二九
かものこえ鴨の声　冬一七五
かものじん鴨の陣　冬一七五
かもひく鴨引く　春一三一
かもまつり賀茂祭　夏一二九
かもまつり加茂祭　夏一二九
かもわたる鴨渡る　秋一三一
*かや蚊帳　夏八六
*かや萱　秋二〇八
かや幮　夏八六
かや蚊屋　夏八六
*かやかる萱刈る　秋八四
*かやつりぐさ蚊帳吊草　夏二五七
かやの萱野　秋二〇八
かやのなごり蚊帳の名残　秋七〇
かやのはて蚊帳の果　秋七〇
かやのほ萱の穂　秋二〇八
*かやのみ榧の実　秋一七〇
かやのわかれ蚊帳の別れ　秋七〇
かやはら萱原　秋二〇八
かやり蚊遣　夏八六
かやりこう蚊遣香　夏八六
*かやりび蚊遣火　夏八六
*かゆうら粥占　新七八
かゆうらしんじ粥占神事　新七八
かゆうらまつり粥占祭　新七八
かゆぐさ粥草　新一〇二
*かゆづえ粥杖　新七八
かゆのき粥の木　新七八
かゆばしら粥柱　新四四
からあおい蜀葵　夏二三五
からうめ唐梅　冬一九一
*からかぜ空風　冬四〇
からかみ唐紙　冬一〇二
*からざけ乾鮭　冬九二
からさで神等去出　冬一四三
*からさでのしんじ神等去出の神事　冬一四三
からさでまつりからさで祭　冬一四三
*からしな芥菜　春一九二
からしな芥子菜　春一九二
からしなまく芥菜蒔く　秋八二
*からすうり烏瓜　秋二二一
*からすうりのはな烏瓜の花　夏二六一
*からすがい烏貝　春一四五
*からすのこ鴉の子　夏一五三
からすのこ烏の子　夏一五三
*からすのす鴉の巣　春一三五

からすのす烏の巣　春一三五
からすへび烏蛇　夏一四七
*からたちのはな枸橘の花　春一七
からたちのはな枳殻の花　春一七
からっかぜ空っ風　冬四〇
*からつゆ空梅雨　夏四三
からなでしこ唐撫子　夏一二七
からもも唐桃　夏二〇三
からもものはな唐桃の花　春一六八
*かり雁　秋一三〇
*かり狩　冬二一八
かりあし刈蘆　秋八五
かりいね刈稲　秋七五
かりうど狩人　冬二一八
かりかえる雁帰る　春一三
かりがねかりがね　秋一三〇
かりぎ刈葱　夏二四一
かりくよう雁供養　春九六
かりくら狩座　冬二一八
かりくる雁来る　秋一三〇
*かりた刈田　秋七七
かりたみち刈田道　秋七七
かりのこえ雁の声　秋一三〇

かりのさお雁の棹　秋一三〇
かりのつら雁の列　秋一三〇
かりのやど狩の宿　冬二一八
かりのわかれ雁の別れ　春一三
*かりふらわーカリフラワー　冬二二三
かりぼし刈干　夏二〇一
かりも刈藻　夏九九
がりょうばい臥竜梅　春五一
*かりわたし雁渡し　秋四八
かりわたる雁渡る　秋一三〇
*かりんのみ榠樝の実　秋一六三
かりんのみ花梨の実　秋一六三
かる枯る　冬二〇六
かるがも軽鴨　夏一五六
かるがものこ軽鴨の子　夏一五六
*かるかや刈萱　秋二〇八
*かるた歌留多　新五九
かるた骨牌　新五九
かるたかい歌留多会　新五九
かるなゔぁるカルナヴァル　春一二
*かるのこ軽鳧の子　夏一五六
かるも刈藻　夏九九
かれ枯　冬二〇六

*かれあし枯蘆　冬二一八
かれあし枯芦　冬二一八
かれあし枯葦　冬二一八
かれあしはら枯蘆原　冬二一八
かれえだ枯枝　冬二〇五
かれおばな枯尾花　冬二一九
*かれき枯木　冬二〇五
*かれぎく枯菊　冬二一一
かれきぼし枯木星　冬二〇五
かれきみち枯木道　冬二〇五
かれきやま枯木山　冬二〇五
*かれくさ枯草　冬二一九
かれこだち枯木立　冬二〇五
*かれしば枯芝　冬二二〇
*かれすすき枯芒　冬二一九
かれすすき枯薄　冬二一九
*かれその枯園　冬五四
*かれづる枯蔓　冬二〇五
かれとうろぅ枯蟷螂　冬一八七
*かれの枯野　冬五三
かれのみち枯野道　冬五三
*かれは枯葉　冬二〇一
*かれはぎ枯萩　冬二一八

*かればしょう　枯芭蕉　冬二二一
*かれはす　枯蓮　冬二二三
かれはちす　枯蓮　冬二二三
*かれふよう　枯芙蓉　冬一九八
*かれむぐら　枯葎　冬二一七
*かれやなぎ　枯柳　冬二〇五
かれやま　枯山　冬五三
かわう　河鵜　夏一五六
かわがに　川蟹　夏一六九
*かわがり　川狩　夏一〇三
かわかる　川涸る　冬五四
かわぎり　川霧　秋五一
かわこおる　川凍る　冬五八
かわごろも　裘　冬七四
かわごろも　皮衣　冬七四
かわじゃんぱー　皮ジャンパー　冬七六
*かわず　蛙　春一三五
かわずがっせん　蛙合戦　春一三五
かわずだ　蛙田　春一三五
*かわずのめかりどき　蛙の目借時　春三一
かわせがき　川施餓鬼　秋一〇九
*かわせみ　翡翠　夏一五四
かわせみ　川蝉　夏一五四
かわちどり　川千鳥　冬一七六
かわてぶくろ　皮手袋　冬七九
かわとぎょ　川渡御　夏一三四
かわどこ　川床　夏一〇六
かわともし　川灯　夏一〇四
*かわとんぼ　川蜻蛉　夏一八〇
かわにな　川蜷　春一四四
かわはらえ　川祓　夏一三三
*かわびらき　川開　夏一二七
かわぶしん　川普請　冬一三三
かわぶとん　革蒲団　夏八二
かわぼし　川干　夏一〇三
かわほね　河骨　夏二五三
かわほり　かはほり　夏一四三
かわます　川鱒　春一三九
かわやしろ　川社　夏一三三
かわやなぎ　川柳　春一七三
かわらなでしこ　川原撫子　秋二二一
かわらひわ　河原鶸　秋一二七
*かん　寒　冬二七
がん　雁　秋一三〇
かんあ　寒鴉　冬一七三
かんあい　寒靄　冬五〇
かんあかね　寒茜　冬五〇
かんあく　寒明く　春一九
*かんあけ　寒明　春一九
かんあけき　寒明忌　冬一六四
かんいちご　寒苺　冬二〇七
かんうん　寒雲　冬三七
かんえい　寒泳　冬六九
かんおう　観桜　春八五
かんおりおん　寒オリオン　冬三八
かんがい　旱害　夏五三
かんがすみ　寒霞　冬五〇
*かんがらす　寒鴉　冬一七三
かんがん　寒雁　冬一七〇
かんかんぼう　カンカン帽　夏六七
かんき　寒気　冬三〇
*がんぎ　雁木　冬九八
*かんぎく　寒菊　冬二〇八
*かんきゅう　寒灸　冬七〇
かんぎょう　寒暁　冬二八
かんぎょう　寒行　冬一五四
かんきん　寒禽　冬一七〇

かんく寒九 冬二七
かんくのみず寒九の水 冬五五
*かんげいこ寒稽古 冬六八
かんげつ観月 秋八八
かんげつ寒月 冬三七
かんげんさい管弦祭 夏一三
*かんごい寒鯉 冬一八五
がんこう雁行 秋一三〇
かんこうばい寒紅梅 冬一九一
*かんごえ寒声 冬六九
*かんごえ寒肥 冬一一七
かんこどり閑古鳥 夏一五〇
*かんごり寒垢離 冬一五四
*かんざくら寒桜 冬一九二
かんざけ燗酒 冬八一
*かんざらい寒復習 冬六八
かんざらえ寒ざらへ 冬六八
*かんざらし寒晒 冬九四
かんざらし寒曝 冬九四
*かんじき樏 冬一三
*かんしじみ寒蜆 冬一八七
*がんじつ元日 新一四
がんじつそう元日草 新一〇一
かんしょ甘藷 秋一九一
*かんしょかり甘蔗刈 冬一一四
かんしょかる甘蔗刈る 冬一一四
かんしろう寒四郎 冬二七
*がんじんき鑑真忌 夏一三七
かんすき寒漉 冬一二四
*かんすずめ寒雀 冬一七三
かんすばる寒昴 冬三八
かんせい寒星 冬三八
*かんせぎょう寒施行 冬六八
かんぜみ寒蟬 秋一三八
かんせん寒泉 冬五五
*かんぞうのはな萱草の花 夏一五六
かんそうび寒薔薇 冬一九三
かんたく寒柝 冬一一
*かんたまご寒卵 冬八三
かんたまご寒玉子 冬八三
*かんたん邯鄲 秋一四三
がんたん元旦 新一五
かんたんふく簡単服 夏六二
かんちゅう寒中 冬二七
*かんちゅうすいえい寒中水泳 冬六九
かんちゅうみまい寒中見舞 冬七〇
*かんちょう観潮 春八三
*かんちょう寒潮 冬五七
*がんちょう元朝 新一五
かんちょうせん観潮船 春八三
*かんづくり寒造 冬九三
*かんつばき寒椿 冬一九四
*かんづり寒釣 冬一二五
かんてん旱天 夏五二
かんてん寒天 冬三七
かんてんさらす寒天晒す 冬一二三
*かんてんつくる寒天造る 冬一二三
かんてんほす寒天干す 冬一二三
*かんとう竿灯 秋九九
かんとう寒濤 冬五六
かんとう寒灯 冬一〇〇
かんどうふ寒豆腐 冬九五
かんとだき関東煮 冬九〇
かんともし寒灯 冬一〇〇
かんどよう寒土用 冬二七
*かんなカンナ 秋一七九
かんなぎ寒凪 冬三八
*かんなづき神無月 冬一八

かんにいる寒に入る　冬二六
かんにょびな官女雛　春九三
かんねぶつ寒念仏　冬一五四
*かんねんぶつ寒念仏　冬一五四
かんのあけ寒の明　春一九
かんのあめ寒の雨　冬四三
*かんのいり寒の入　冬二六
かんのうち寒の内　冬二七
*かんのみず寒の水　冬五五
かんのもち寒の餅　冬八一
かんのり寒海苔　冬九三
*かんぱ寒波　冬三二
かんばい観梅　春八四
かんばい寒梅　冬一九一
かんぱくる寒波来　冬三二
かんばつ旱魃　夏五二
かんばれ寒晴　冬二六
*がんぴ岩菲　夏一三三
かんびーる缶ビール　夏七三
*かんびき寒弾　冬六九
かんひざくら寒緋桜　冬一九二
かんひでり寒旱　冬三七
かんぴょうほす干瓢干す　夏一〇〇
*かんぴょうむく干瓢剝く　夏一〇〇
かんびより寒日和　冬二六
かんびらめ寒鮃　冬一八四
*かんぷう寒風　冬四〇
かんぷう観楓　秋九〇
かんぶつ灌仏　春一〇八
かんぶつえ灌仏会　春一〇八
*かんぶな寒鮒　冬一八五
かんぶり寒鰤　冬一八一
*がんぶろ雁風呂　春九六
*かんべに寒紅　冬六九
かんぼ寒暮　冬二九
かんぼう感冒　冬一三〇
かんぼく寒木　冬二〇四
かんほくと寒北斗　冬二八
*かんぼけ寒木瓜　冬一九七
*かんぼたん寒牡丹　冬一九三
*かんまいり寒参　冬一五四
*かんみまい寒見舞　冬七〇
かんもうで寒詣　冬一五四
*かんもち寒餅　冬八一
かんもどる寒戻る　春二〇
かんや寒夜　冬二九
かんやいと寒灸　冬七〇
かんゆやけ寒夕焼　冬五〇
かんらい寒雷　冬四九
がんらいこう雁来紅　秋一八三
かんらん甘藍　夏二四〇
*かんりん寒林　冬二〇四
かんれい寒冷　冬三〇
*かんろ寒露　秋二九
かんろき甘露忌　夏一四三
かんわらび寒蕨　冬三二

き

*きいちご木苺　夏二〇一
*きいちごのはな木苺の花　春一七六
*きう喜雨　夏四五
きう祈雨　夏九六
きうていき喜雨亭忌　夏一四一
きえびね黄えびね　春二〇八
きえん帰燕　秋一二四
きおとし木落し　夏一二八
ぎおんえ祇園会　夏一二三
ぎおんごりょうえ祇園御霊会　夏一二三

ぎおんだいこ祇園太鼓　夏一三三
ぎおんばやし祇園囃子　夏一三三
*ぎおんまつり祇園祭　夏一三三
きがん帰雁　春一三一
きぎく黄菊　秋一八五
ききざけ利酒　秋六三
きぎしきぎし　春一二七
きぎすきぎす　春一二七
*ききょう桔梗　秋二一四
*きく菊　秋一八五
きくかる菊枯る　冬二二一
*きくくよう菊供養　秋一一三
きくざけ菊酒　秋九三
*きくさす菊挿す　夏九八
きくし菊師　秋八九
きくづき菊月　秋二四
きくな菊菜　春一九三
きくなえ菊苗　春一八八
*きくなます菊膾　秋六七
*きくにんぎょう菊人形　秋八九
きくにんぎょうてん菊人形展　秋八九
きくねわけ菊根分　春七七
きくのえん菊の宴　秋九三
きくのきせわた菊の被綿　秋九三
きくのさしめ菊の挿芽　夏九八
きくのせっく菊の節句　秋九三
*きくのなえ菊の苗　春一八八
きくのはな菊の花　秋一八五
きくのひ菊の日　秋九三
きくのめ菊の芽　春一八八
きくばたけ菊畑　秋一八五
きくびな菊雛　秋九四
きくびより菊日和　秋三五
*きくまくら菊枕　秋七〇
*きくらげ木耳　夏二六五
きけまん黄華鬘　春一八一
きげんせつ紀元節　春九〇
きこうでん乞巧奠　秋九七
きこりぞめ木樵初　新五八
*きさらぎ如月　春二三
きさらぎ衣更着　春二三
*きじ雉　春一二七
きじ雉子　春一二七
*ぎしぎし羊蹄　春二〇四
ぎしぎしぎしぎし　夏二五六
*ぎしぎしのはな羊蹄の花　夏二五六
*ぎしさい義士祭　春九七
きしづり岸釣　秋八六
きじのほろろ雉のほろろ　春一二七
きしぶ生渋　秋八〇
きしぶおけ木渋桶　秋八〇
ぎしまつり義士祭　春九七
*きじょうき鬼城忌　秋一一七
*きす鱚　夏一六五
ぎすぎす　秋一一四
*きずいせん黄水仙　春一八一
きすげ黄菅　夏二五七
きすごきすご　夏一六五
きすずめ黄雀　春一三四
きすつり鱚釣　夏一六五
*きせい帰省　夏六〇
きせいし帰省子　夏六〇
きそいうまきそひ馬　夏一二九
*きそはじめ着衣始　新四七
きた北風　冬四〇
*きたおろし北颪　冬四〇
きたおろし北下し　冬四〇
*きたかぜ北風　冬四〇

きたきつね北狐 冬一六六
きたのおんきにち北野御忌日 春一〇〇
*きたのなたねごく北野菜種御供 春一〇〇
きたふく北吹く 冬四〇
きたふさぐ北塞ぐ 冬九七
*きたまどひらく北窓開く 春六七
*きたまどふさぐ北窓塞ぐ 冬九七
きちきちきちきち 秋一四五
きちきちばったきちきちばつた 秋一四五
きちこうきちかう 秋三四
ぎちゅうき義忠忌 春一三
きちょう黄蝶 春一四七
きっしょ吉書 新三六
きっしょあげ吉書揚 新八一
きっちょう吉兆 新九〇
*きつつき啄木鳥 秋一二九
*きつね狐 冬一六六
きつねのちょうちん狐の提灯 夏三五九
きつねのちょうちん狐の提灯 冬六一
きつねばな狐花 秋三四
*きつねび狐火 冬六一
きつねわな狐罠 冬二一九
*きながし木流し 春八二
*きぬかつぎ衣被 秋六八
*きぬた砧 秋八〇
きぬた碪 秋八〇
きぬたうつ砧打つ 秋八〇
*きのこ茸 秋三三
きのこ菌 秋三三
きのこかご茸籠 秋九〇
きのこがり茸狩 秋九〇
きのこがり菌狩 秋九〇
きのこじる茸汁 秋三三
きのことり茸とり 秋九〇
きのこめし茸飯 秋六六
きのこやま茸山 秋九〇
*きのねあく木の根明く 春五四
きのめ木の芽 春一七
*きのめあえ木の芽和 春六一
きのめづけ木の芽漬 春六一
きのめでんがく木の芽田楽 春六一
きのめみそ木の芽味噌 春六一
*きばはじめ騎馬始 新七三
*きび黍 秋一九九
*きびあらし黍嵐 秋四九
きびかり甘蔗刈 冬二一四
きびのほ黍の穂 秋一九九
きびばたけ黍畑 秋一九九
*きぶくれ着ぶくれ 冬七三
*きぶしのはな木五倍子の花 春一七五
きぼう既望 秋四一
*ぎぼうしのはな擬宝珠の花 夏三五三
ぎぼしぎぼし 夏三五三
きまゆ黄繭 夏一〇三
きみかげそう君影草 夏三五〇
きもりがき木守柿 秋一五五
きもりゆず木守柚子 秋一六〇
*きゃべつキャベツ 夏三四〇
きゃらぶき伽羅蕗 夏三三八
*きゃんぷキャンプ 夏一〇八
きゃんぷじょうキャンプ場 夏一〇八
きゃんぷふぁいやーキャンプファイヤー 夏一〇八

きゃんぷむらキャンプ村　夏一〇八
きゅうか九夏　夏三
＊きゅうかあけ休暇明　秋六二
＊きゅうかはつ休暇果つ　秋六二
＊きゅうこんうう球根植う　春七五
ぎゅうじつ牛日　新一七
きゅうしゅう九秋　秋一七
きゅうしゅん九春　春一八
きゅうしょう旧正　春一九
＊きゅうしょうがつ旧正月　春一九
きゅうたんご旧端午　夏一三
きゅうとう九冬　冬一七
ぎゅうなべ牛鍋　冬八八
きゅうねん旧年　新一三
＊ぎゅうばひやす牛馬冷す　夏九四
きゅうぼん旧盆　秋一〇六
＊きゅうり胡瓜　夏二三九
きゅうりのはな胡瓜の花　夏二三五
きゅうりまく胡瓜蒔く　春七二
＊きゅうりもみ胡瓜揉　夏七二
きょういも京芋　冬二二四
きょうえい競泳　夏二〇九
＊きょうかき鏡花忌　秋一一六

きょうかそん杏花村　春一六八
ぎょうぎょうし行々子　夏一五四
＊きょうさく凶作　秋七八
＊ぎょうずい行水　夏九三
きょうそう競漕　春八六
＊きょうちくとう夾竹桃　夏一九六
きょうな京菜　春一九一
きょうねん凶年　秋七八
きょうのきく今日の菊　秋九三
きょうのつき今日の月　秋三九
＊ぎょき御忌　春一一〇
ぎょきこそで御忌小袖　春一一〇
ぎょきのかね御忌の鐘　春一一〇
ぎょきのてら御忌の寺　春一一〇
ぎょきまいり御忌参　春一一〇
ぎょきもうで御忌詣　春一一〇
＊きょくすい曲水　春九〇
きょくすいのえん曲水の宴　春九〇
＊ぎょけい御慶　新三四
＊きょしき虚子忌　春二三〇
きょねん去年　新一三
きょほう巨峰　秋一五六
＊きょらいき去来忌　秋一一四

きららきらら　夏一八四
きららむし雲母虫　夏一八四
＊きらんそう金瘡小草　春二〇七
＊きり霧　秋五一
＊きりぎりす螽蟖　秋一四四
きりこ切子　秋七一
きりこ切籠　秋七一
きりごたつ切炬燵　冬二〇五
きりこどうろう切子灯籠　秋七一
＊きりざんしょう切山椒　新五三
きりしぐれ霧時雨　秋五一
きりしまつつじ霧島躑躅　春一六四
＊きりのはな桐の花　夏二三
＊きりのみ桐の実　秋一七三
＊きりひとは桐一葉　秋一六七
きりぶすま霧襖　秋五一
＊きりぼし切干　冬九五
きりぼしだいこん切干大根　冬九五
きれだこ切凧　春八六
きんか近火　冬一三
ぎんが銀河　秋四四
きんかおうき槿花翁忌　秋一一三
＊きんかん金柑　秋一六一

ぎんかん銀漢　秋四四
＊きんぎょ金魚　夏一六三
きんぎょうり金魚売　夏二一一
＊きんぎょそう金魚草　夏三三〇
きんぎょだ金魚田　夏一六三
＊きんぎょだま金魚玉　夏二一四
きんぎょばち金魚鉢　夏二一四
きんぎょや金魚屋　夏二一一
きんぎんか金銀花　夏三二五
きんしゅう金秋　秋一七
＊きんせんか金盞花　春一八三
＊ぎんなん銀杏　秋一七一
きんばえ金蠅　夏一八一
ぎんばえ銀蠅　夏一八一
きんひばり金雲雀　秋一四三
きんびょう金屏　冬二〇三
ぎんびょう銀屏　冬二〇三
きんびょうぶ金屏風　冬二〇三
ぎんびょうぶ銀屏風　冬二〇三
きんぷう金風　秋四五
きんぷうき金風忌　秋一一九
＊きんぽうげ金鳳花　春二〇八
きんぽうげ金鳳華　春二〇八
＊きんめだい金目鯛　冬一八三
きんもくせい金木犀　秋一五一
ぎんもくせい銀木犀　秋一五一
＊きんろうかんしゃのひ勤労感謝の日　冬二三六

く

＊くいつみ喰積　新五一
＊くいな水鶏　夏一五七
くいなぶえ水鶏笛　夏一五七
くうかいき空海忌　春一〇六
＊くうやき空也忌　冬二五七
くーらークーラー　夏八八
＊くがつ九月　秋三
＊くがつじん九月尽　秋三
くがつばしょ九月場所　秋八七
くきだちくきだち　春一九一
＊くきづけ茎漬　冬九二
くきのいし茎の石　冬九二
くきのおけ茎の桶　冬九二
くきのみず茎の水　冬九二
くぐい鵠　冬一七九
＊くくたち茎立　春一九一
くくだちくくだち　春一九一
くぐつ傀儡　新四六
くぐつし傀儡師　新四六
くくりはぎ括り萩　秋二〇六
＊くこ枸杞　春一七三
くこちゃ枸杞茶　春一七三
くこつむ枸杞摘む　春一七三
＊くこのみ枸杞の実　秋一七三
くこのめ枸杞の芽　春一七三
くこめし枸杞飯　春一七三
くさあおむ草青む　春一九六
＊くさいきれ草いきれ　夏二四七
＊くさいち草市　秋一〇〇
くさいちご草苺　夏三三四
くさいちごのはな草苺の花　春一九〇
くさかぐわし草芳し　春一九五
＊くさかげろう草蜉蝣　夏一八三
くさかげろう臭蜉蝣　夏一八三
＊くさかり草刈　夏九七
くさかりうま草刈馬　秋九八
くさかりかご草刈籠　夏九七
くさかる草刈る　夏九七
くさかる草枯る　冬二一九

くさかんばし草芳し　春一九五
＊くさぎのはな臭木の花　秋一七三
くさぎのはな常山木の花　秋一七三
＊くさぎのみ臭木の実　秋一七三
くさぎのみ常山木の実　秋一七三
くさきょうちくとう草夾竹桃　夏二三〇
＊くさしげる草茂る　夏二四六
くさしみず草清水　夏五八
くさじらみ草虱　秋二三三
くさずもう草相撲　秋八七
＊くさたおき草田男忌　夏二四二
くさだんご草団子　春六四
くさつむ草摘む　春八四
＊くさとり草取　夏九八
くさのいち草の市　秋一〇〇
＊くさのはな草の花　秋二〇四
＊くさのほ草の穂　秋二〇四
くさのほわた草の穂絮　秋二〇四
＊くさのみ草の実　秋二〇五
＊くさのめ草の芽　春一九六
くさのもち草の餅　春六四
くさのわた草の絮　秋二〇四
くさひく草引く　夏九八
＊くさひばり草雲雀　秋一四三
＊くさぶえ草笛　夏一一六
くさぼけのはな草木瓜の花　春一七三
くさぼけのみ草木瓜の実　秋一七三
くさほす草干す　夏一〇一
くさむしり草むしり　夏九八
＊くさめ嚏　冬一三一
くさもえ草萌　春一九六
＊くさもち草餅　春六四
＊くさもみじ草紅葉　秋二〇五
＊くさや草矢　夏一一六
くさやく草焼く　春六九
くさやまぶき草山吹　春二〇七
＊くさわかば草若葉　春一九八
ぐじぐじ　冬一八二
くしがき串柿　秋六七
くじつ狗日　新一六
＊くじゃくそう孔雀草　夏二三七
くしゃみくしやみ　冬一三一
＊くじら鯨　冬一六九
＊くず葛　秋二〇九
くずあらし葛嵐　秋二〇九
くずうた国栖歌　新七三
くすおちば樟落葉　夏二一〇
＊くずきり葛切　夏七六
くずざくら葛桜　夏七七
＊くずさらし葛晒　冬九四
くすさん樟蚕　夏一七三
くずそう国栖奏　新七三
＊くすだま薬玉　夏一二四
くずねほる葛根掘る　秋八三
くずのおきな国栖翁　新七三
＊くずのそう国栖奏　新七三
くずのは葛の葉　秋二〇九
くずのはうら葛の葉裏　秋二〇九
＊くずのはな葛の花　秋二一〇
くずひく葛引く　秋八三
くずびと国栖人　新七三
くずぶえ国栖笛　新七三
＊くずほる葛掘る　秋八三
くずまい国栖舞　新七三
＊くずまんじゅう葛饅頭　夏七七
＊くずもち葛餅　夏七六
＊くずゆ葛湯　冬八二
＊くすりぐい薬喰　冬八三

くすりとる薬採る　秋八三
＊くすりほる薬掘る　秋八三
くずれやな崩れ簗　秋八六
くすわかば樟若葉　夏二〇八
ぐそくもち具足餅　新三〇
くだがゆ管粥　新七八
くだりあゆ下り鮎　秋一三三
＊くだりやな下り簗　秋八六
＊くちきり口切　冬二〇九
＊くちなしのはな梔子の花　夏一九四
＊くちなしのみ梔子の実　秋一五三
くちなしのみ山梔子の実　秋一五三
くちなわくちなは　夏一四七
＊くつわむし轡虫　秋一四五
くぬぎのみ櫟の実　秋一六九
＊くねんぼ九年母　秋一六一
ぐびじんそう虞美人草　夏二三六
＊くま熊　冬二六六
くまあなにいる熊穴に入る　冬二六六
くまうち熊打　冬二一八
くまおくり熊送り　冬二三九
くまげら熊げら　秋一二九
くまぜみ熊蟬　夏一七八

くまつき熊突　冬二一八
くまで熊手　冬二四五
くまでいち熊手市　冬二四五
くまのこ熊の子　冬二六六
くまばち熊蜂　春一四八
＊くままつり熊祭　冬二三九
＊ぐみ茱萸　秋一七六
くみえ組絵　夏一二五
ぐみのさけ茱萸の酒　秋九三
＊くも蜘蛛　夏一八六
くものい蜘蛛の囲　夏一八六
くものいと蜘蛛の糸　夏一八六
くものこ蜘蛛の子　夏一八六
くものす蜘蛛の巣　夏一八六
くものたいこ蜘蛛の太鼓　夏一八六
＊くものみね雲の峰　夏三七
＊くらげ海月　夏一七〇
くらげ水母　夏一七〇
＊ぐらじおらすグラジオラス　夏二三三
＊くらびらき蔵開　新四三
＊くらべうま競馬　夏一二九
＊くらまのたけきり鞍馬の竹伐　夏一三六

＊くらまのはなくよう鞍馬の花供養　春一〇九
＊くらまのひまつり鞍馬の火祭　秋一〇五
くらまはなえしき鞍馬花会式　春一〇九
くらままつり鞍馬祭　秋一〇五
＊くり栗　秋一五七
くりーむそーだクリームソーダ　夏七五
くりおこわ栗おこは　秋六六
くりごはん栗ごはん　秋六六
＊くりすますクリスマス　冬二五五
＊くりすますろーずクリスマスローズ　冬二三三
＊くりのはな栗の花　夏一一九
くりばやし栗林　秋一五七
くりひろい栗拾　秋一五七
くりめいげつ栗名月　秋四三
＊くりめし栗飯　秋六六
くりやま栗山　秋一五七
くるいざき狂ひ咲き　冬一九三
くるいばな狂ひ花　冬一九三

＊くるみ胡桃　秋一五九
＊くるみのはな胡桃の花　夏二一二
くるみのみ胡桃の実　秋一五九
くるみわり胡桃割　秋一五九
くるみわる胡桃割る　秋一五九
くれいち暮市　冬六三
くれおそし暮遅し　春三〇
くれかぬ暮れかぬ　春三〇
＊くれのあき暮の秋　秋三一
＊くれのはる暮の春　春三三
くれはやし暮早し　冬二八
くれまちすクレマチス　夏二三三
くろあり黒蟻　夏一八五
くろーばークローバー　春二〇〇
くろーるクロール　夏一〇九
くろがも黒鴨　夏一五六
＊くろだい黒鯛　夏一六四
＊くろっかすクロッカス　春一八五
くろぬり畔塗　春七〇
＊くろはえ黒南風　夏四〇
くろびーる黒ビール　夏七三
くろふのすすき黒生の芒　春一九七
くろほ黒穂　夏二四三
くろめ黒菜　夏二六六
＊くわ桑　春一七八
くわいちご桑いちご　夏二一九
＊くわいほる慈姑掘る　春七七
くわかご桑籠　春七八
くわかる桑枯る　冬二〇四
くわぐるま桑車　春七八
くわご桑子　春一四九
くわぞめ鍬初　新五八
＊くわつみ桑摘　春七八
くわつみうた桑摘唄　春七八
＊くわとく桑解く　春七八
くわのはな桑の花　春一七八
＊くわのみ桑の実　夏二一九
＊くわはじめ鍬始　新五八
くわばたけ桑畑　春一七八
くわほどく桑ほどく　春七八
ぐんじょうき群青忌　夏一四一
＊くんしらん君子蘭　春一八六
くんぷう薫風　夏四一

け

げ夏　夏一三五
げあき夏明　秋一一一
げあんご夏安居　夏一三五
＊けいこはじめ稽古始　新六五
けいじつ鶏日　新一四
げいしゅん迎春　新一一
げいしゅんか迎春花　春一五九
げいせつえ迎接会　夏一三五
けいたん鶏旦　新一五
＊けいちつ啓蟄　春三三
けいと競渡　夏一三五
けいと毛糸　冬八〇
＊けいとあむ毛糸編む　冬八〇
＊けいとう鶏頭　秋一八一
けいとうか鶏頭花　秋一八一
けいとうかる鶏頭枯る　冬二一七
けいとうまく鶏頭蒔く　春七三
けいとだま毛糸玉　冬八〇
けいら軽羅　夏六三
けいらい軽雷　夏四八
げいり夏入　夏一三五
＊けいろうのひ敬老の日　秋九五
げがき夏書　夏一三五
げがきおさめ夏書納　秋一一一

けかび毛黴　夏二六五
＊けがわ毛皮　冬七五
けがわうり毛皮売　冬七五
けがわてん毛皮店　冬七五
げぎょう夏行　夏二三五
＊げげ解夏　秋一一一
げげ解夏　夏二三五
けご毛蚕　春七八
げごもり夏籠　夏二三五
＊けごろも毛衣　冬七四
けさのあき今朝の秋　秋一九
けさのはる今朝の春　新一一
けさのふゆ今朝の冬　冬一九
＊げし夏至　夏二七
＊げじげじ蚰蜒　夏一八七
けしずみ消炭　冬二〇四
＊けしのはな罌粟の花　夏二三六
けしのはな芥子の花　夏二三六
けしのみ罌粟の実　夏二三六
けしばたけ芥子畑　夏二三六
＊けしぼうず罌粟坊主　夏二三六
けしぼうず芥子坊主　夏二三六
けしまく罌粟蒔く　秋八二

けずりひ削氷　夏七五
けそうぶみ懸想文　新九一
＊けそうぶみうり懸想文売　新九一
げだち夏断　夏二三五
げっかびじん月下美人　夏二三一
けつげ結夏　夏二三五
げっこう月光　秋三七
けっとケット　冬七五
けっぴょう結氷　冬五八
げつめい月明　秋三七
げつれいし月鈴子　秋一四三
げのはて夏の果　秋一一一
げばな夏花　夏二三五
げひゃくにち夏百日　夏二三五
けまりはじめ蹴鞠始　新七三
＊けまんそう華鬘草　春一八一
＊けむし毛虫　夏一七三
けむしやく毛虫焼く　夏一七三
けやきかるる欅枯る　冬二〇四
＊けら螻蛄　夏一八六
けらけら　秋一二九
けらつつきけらつつき　秋一二九
＊けらなく螻蛄鳴く　秋一四七

けるんケルン　夏一〇八
げれんでゲレンデ　冬一二八
けんがいぎく懸崖菊　秋一八五
けんかごま喧嘩独楽　新六四
＊げんかん厳寒　冬三三
けんぎゅう牽牛　秋九七
けんぎゅうか牽牛花　秋一八〇
＊げんげ紫雲英　春二〇〇
げんげだげんげ田　春二〇〇
げんげつ弦月　秋三七
げんげまく紫雲英蒔く　秋八二
げんげんげんげん　春二〇〇
＊けんこくきねんのひ建国記念の日　春九〇
けんこくきねんび建国記念日　春九〇
けんこくさい建国祭　春九〇
けんこくのひ建国の日　春九〇
＊げんごろう源五郎　夏一一七
げんごろうむし源五郎虫　夏一一七
＊けんじき賢治忌　秋一一八
げんじぼたる源氏蛍　夏一七三
げんじむし源氏虫　夏一七四

げんちょ玄猪　冬一三六
げんとう玄冬　冬一七
げんとう厳冬　冬三三
*げんのしょうこ現の証拠　夏二五六
*げんばくき原爆忌　夏一三六
げんばくのひ原爆の日　夏一三六
*けんぽうきねんび憲法記念日　春九一
*げんよしき源義忌　秋一三〇

こ

こ蚕　春一四九
こあじさし小鰺刺　夏一五八
こあゆ小鮎　春一四一
こあゆくみ小鮎汲　春八〇
こいすずめ恋雀　春一三三
こいねこ恋猫　春一三三
こいのぼり鯉幟　夏一三三
こいも子芋　秋一九三
*こうえつき光悦忌　春一一四
こうぎょ香魚　夏一六一
こうさ黄砂　春四一
こうさ黄沙　春四一
こうじかび麹黴　夏二六五
こうしさい孔子祭　春九七
ごうしょ劫暑　夏三三
*こうしょくき紅蜀葵　夏二三五
*こうしょはじめ講書始　新七四
こうじん耕人　春七〇
*こうすい香水　夏八七
こうすい幸水　秋一五五
こうすいびん香水瓶　夏八七
こうぞさらす楮晒す　冬一二四
こうぞふむ楮踏む　冬一二四
こうぞほす楮干す　冬一二四
こうぞむす楮蒸す　冬一二四
こうたんえ降誕会　春一〇八
こうたんさい降誕祭　冬一五五
*こうていだりあ皇帝ダリア　秋一八三
ごうながうな　春一四五
こうなご小女子　春一三八
*こうばい紅梅　春一五三
こうふくじのたきぎのう興福寺の薪能　夏一二五
こうぶんぼく好文木　春一五一
こうぼうき弘法忌　春一〇六
*こうほね河骨　夏二五三
こうま子馬　春一三
*こうもり蝙蝠　夏一四三
こうやどうふ高野豆腐　冬九五
*こうよう黄葉　秋一六三
*こうよう紅葉　秋一六二
こうらいぎく高麗菊　春一九三
*こうらく黄落　秋一六四
こうらくき黄落期　秋一六四
こーくすコークス　冬二〇五
こーとコート　冬七六
ごーやーゴーヤー　秋一九〇
*こおり氷　冬五八
こおりあずき氷小豆　夏七五
こおりいちご氷苺　夏七五
こおりがし氷菓子　夏七六
こおりきゆ氷消ゆ　春五六
こおりどうふ凍豆腐　冬九五
こおりどうふ氷豆腐　冬九五
*こおりとく氷解く　春五六
こおりどけ氷解　春五六
こおりながる氷流る　春五六
こおりばし氷橋　冬五八

＊こおりみず氷水　夏七五
こおりみせ氷店　夏七五
＊こおる凍る　冬二一
こおる氷る　冬二一
＊こおろぎ蟋蟀　秋一四一
＊こがい蚕飼　春七八
こがいどき蚕飼時　春七八
こかご蚕籠　春七八
＊ごがつ五月　夏三
ごがつさい五月祭　春九九
ごがつにんぎょう五月人形　夏一三
ごがつのせっく五月の節句　夏一三
ごがつばしょ五月場所　夏一二五
こがねばな黄金花　夏二五九
＊こがねむし金亀子　夏一七五
こがねむし黄金虫　夏一七五
こがねむし金亀虫　夏一七五
こかまきり子かまきり　夏一八〇
＊こがらし凩　冬二九
こがらし木枯　冬二九
こがらす子烏　夏一五三
ごきかぶり御器齧　夏一八四
こぎく小菊　秋一八五

＊ごきぶりごきぶり　夏一八四
ごぎょう御形　新一〇三
ごぎょう五形　新一〇三
＊こくう穀雨　春三一
こくかん酷寒　冬三三
ごくかん極寒　冬三三
ごくげつ極月　冬三三
こくしょ酷暑　夏三三
＊ごくしょ極暑　夏三三
ごくすい曲水　春九〇
＊こくぞう穀象　夏一七六
こくぞうむし穀象虫　夏一七六
こくちさい告知祭　春一三
こくてんし告天子　春一六八
こけしみず苔清水　夏五八
＊こけのはな苔の花　夏二六三
こげら小げら　秋一二九
こけりんどう苔竜胆　春二三
ごこうずい五香水　春一〇八
こごめざくら小米桜　春一六五
こごめばな小米花　春一六五
こごめゆき小米雪　冬四六
こごりぶな凝鮒　冬九一

こころぶとこころぶと　夏七七
こさぎ小鷺　夏一五八
ござんおくりび五山送り火　秋一一〇
こじか子鹿　夏一四三
ごしきのいと五色の糸　秋九七
こしきぶ小式部　秋一七一
こししょうじ腰障子　冬一〇一
＊こしたやみ木下闇　夏二〇七
こしぶとん腰蒲団　冬七三
＊こしゅ古酒　秋六四
＊こしょうがつ小正月　新一九
ごしょうき御正忌　冬一五三
ごすい午睡　夏一一八
こすずめ子雀　春一三四
＊こすもすコスモス　秋一八二
＊こぞ去年　新一三
＊こぞことし去年今年　新一三
こそめづき木染月　秋二一
＊こたつ炬燵　冬一〇五
こたつねこ炬燵猫　冬一六
＊こたつふさぐ炬燵塞ぐ　春六六
こだねさんしゅ蚕種　春七八
＊こち東風　春三八

こちゃ古茶　夏七四
こちょう胡蝶　春一四七
＊こつごもり小晦日　冬二五
こつばめ子燕　夏一五三
こでまりこでまり　春一六四
＊こでまりのはな小粉団の花　春一六四
こでまりのはな小手毬の花　春一六四
＊ことし今年　新一三
ことしざけ今年酒　秋六三
ことしだけ今年竹　夏二三〇
ことしまい今年米　秋六五
ことしわら今年藁　秋七八
ことのばら小殿原　新五三
＊ことはじめ事始　冬一三八
ことはじめ琴始　新六六
ことひきどり琴弾鳥　春一二九
＊こどものひこどもの日　夏二二一
＊ことり小鳥　秋一二四
ことりあみ小鳥網　秋八五
ことりかえる小鳥帰る　春一三三
＊ことりがり小鳥狩　秋八五
ことりくる小鳥来る　秋一二四
ことりのす小鳥の巣　春一三四

ことりのたまご小鳥の卵　春一三四
ことりひく小鳥引く　春一三三
ことりわたる小鳥渡る　秋一二四
こなゆき粉雪　冬四六
ごにんばやし五人囃　春九三
こねこ子猫　春一三三
このあがり蚕の上蔟　夏二〇三
このしたやみ木の下闇　夏二〇七
このねむり蚕の眠り　春七八
＊このは木の葉　冬一〇一
このはあめ木の葉雨　冬一〇一
＊このはがみ木の葉髪　冬一一三
このはしぐれ木の葉時雨　冬一〇一
このはずく木葉木菟　夏一五一
このはちる木の葉散る　冬一〇一
＊このみ木の実　秋一六八
このみあめ木の実雨　秋一六八
＊このみうう木の実植う　春七五
このみおつ木の実落つ　秋一六八
このみごま木の実独楽　秋一六八
このみしぐれ木の実時雨　秋一六八
このみふる木の実降る　秋一六八
＊このめ木の芽　春一六九

このめあめ木の芽雨　春三〇
このめかぜ木の芽風　春三〇
＊このめどき木の芽時　春一六九
このめはる木の芽張る　春三〇
このめばれ木の芽晴　春三〇
このめびえ木の芽冷　春三〇
このめやま木の芽山　春三〇
＊このわた海鼠腸　冬九三
こはぎ小萩　秋二〇六
＊こはる小春　冬一〇
こはるび小春日　冬一〇
こはるびより小春日和　冬一〇
＊こばんそう小判草　夏二三
＊こぶし辛夷　春一五九
こぶし木筆　春一五九
＊ごぼう牛蒡　秋一九三
ごぼうじめ牛蒡注連　新二九
＊ごぼうひく牛蒡引く　秋八三
ごぼうほる牛蒡掘る　秋八三
ごぼうまく牛蒡蒔く　春七二
こぼれはぎこぼれ萩　秋二〇六
＊こま独楽　新六四
＊こまい氷下魚　冬一八三

こまいじる氷下魚汁　冬一八三
こまいつり氷下魚釣　冬一八三
こまうつ独楽打つ　新六四
こまがえるくさ駒返る草　春一九六
*ごまかる胡麻刈る　秋八三
ごまたたく胡麻叩く　秋八三
こまつな小松菜　春一九一
*こまつひき小松引　新七四
*ごまのはな胡麻の花　夏二三六
こまのひも独楽の紐　新六四
ごまほす胡麻干す　秋八三
こままわし独楽廻し　新六四
ごまめごまめ　新五三
ごみなまずごみ鯰　夏一六一
こむぎ小麦　夏二四三
ごむふうせんゴム風船　春八七
ごめかえる海猫帰る　秋一二五
こめかざる米飾る　新三
*こめつきむし米搗虫　夏一七七
こめつきむし叩頭虫　夏一七七
ごめのこる海猫残る　秋一二五
こめのむし米の虫　夏一五六
ごめわたる海猫渡る　春一三

こもちあゆ子持鮎　秋一三
こもちすずめ子持雀　春一三
こもちだら子持鱈　冬一八一
こもちづき小望月　秋二九
*こもちはぜ子持鯊　春一三七
こもちぶな子持鮒　春一四一
こもまき菰巻　冬九九
こゆき小雪　冬一四六
こゆき粉雪　冬一四六
*ごようおさめ御用納　冬六六
*ごようはじめ御用始　新三八
こよぎ小夜着　冬七一
こよみうり暦売　冬二一〇
こよみのはて暦の果　冬二一〇
こよみはつ暦果つ　冬二一〇
ごらいこう御来光　夏四七
*ごらいごう御来迎　夏四七
こりやなぎ行李柳　春一七三
こるり小瑠璃　夏一五八
ころがき枯露柿　秋六七
ころくがつ小六月　冬二〇
ころもうつ衣打つ　秋八〇
ころもかう衣更ふ　夏六一

*ころもがえ更衣　夏六一
こんにゃくだま蒟蒻玉　冬二一五
こんにゃくだまほる蒟蒻玉掘る　冬二一五
こんにゃくほす蒟蒻干す　冬二一五
*こんにゃくほる蒟蒻掘る　冬二一五
*こんぶかり昆布刈　夏二〇〇
こんぶかる昆布刈る　夏二〇〇
こんぶぶね昆布船　夏二〇〇
こんぶほす昆布干す　夏二〇〇

さ

さーふぁーサーファー　夏二一〇
さーふぃんサーフィン　夏二一〇
*さいかくき西鶴忌　秋一二四
*さいかち皀角子　秋一五六
さいかち皀莢　秋一五六
さいかちのみさいかちの実　秋一五六
さいかちむしさいかち虫　夏一七四
さいぎ幸木　新二八
*さいぎょうき西行忌　春一二五
ざいごき在五忌　夏一三八
*さいだーサイダー　夏七五

さいだいじまいり西大寺参　新九四
さいたずまさいたづま　春二〇四
さいたん歳旦　新一五
さいちょうき最澄忌　夏一三六
さいとうき西東忌　春一一九
さいとやきさいと焼　新八一
さいにち斎日　新九五
さいねりあサイネリア　春一八三
さいばん歳晩　冬三三
さいぼ歳暮　冬三三
さいまつ歳末　冬三三
ざいまつり在祭　秋一〇三
さいらさいら　秋一三五
さいわいかご幸籠　新二八
*さいわいぎ幸木　新二八
*さえかえる冴返る　春二〇
*さえずり囀　春一一六
さおしか小牡鹿　秋一二一
さおとめ早乙女　夏九五
*さおひめ佐保姫　春四五
さがおたいまつ嵯峨御松明　春一〇五
さかずきながし盃流し　春九〇
*さがだいねんぶつ嵯峨大念仏　春一〇五
さがだいねんぶつきょうげん嵯峨大念仏狂言　春一〇六
さがねんぶつ嵯峨念仏　春一〇五
*さがのはしらたいまつ嵯峨の柱炬　春一〇五
さぎあし鷺足　冬一二七
*さぎそう鷺草　夏二六三
*さぎちょう左義長　新八一
さぎり狭霧　秋五一
*さくら桜　春一五四
さくらいか桜烏賊　春一四三
さくらうお桜魚　春一四〇
*さくらうぐい桜鯎　春一四〇
*さくらがい桜貝　春一四三
さくらかくし桜隠し　春四三
さくらがり桜狩　春八五
さくらごち桜東風　春三八
*さくらしべふる桜蘂降る　春一五七
さくらずみ佐倉炭　冬一〇四
さくらずみ桜炭　冬一〇四
*さくらそう桜草　春二〇三
*さくらだい桜鯛　春一三六
さくらたで桜蓼　秋三〇
*さくらづけ桜漬　春六〇
*さくらどき桜時　春三〇
*さくらなべ桜鍋　冬八九
*さくらのみ桜の実　夏一九〇
*さくらまじ桜まじ　春四〇
さくらます桜鱒　春一三九
*さくらもち桜餅　春六四
*さくらもみじ桜紅葉　秋一六六
さくらもり桜守　春八五
さくらゆ桜湯　春六〇
*さくらんぼさくらんぼ　夏二〇三
*ざくろ石榴　秋一五八
ざくろ柘榴　秋一五八
*ざくろのはな石榴の花　夏二〇〇
ざくろのみ石榴の実　秋一五八
*さけ鮭　秋一三五
さけうち鮭打ち　秋一三五
*さけおろし鮭颪　秋四八
さけごや鮭小屋　秋一三五
さけりょう鮭漁　秋一三五
*さざえ栄螺　春一四三
さざえ拳螺　春一四三

＊ささげ豇豆　秋二〇一
ささげひく豇豆引く　秋八三
ささご笹子　冬一七一
ささずし笹鮓　夏七〇
ささちまき笹粽　夏六八
＊ささなき笹鳴　冬一七一
ささのこ笹の子　夏二三〇
ささめゆき細雪　冬四六
ささゆり笹百合　夏二三九
ささりんどう笹竜胆　秋二一七
＊さざんか山茶花　冬一九五
＊さしき挿木　春七七
さしぎく挿菊　夏九八
ざしきのぼり座敷幟　夏一三三
さしば挿葉　春七七
さしば刺羽　冬一六九
さしほ挿穂　春七七
さしめ挿芽　春七七
さしもぐささしも草　春二一〇
＊ざぜんそう座禅草　春二〇五
さつお猟夫　冬二一八
＊さつき皐月　夏二五
＊さつき杜鵑花　夏一九五
さつき五月　夏二五
さつきあめ五月雨　夏四四
さつきごい五月鯉　夏一三三
さつきだま五月玉　夏一二四
さつきつつじ五月躑躅　夏一九五
さつきなみ皐月波　夏五五
さつきのぼり五月幟　夏一三三
さつきばれ五月晴　夏四九
＊さつきふじ五月富士　夏五三
さつきふじ皐月富士　夏五三
＊さつきやみ五月闇　夏四九
＊さつまいも甘藷　秋一九一
さつまいも薩摩薯　秋一九一
さつまじょうふ薩摩上布　夏六四
さといも里芋　秋一九二
さといもうう里芋植う　春七四
＊さとかぐら里神楽　冬一四七
さとざくら里桜　春一五四
さとつばめ里燕　春一二九
さとまつり里祭　秋一〇三
さとわかば里若葉　夏二〇五
＊さなえ早苗　夏二四四
さなえかご早苗籠　夏二四四
さなえだ早苗田　夏五七
さなえたば早苗束　夏二四四
さなえづき早苗月　夏二五
さなえとり早苗取　夏二四四
さなえぶね早苗舟　夏二四四
＊さなぶり早苗饗　夏九七
さねかずら実葛　秋二一七
＊さねともき実朝忌　春二一四
さねもりおくり実盛送り　秋一一一
さねもりまつり実盛祭　秋一一一
＊さば鯖　夏一六五
さばぐも鯖雲　秋三七
さばずし鯖鮓　夏七〇
さばつり鯖釣　夏一六五
さばび鯖火　夏一六五
さばぶね鯖船　夏一六五
さびあゆ錆鮎　秋一三
＊さふらんサフラン　秋一七九
さふらん泊夫藍　秋一七九
さぼてん覇王樹　夏二三一
＊さぼてんのはな仙人掌の花　夏二三一
＊ざぼん朱欒　冬一九
さまーどれすサマードレス　夏六二

さみだるさみだる　夏四四
*さみだれ五月雨　夏四四
さむさ寒さ　冬三〇
*さむし寒し　冬三〇
さむぞら寒空　冬三七
*さめ鮫　冬一七九
さやいんげん莢隠元　秋二〇〇
さやえんどう莢豌豆　夏三七
さやかさやか　秋二七
さやけしさやけし　秋二七
*さゆ冴ゆ　冬三一
さよしぐれ小夜時雨　冬四三
さよちどり小夜千鳥　冬一七六
*さより鱵　春一三七
さより竹魚　春一三七
さより細魚　春一三七
さより水針魚　春一三七
さより針魚　春一三七
さらさぼけ更紗木瓜　春一六九
*さらしい晒井　夏九二
さらのはな沙羅の花　夏二一八
ざりがにざりがに　夏一六九
*さるおがせ松蘿　夏二六三
さるかり去る雁　春一三
*さるざけ猿酒　秋六四
*さるすべり百日紅　夏一九四
さるつかい猿使ひ　新四五
さるつる去る鶴　春一三〇
さるとりいばらのはなさるとりいばらの花　春一七九
*さるびあサルビア　夏三二四
さるひき猿曳　新四五
さるまつり申祭　春一〇一
*さるまわし猿廻し　新四五
さわがに沢蟹　夏一六九
さわぐるみ沢胡桃　秋一五九
*さわやか爽やか　秋二七
*さわら鰆　春一三七
さわらごち鰆東風　春三八
さわらび早蕨　春二〇五
さんうき傘雨忌　夏一三八
ざんおう残鶯　夏一五三
さんか三夏　夏三一
さんが参賀　新七一
*ざんか残花　春一五七
*さんがつ三月　春三三
さんがつじん三月尽　春三四
さんがつせっく三月節供　春九三
*さんがつだいこん三月大根　春一九二
*さんがつな三月菜　春一九二
さんがにち三が日　新一五
さんかん三寒　冬三三
*さんかんしおん三寒四温　冬三三
*さんきき三鬼忌　春一一九
*ざんぎく残菊　秋一八六
*さんきらいのはな山帰来の花　春一七九
さんぐうこう参宮講　春九六
*さんぐらすサングラス　夏六六
*さんこうちょう三光鳥　夏一五九
さんごのつき三五の月　秋三九
*さんざしのはな山査子の花　春一六四
さんし山市　春四七
さんしきすみれ三色菫　春一九九
さんしつ蚕室　春七八
さんじゃくね三尺寝　夏一一八
*さんじゃまつり三社祭　夏一三〇
さんしゅう三秋　秋一七

*さんしゅゆのはな山茱萸の花　春一五八
さんしゅん三春　春一八
*ざんしょ残暑　秋一九
さんしょうあえ山椒和　春六二
*さんしょううお山椒魚　夏一四六
*さんしょうのみ山椒の実　秋一七四
*さんしょうのめ山椒の芽　春一七一
さんしょうみそ山椒味噌　春六二
さんじょうもうで山上詣　夏一三
さんすいしゃ撒水車　夏九三
*ざんせつ残雪　春五三
さんたくろーすサンタクロース　冬一五五
*さんだるサンダル　夏六八
さんとう三冬　冬一七
さんどれすサンドレス　夏六三
さんのうま三の午　春九一
さんのうまつり山王祭　春一〇三
さんのとり三の酉　冬一四五
さんばんぐさ三番草　夏九七
*さんぷく三伏　夏三三
さんぽうちょう三宝鳥　夏一五一
*さんま秋刀魚　秋一三五
さんろき山廬忌　秋一一九

し

しいおちば椎落葉　夏二一〇
しいたけ椎茸　秋二三
*しいのはな椎の花　夏二一七
*しいのみ椎の実　秋一六九
しいひろう椎拾ふ　秋一六九
しいわかば椎若葉　夏二〇八
しえん紙鳶　春八六
しおあび潮浴　夏二一〇
しおからとんぼ塩辛とんぼ　秋一三九
*しおざけ塩鮭　冬九三
しおにしをに　秋一八六
しおひ潮干　春五三
しおひがい汐干貝　春八二
しおひかご汐干籠　春八二
*しおひがた潮干潟　春五三
*しおひがり汐干狩　春八二
しおひがり潮干狩　春八二
しおびき塩引　冬九三
しおひぶね潮干船　春八三
*しおまねき望潮　春一四五
しおまねき潮まねき　春一四五
しおやけ潮焼　夏一一八
*しおん紫苑　秋一八六
しおん四温　冬三三
しおんびより四温日和　冬三三
*しか鹿　秋一三
しかがり鹿狩　冬一一八
しかけはなび仕掛花火　夏一一一
*しがつ四月　春三五
しがつじん四月尽　春三四
*しがつばか四月馬鹿　春九八
*しかのこ鹿の子　夏一四三
しかのこえ鹿の声　秋一二
しかのつのおつ鹿の角落つ　春一三
*しかのつのきり鹿の角伐　秋一〇三
しかのふくろづの鹿の袋角　夏一四三
しかのわかづの鹿の若角　夏一四三
しかよせ鹿寄せ　秋一〇三
*しぎ鴫　秋一三九
しきがわ敷皮　冬七五
*しきき子規忌　秋一一七
しきぶのみ式部の実　秋一七一

*しきまつば　**敷松葉**　冬二〇九
*しきみのはな　**樒の花**　春一七八
*しぎやき　**鴫焼**　夏七三
*しくらめん　**シクラメン**　春一八五
しぐる　**時雨る**　冬四三
*しぐれ　**時雨**　冬四三
しぐれき　**時雨忌**　冬二五六
しぐれづき　**時雨月**　冬一八
しげみ　**茂み**　夏二〇六
*しげり　**茂**　夏二〇六
しげる　**茂る**　夏二〇六
じごくのかまのふた　**地獄の釜の蓋**　春二〇七
しごとおさめ　**仕事納**　冬六六
*しごとはじめ　**仕事始**　新三七
しし　**猪**　秋一二一
ししおどし　**鹿威し**　秋七三
*ししがき　**鹿垣**　秋七五
ししがき　**猪垣**　秋七五
ししがしら　**獅子頭**　新四五
ししがり　**猪狩**　冬二一八
ししごや　**鹿小屋**　秋七五
ししなべ　**猪鍋**　冬八九
*じしばい　**地芝居**　秋八八
*ししまい　**獅子舞**　新四五
*しじみ　**蜆**　春一四四
しじみうり　**蜆売**　春一四四
しじみがい　**蜆貝**　春一四四
しじみかき　**蜆掻**　春一四四
*しじみじる　**蜆汁**　春六一
しじみちょう　**蜆蝶**　春一四七
しじみとり　**蜆取**　春一四四
しじみぶね　**蜆舟**　春一四四
*ししゃも　**柳葉魚**　冬一八三
ししゃも　**ししやも**　冬一八三
*しじゅうから　**四十雀**　夏一六〇
じぜんなべ　**慈善鍋**　冬六五
*しそ　**紫蘇**　夏二四三
じぞうえ　**地蔵会**　秋一一二
じぞうばた　**地蔵幡**　秋一一二
*じぞうぼん　**地蔵盆**　秋一一二
じぞうもうで　**地蔵詣**　秋一一二
しそのは　**紫蘇の葉**　夏二四三
*しそのみ　**紫蘇の実**　秋一九四
*しだ　**歯朶**　新一〇〇
しだ　**羊歯**　新一〇〇
*じだいまつり　**時代祭**　秋一〇五
*しだかざる　**歯朶飾る**　新三三
*しだかり　**歯朶刈**　冬二三三
しだかり　**羊歯刈**　冬二三三
しだかる　**歯朶刈る**　冬二三三
じだこ　**字凧**　春八六
*したたり　**滴り**　夏五八
したたる　**滴る**　夏五八
*したもえ　**下萌**　春一九六
したやみ　**下闇**　夏二〇七
しだれうめ　**枝垂梅**　春一五一
*しだれざくら　**枝垂桜**　春一五三
しだれやなぎ　**枝垂柳**　春一七三
*しちがつ　**七月**　夏二九
*しちごさん　**七五三**　冬二三七
*しちふくじんまいり　**七福神詣**　新八八
しちふくまいり　**七福詣**　新八八
しちへんげ　**七変化**　夏一九二
しでこぶし　**幣辛夷**　春一五九
*しどみのはな　**樝子の花**　春一七三
*しどみのみ　**樝子の実**　秋一七三
*しねらりあ　**シネラリア**　春一八三

*じねんじょ自然薯　秋一九二
しばあおむ芝青む　春一九八
*しばかり芝刈　夏九二
しばかりき芝刈機　夏九二
しばぐり柴栗　秋一七七
*しばざくら芝桜　春一八八
*しばしんめいまつり芝神明祭　秋一〇四
しばのう芝能　夏一二五
しばやき芝焼　春六九
しばやく芝焼く　春六九
*しばれるしばれる　冬三三
じびーる地ビール　夏七三
*じひしんちょう慈悲心鳥　夏一五一
しひつ試筆　新三六
しびとばな死人花　秋二一四
しぶあゆ渋鮎　秋一三三
しぶうちわ渋団扇　夏八九
しぶおけ渋桶　秋八〇
しぶがき渋柿　秋一五五
しぶつく渋搗く　秋八〇
*しぶとり渋取　秋八〇
じふぶき地吹雪　冬四八
*しほうはい四方拝　新七一
しまいこうぼう終弘法　冬二四八
*しまいだいし終大師　冬二四八
*しまいてんじん終天神　冬二四八
しまいはじめ仕舞始　新六六
しまか縞蚊　夏一八一
しますすき縞芒　秋三〇七
しまとかげ縞蜥蜴　夏一四六
しまへび縞蛇　夏一四七
しまんろくせんにち四万六千日　夏一二六
*しみ紙魚　夏一八四
しみ衣魚　夏一八四
*しみず清水　夏五八
*しみどうふ凍豆腐　冬九五
しむ凍む　冬三一
*じむしあなをいず地虫穴を出づ　春一四七
じむしいず地虫出づ　春一四七
じむしなく地虫鳴く　秋一四八
じむはじめ事務始　新三七
しめあけ注連明　新一八
しめいわい七五三祝　冬一三七
*しめかざり注連飾　新二九
*しめかざる注連飾る　冬六六
*しめじ占地　秋三三
しめじ湿地　秋三三
しめじ湿地茸　秋三三
しめたく注連焚く　新八一
*しめつくり注連作　冬一三
しめつくる注連作る　冬一三
しめとる注連取る　新七六
しめなう注連綯ふ　冬一三
しめなわ注連縄　新二九
しめなわ七五三縄　新二九
しめのうち注連の内　新一八
しめはる注連張る　冬六六
*しめもらい注連貰　新八一
*しも霜　冬四五
しもおおい霜覆　冬九七
しもがこい霜囲　冬九七
しもがる霜枯る　冬二〇七
*しもがれ霜枯　冬二〇七
しもぎく霜菊　冬二〇八
*しもくすべ霜くすべ　春七八
しもくれん紫木蓮　春一六五

しもしずく霜雫　冬四五
＊しもつき霜月　冬二一
＊しもつけ繡線菊　夏一九五
しもどけ霜解　冬四五
しものこえ霜の声　冬四五
しものなごり霜の名残　春四四
しものはて霜の果　春四四
しものはな霜の花　冬四五
しものわかれ霜の別れ　春四四
＊しもばしら霜柱　冬五七
しもばれ霜晴　冬四五
しもばれ霜腫　冬一三
＊しもやけ霜焼　冬一三
＊しもよ霜夜　冬二九
＊しもよけ霜除　冬九七
しもよけとる霜除とる　春六七
しゃ紗　夏六三
しゃーべっとシャーベット　夏七六
しゃおうのあめ社翁の雨　春二四
＊しゃかいなべ社会鍋　冬六五
＊じゃがいも馬鈴薯　秋一九一
＊じゃがいものはな馬鈴薯の花　夏二三六

じゃがたらのはなじゃがたらの花　夏二三六
＊しゃがのはな著莪の花　夏二五二
しゃかのはなくそ釈迦の鼻糞　春一〇三
＊しゃくとり尺蠖　夏一七三
しゃくとりむし尺取虫　夏一七三
＊しゃくなげ石楠花　夏一九三
＊しゃくやく芍薬　夏二二二
じゃけつジャケツ　冬七六
＊しゃこ蝦蛄　夏一六九
じゃすみんジャスミン　夏一九八
＊しゃにくさい謝肉祭　春一三
しゃにち社日　春二四
しゃにちまいり社日参　春二四
じゃのひげのみ蛇の髯の実　冬二二二
じゃのめそう蛇の目草　夏二二七
＊しゃぼんだま石鹼玉　春八七
しゃみせんぐさ三味線草　春三〇〇
＊しゃらのはな沙羅の花　夏二一八
＊しゃわーシャワー　夏九三
しゃんつぇシャンツェ　冬二一八
＊じゃんぱージャンパー　冬七六

じゅういち十一　夏一五二
＊じゅういちがつ十一月　冬一八
しゅういん秋陰　秋四九
しゅうう驟雨　夏四五
しゅううん秋雲　秋三六
しゅうえん秋園　秋五六
しゅうえん秋苑　秋五六
しゅうえん秋燕　秋一二四
しゅうえんき秋燕忌　秋一三〇
＊しゅうおうしき秋櫻子忌　夏一四一
＊しゅうか秋果　秋一五四
＊しゅうかいどう秋海棠　秋一八五
＊じゅうがつ十月　秋二四
＊しゅうき秋気　秋二七
しゅうぎょう秋暁　秋二四
＊しゅうこう秋耕　秋七三
しゅうこう秋光　秋三四
しゅうこう秋郊　秋五五
しゅうこう秋江　秋五九
＊じゅうごにちがゆ十五日粥　新四四
じゅうごや十五夜　秋三九
しゅうざん秋山　秋五五
＊じゅうさんまいり十三詣　春九六

じゅうさんや十三夜　秋四三
＊しゅうし秋思　秋九一
＊しゅうじき修司忌　春二二
しゅうじつ秋日　秋二四
＊しゅうしゃ秋社　秋三
しゅうしょ秋暑　秋一九
＊しゅうしょく秋色　秋二四
しゅうすい秋水　秋五八
しゅうせい秋声　秋三五
＊しゅうせん鞦韆　春八八
しゅうせん秋千　春八八
しゅうせん秋扇　秋七〇
しゅうせん秋蟬　秋一二七
＊しゅうせんきねんび終戦記念日　秋九四
しゅうせんのひ終戦の日　秋九四
しゅうせんび終戦日　秋九四
しゅうそう秋霜　秋五三
＊しゅうそんき楸邨忌　夏一四〇
＊じゅうたん絨緞　冬一〇三
じゅうたん絨毯　冬一〇三
しゅうちょう秋潮　秋六〇
じゅうづめ重詰　新五一
しゅうてん秋天　秋三六
しゅうとう秋灯　秋六九
＊じゅうにがつ十二月　冬三
じゅうにがつようか十二月八日　冬一三六
＊じゅうにひとえ十二単　春二〇七
じゅうはちささげ十八豇豆　秋二〇一
しゅうふう秋風　秋四五
＊しゅうぶん秋分　秋三
＊しゅうぶんのひ秋分の日　秋九五
しゅうぼう秋望　秋三四
しゅうや秋夜　秋三六
＊じゅうや十夜　冬二五〇
じゅうやがね十夜鉦　冬二五〇
じゅうやがゆ十夜粥　冬二五〇
＊じゅうやく十薬　夏三七
じゅうやでら十夜寺　冬二五〇
じゅうやばば十夜婆　冬二五〇
じゅうやほうよう十夜法要　冬二五〇
しゅうゆうさい舟遊祭　夏一三〇
しゅうりん秋霖　秋四九
しゅうれい秋冷　秋二七
しゅうれい秋麗　秋二八
しゅうれい秋嶺　秋五五
＊じゅうろくささげ十六豇豆　秋二〇一
じゅうろくむさし十六むさし　新六一
しゅか朱夏　夏二一
しゅか首夏　夏二一
＊しゅくき淑気　新二四
じゅくし熟柿　秋一五五
じゅくせつ受苦節　春二三
じゅけん受験　春五七
じゅけんき受験期　春五七
じゅけんせい受験生　春五七
しゅしょうえ修正会　新九四
じゅずこ数珠子　春二四
＊じゅずだま数珠玉　秋三〇九
じゅたいこくちび受胎告知日　春二三
しゅちゅうか酒中花　夏二三
しゅとう手套　冬七九
じゅなんしゅう受難週　春二三
＊じゅなんせつ受難節　春二三
じゅなんび受難日　春二三
＊しゅにえ修二会　春二〇四

じゅひょう樹氷　冬四四
じゅひょうりん樹氷林　冬四四
しゅぷーるシュプール　冬一二八
しゅらおとし修羅落し　春八二
しゅりょう狩猟　冬一一八
しゅろ手炉　冬一〇七
＊しゅろのはな棕櫚の花　夏二一四
しゅろのはな棕梠の花　夏二一四
＊しゅんいん春陰　春四七
しゅんかん春寒　春二一
＊しゅんぎく春菊　春一九三
しゅんきとうそう春季闘争　春五七
＊しゅんぎょう春暁　春二六
しゅんきん春禽　春一二六
しゅんげつ春月　春三六
＊しゅんこう春光　春三五
しゅんこう春郊　春四九
しゅんこう春江　春五一
しゅんこう春耕　春七〇
＊じゅんさい蓴菜　夏二六五
しゅんさん春霰　春四四
しゅんじつ春日　春二六
＊しゅんしゃ春社　春二四
＊しゅんしゅう春愁　春八九
しゅんじゅん春筍　春一八〇
しゅんじゅん春笋　春一八〇
しゅんしょう春宵　春二七
しゅんしょく春色　春三五
＊しゅんじん春塵　春四一
しゅんすい春水　春五〇
しゅんせい春星　春三七
しゅんせいき春星忌　冬一五九
しゅんせつ春雪　春四三
しゅんそう春霜　春四四
しゅんそう春装　春五九
しゅんそう春草　春一九五
しゅんだん春暖　春二八
＊しゅんちゅう春昼　春二七
＊しゅんちょう春潮　春五一
＊しゅんでい春泥　春五三
しゅんてん春天　春三五
＊しゅんとう春灯　春六五
＊しゅんとう春闘　春五七
しゅんとう春濤　春五一
じゅんのみね順の峰　春一一一
じゅんのみねいり順の峰入　春一一一
しゅんぷう春風　春三八
＊しゅんぷく春服　春五九
＊しゅんぶん春分　春二四
＊しゅんぶんのひ春分の日　春九〇
しゅんぼう春望　春三五
＊しゅんみん春眠　春八九
しゅんや春夜　春二八
＊しゅんらい春雷　春四五
＊しゅんらん春蘭　春二〇七
しゅんりん春霖　春四一
しゅんれい春嶺　春四九
しょ暑　夏三三
＊しょうが生姜　秋一九五
しょうがいち生姜市　秋一〇四
＊しょうがつ正月　新一三
しょうがつこそで正月小袖　新四七
しょうがつことはじめ正月事始　冬一三八
＊しょうがつのたこ正月の凧　新六五
しょうがつばしょ正月場所　新七〇
＊しょうかん小寒　冬二七
じょうげん上元　新八二
じょうげんえ上元会　新八二

じょうげんさい上元祭　新八三
じょうげんのつき上弦の月　秋三七
＊じょうげんのひ上元の日　新八三
しょうこんさい招魂祭　春一〇三
＊しょうじ障子　冬二〇一
じょうし上巳　春九三
＊しょうじあらう障子洗ふ　秋七三
しょうじはる障子貼る　秋七三
じょうしゅんか常春花　春一八三
＊しょうしょ小暑　夏二九
＊しょうせつ小雪　冬二〇
じょうぞく上蔟　夏一〇三
＊しょうちゅう焼酎　夏七三
じょうどうえ成道会　冬一五三
しょうのうぶね樟脳舟　夏一一三
じょうびたき尉鶲　秋一二七
しょうびんせうびん　夏一一四
＊しょうぶ菖蒲　夏二三三
しょうぶ白菖　夏二三三
＊じょうふ上布　夏六四
しょうぶえん菖蒲園　夏二三三
しょうぶさす菖蒲挿す　夏一三三
しょうぶだ菖蒲田　夏二三三
しょうぶねわけ菖蒲根分　春七七
しょうぶふく菖蒲葺く　夏一三三
しょうぶぶろ菖蒲風呂　夏一三四
＊しょうぶゆ菖蒲湯　夏一三四
＊しょうまん小満　夏二五
＊じょうらくえ常楽会　春一〇四
＊しょうりょうえ聖霊会　春一〇七
しょうりょうとんぼ精霊蜻蛉　秋一三九
しょうりょうながし精霊流し　秋一〇九
しょうりょうぶね精霊舟　秋一〇九
しょうりょうまつり精霊祭　秋一〇六
しょうりょうむかえ精霊迎　秋一〇七
しょうりんき少林忌　冬一五六
＊しょうろ松露　春二二四
しょうろかく松露掻く　春二二四
＊しょうわのひ昭和の日　春九八
じょおうか女王花　夏二三一
じょおうばち女王蜂　春一四八
しょーとぱんつショートパンツ　夏六二
＊しょーるショール　冬七九
＊しょか初夏　夏一二
＊しょかつさい諸葛菜　春一八九
＊しょきあたり暑気中り　夏一二九
＊しょきばらい暑気払ひ　夏八七
しょくが燭蛾　夏一七三
しょくじゅさい植樹祭　春九八
しょくじょ織女　秋九七
＊じょくしょ溽暑　夏三四
しょくりん植林　春七五
じょじつ除日　冬二五
＊しょしゅう初秋　秋一八
しょしゅん初春　春二〇
＊しょしょ処暑　秋二一
じょせつ除雪　冬九九
じょせつしゃ除雪車　冬九九
しょそき初祖忌　冬一五六
しょちゅうきゅうか暑中休暇　夏六〇
＊しょちゅうみまい暑中見舞　夏六〇
しょとう初冬　冬一八
しょふく初伏　夏三三
しょぶろ初風炉　夏九一
＊じょや除夜　冬二六

*じょやのかね除夜の鐘　冬一五三
じょやもうで除夜詣　冬一四九
じょろうぐも女郎蜘蛛　夏一八六
しらいき白息　冬一三一
*しらうお白魚　春一三八
しらおしらを　春一三八
しらおあえ白魚和　春一三八
しらおあみ白魚網　春一三八
*しらおき白雄忌　秋一二五
しらおくむ白魚汲む　春一三八
しらおじる白魚汁　春一三八
しらおび白魚火　春一三八
しらおぶね白魚舟　春一三八
しらおりょう白魚漁　春一三八
しらがたろう白髪太郎　夏一七三
*しらかばのはな白樺の花　春一七五
しらぎく白菊　秋一八五
*しらさぎ白鷺　夏一五八
しらすしらす　春六三
*しらすぼし白子干　春六三
*しらたま白玉　夏七八
しらつゆ白露　秋五三
*しらぬい不知火　秋六一
しらはえ白南風　夏四〇
しらはぎ白萩　秋二〇六
しらもも白桃　春一六七
しらゆり白百合　夏二三九
*しらん紫蘭　夏二五〇
じり海霧　夏四六
しるしのすぎ験の杉　春九一
じろうがき次郎柿　秋一五五
しろうし代牛　夏九五
しろうちわ白団扇　夏八九
しろうま代馬　夏九五
しろうり越瓜　夏二三八
しろかき代掻　夏九五
*しろかく代掻く　夏九五
*しろがすり白絣　夏六五
しろかや白蚊帳　夏八六
しろききょう白桔梗　秋二一四
*しろぐつ白靴　夏六七
しろけし白芥子　夏二二六
しろごい白鯉　夏一六〇
しろざけ白酒　春九三
しろさるすべり白さるすべり　夏一九四
しろじ白地　夏六五
しろしきぶ白式部　秋一七一
しろしゃつ白シャツ　夏六五
しろしょうじ白障子　冬一〇一
しろしょうぶ白菖蒲　夏二三一
*しろた代田　夏五六
しろたび白足袋　冬八〇
しろちぢみ白縮　夏六三
しろちょう白蝶　春一四七
しろつばき白椿　春一五二
しろつめくさ白詰草　春二〇〇
しろなんてん白南天　秋一五三
*しろはえ白南風　夏四〇
しろはす白蓮　夏二三九
しろばら白薔薇　夏一九一
しろひがさ白日傘　夏九一
しろふく白服　夏六三
しろふじ白藤　春一六五
しろぶすま白襖　冬一〇三
しろふよう白芙蓉　秋一五三
しろぼけ白木瓜　春一六九
しろまゆ白繭　夏一〇三
しろむくげ白木槿　秋一五一

しろめだか白目高　夏一六三
しろやまぶき白山吹　春一六六
しろゆかた白浴衣　夏六四
*しわす師走　冬二三
しわぶき咳　冬一三一
しわぶく咳く　冬一三一
*しんあずき新小豆　秋二〇二
*しんいも新藷　夏二四一
しんかんぴょう新干瓢　夏二〇〇
しんきゅうしけん進級試験　春五七
*しんきろう蜃気楼　春四七
しんげつ新月　秋三七
しんごま新胡麻　秋八三
しんごよみ新暦　新五三
しんさいき震災忌　秋九五
*しんさいきねんび震災記念日　秋九五
*じんじつ人日　新一七
しんしぶ新渋　秋八〇
*しんしゃいん新社員　春五八
*しんじゃが新馬鈴薯　夏二四一
*しんしゅ新酒　秋六三
*しんじゅ新樹　夏二〇四
しんしゅう新秋　秋一八
しんしゅう深秋　秋三一
しんしゅん新春　新二
しんしょうが新生姜　秋一九五
しんすい新水　秋一五五
しんせつ新雪　冬四六
*しんそば新蕎麦　秋六八
*しんだいず新大豆　秋二〇二
しんたばこ新煙草　秋八一
*しんちぢり新松子　秋一六六
*しんちゃ新茶　夏七四
じんちょう沈丁　春一六〇
*じんちょうげ沈丁花　春一六〇
*しんどうふ新豆腐　秋六九
しんにっき新日記　新五六
しんにゅうしゃいん新入社員　春五八
しんにゅうせい新入生　春五八
*しんねん新年　新一
*しんねんかい新年会　新四〇
*しんのうさい神農祭　冬二四六
しんのうのとら神農の虎　冬二四六
*しんのり新海苔　冬九三
じんべじんべ　夏六四
*じんべい甚平　夏六四
じんべえ甚兵衛　夏六四
*しんまい新米　秋六五
しんまゆ新繭　夏一〇二
じんらい迅雷　夏四八
しんらんき親鸞忌　冬二五三
*しんりょう新涼　秋二〇
*しんりょく新緑　夏二〇六
しんわかめ新若布　春二一四
*しんわら新藁　秋七八

す

すあし素足　夏二一七
すあわせ素袷　夏六三
*すいーとぴースイートピー　春一八六
すいえい水泳　夏二〇九
すいえいぼう水泳帽　夏六六
*すいか西瓜　秋一八八
すいかずら忍冬　夏二二五
*すいかずらのはな忍冬の花　夏二二五
すいかばたけ西瓜畑　秋一八八
すいかばん西瓜番　秋一八八

すいかまく西瓜蒔く　春七三
＊ずいき芋茎　秋一九二
ずいきほす芋茎干す　秋一九二
ずいこう瑞香　春一六〇
＊すいせん水仙　冬二〇九
すいせんか水仙花　冬二〇九
＊すいちゅうか水中花　夏一一三
＊すいちゅうめがね水中眼鏡　夏一〇五
すいっちょすいつちよ　秋一四五
すいてい水亭　夏八一
すいとすいと　秋一四五
＊すいば酸葉　春二〇四
＊すいはき水巴忌　秋一一五
＊すいはん水飯　夏七〇
すいふよう酔芙蓉　秋一五三
すいみつとう水蜜桃　秋一五四
＊すいれん睡蓮　夏二二八
すいれん水練　夏一〇九
すいろん水論　夏九六
すえつむはな末摘花　夏二三三
すがき酢牡蠣　冬一八六
すがくれ巣隠　春一三四
すがぬき菅貫　夏一一三
＊すがもりすが漏り　冬一一三
すがれむしすがれ虫　秋一四〇
すかんぽ酸模　春二〇四
＊すきースキー　冬一二八
すきーうえあスキーウエア　冬一二八
すきーじょうスキー場　冬一二八
すきーばすスキーバス　冬一二八
すきーぼうスキー帽　冬一二八
すきーやースキーヤー　冬一二八
すきーやどスキー宿　冬一二八
すきーれっしゃスキー列車　冬一二八
すぎおちば杉落葉　夏二二〇
すぎかふん杉花粉　春一七四
すきぞめ梳初　新五六
＊すぎな杉菜　春二〇三
すぎなえ杉苗　春七五
＊すぎのはな杉の花　春一七四
すきはじめ鋤始　新五八
＊すきまかぜ隙間風　冬四一
＊すきやき鋤焼　冬八八
ずくづく　冬一七四
＊すぐき酢茎　冬九二
すぐきうり酢茎売　冬九二
すぐみ巣組み　春一三四
すぐろの末黒野　春五〇
＊すぐろのすすき末黒の芒　春一九七
すけーたースケーター　冬一二九
＊すけーとスケート　冬一二九
すけーとぐつスケート靴　冬一二九
すけーとじょうスケート場　冬一二九
すけそうだら助宗鱈　冬一八一
すけとうだら介党鱈　冬一八一
すこーるスコール　夏四五
すごもり巣籠　春一三四
＊すごろく双六　新六〇
＊すさまじ冷まじ　秋三〇
＊すし鮓　夏七〇
すし鮨　夏七〇
＊すじゅうき素十忌　秋一一九
＊すずかけのはな鈴懸の花　春一七八
すずかけのはな篠懸の花　春一七八
すずかぜ涼風　夏三五
＊すすき芒　秋二〇七
すすき薄　秋二〇七
＊すずき鱸　秋一三三
すすきはら芒原　秋二〇七

ずずこずずこ　秋二〇九
すすごもり煤籠　冬六三
＊すずし涼し　夏二五
＊すずしろ蘿蔔　新一〇三
すすだけ煤竹　冬六三
ずずだまずず珠　秋二〇九
＊すずな菘　新一〇三
すずな菁　新一〇三
すすにげ煤逃　冬六三
＊すずのこ篠の子　夏三〇
すすはき煤掃　冬六三
＊すすはらい煤払　冬六三
＊すずみ納涼　夏一〇六
すずみだい涼み台　夏一〇六
すずみぶね涼み舟　夏一〇六
すずみゆか納涼川床　夏一〇六
＊すずむし鈴虫　秋一四二
すずめが天蛾　夏一七二
すずめがくれ雀隠れ　春一九七
＊すずめのこ雀の子　春一二四
＊すずめのす雀の巣　春一二五
すすゆ煤湯　冬六三
＊すずらん鈴蘭　夏二五〇
＊すずりあらい硯洗　秋九七
すずりあらう硯洗ふ　秋九七
＊すだち酸橘　秋一六〇
すだち巣立　春一二五
＊すだちどり巣立鳥　春一二五
すだれ簾　夏八四
すだれおさむ簾納む　秋七一
すだれなごり簾名残　秋七一
すちーむスチーム　冬二〇三
すつばめ巣燕　春一二四
すてうちわ捨団扇　秋七〇
すておうぎ捨扇　秋七〇
すてかがし捨案山子　秋七四
すてご捨蚕　春一四九
すてごばな捨子花　秋二一四
すてなえ捨苗　夏二二四
すてびな捨雛　春九四
すど簀戸　夏八五
＊すとーぶストーブ　冬二〇三
すとーるストール　冬七九
すどり巣鳥　春一二四
＊すなひがさ砂日傘　夏一一〇
すのーぼーどスノーボード　冬一一八
すばこ巣箱　春一二四
すはだか素裸　夏一一六
＊すはまそう州浜草　春二〇三
＊すみ炭　冬二〇四
すみかご炭籠　冬二〇四
すみがま炭竈　冬二一三
すみだわら炭俵　冬二〇四
すみとり炭斗　冬二〇四
すみのじょう炭の尉　冬二〇四
すみび炭火　冬二〇四
＊すみやき炭焼　冬二一三
すみやきがま炭焼竈　冬二一三
すみやきごや炭焼小屋　冬二一三
＊すみれ菫　春一九九
すみれぐさ菫草　春一九九
＊すもう相撲　秋八七
すもう角力　秋八七
すもうとりぐさ相撲取草　春一九九
＊すもも李　夏二〇三
＊すもものはな李の花　春一六七
すりぞめ刷初　新五四
すりばちむし擂鉢虫　夏一八三
するめいかするめ烏賊　夏一六八

＊ずわいがにずわい蟹　冬一八六
すわのおんばしらまつり諏訪の御柱祭　夏一二八
すわまつり諏訪祭　夏一二八
すんとりむし寸取虫　夏一七三

せ

＊せいか盛夏　夏二三
せいか聖菓　冬一五五
せいが星河　秋四四
せいかすい井華水　新三七
せいきんよう聖金曜　春一三
＊せいきんようび聖金曜日　春一三
せいごがつ聖五月　夏三
＊せいしき誓子忌　春一九
せいじゅ聖樹　冬一五五
せいしゅうかん聖週間　春一三
せいじょ青女　冬四五
せいじんしき成人式　新七四
＊せいじんのひ成人の日　新七四
＊せいそんき青邨忌　冬一六三
＊せいちゃ製茶　春八〇
せいびょうき聖廟忌　春九七
せいぼ歳暮　冬三三
＊せいほき青畝忌　冬一六三
せいぼさい聖母祭　春一三
せいぼづき聖母月　夏三
＊せいめい清明　春二五
せいや聖夜　冬一五五
せいやげき聖夜劇　冬一五五
＊せいわ清和　夏三
＊せーたーセーター　冬七六
せおよぎ背泳ぎ　夏一〇九
＊せがき施餓鬼　秋一〇九
せがきえ施餓鬼会　秋一〇九
せがきでら施餓鬼寺　秋一〇九
せがきばた施餓鬼幡　秋一〇九
＊せき咳　冬一三一
せきさい釈菜　春九七
せきさらえ堰浚へ　夏九五
せきしゅん惜春　春三三
＊せきしょう石菖　夏二四九
＊せきたん石炭　冬一〇五
＊せきちく石竹　夏二二七
＊せきてん釈奠　春九七
せきらんうん積乱雲　夏三七
＊せきれい鶺鴒　秋一二八
せく咳く　冬一三一
せぐろせきれい背黒鶺鴒　秋一二八
せたがやぼろいち世田谷ぼろ市　冬六三
せちぎ節木　新四三
せちぎこり節木樵　冬六五
せちりょうり節料理　新五一
＊せっけい雪渓　夏五四
＊せつげん雪原　冬五三
＊せつぶん節分　冬三四
せつれい雪嶺　冬五三
＊せなぶとん背蒲団　冬七三
ぜにあおい銭葵　夏二二五
ぜにがめ銭亀　夏一一四
せび施火　秋一一〇
せぼし瀬干　夏一〇三
＊せみ蟬　夏一七八
せみしぐれ蟬時雨　夏一七八
せみのから蟬の殻　夏一七九
せみのぬけがら蟬の脱殻　夏一七九
＊せみまるき蟬丸忌　夏一三八
せみまるまつり蟬丸祭　夏一三八

＊せり芹　春二〇六
＊ぜりーゼリー　夏七七
せりつむ芹摘む（生活）　春八四
せりつむ芹摘む（植物）　春二〇六
せりのみず芹の水　春二〇六
＊せるセル　夏六三
せんげんこう浅間講　夏一三
せんこうはなび線香花火　夏一二
ぜんこんやど善根宿　春一〇七
せんしゅん浅春　春二〇
せんす扇子　夏八八
せんだんのはな梅檀の花　夏一二六
せんだんのみ梅檀の実　秋一七〇
＊せんてい剪定　春七六
せんていいえ先帝会　春一〇三
せんていさい先帝祭　春一〇三
＊せんぷうき扇風機　夏八九
せんぼんわけぎ千本分葱　春一九四
＊ぜんまい薇　春二〇五
ぜんまい狗脊　春二〇五
ぜんまい紫萁　春二〇五
せんもうき剪毛期　春七九
＊せんりょう千両　冬二一〇
せんりょう仙蓼　冬二一〇

そ

そうあん送行　秋一二
そうえきき宗易忌　春一二五
＊そうぎき宗祇忌　秋一一三
ぞうきのめ雑木の芽　春一六九
＊ぞうきもみじ雑木紅葉　秋一六五
そうぎょき艸魚忌　春一一八
＊そうこう霜降　秋三〇
＊そうじゅつをたく蒼朮を焚く　夏九一
＊そうしゅん早春　春二〇
＊そうじょうき草城忌　冬一六四
＊そうず添水　秋七三
そうず僧都　秋七三
＊ぞうすい雑炊　冬八四
そうすいえ送水会　春一〇五
＊そうせきき漱石忌　冬一六一
そうたい掃苔　秋一〇八
＊ぞうに雑煮　新五〇
ぞうにいわう雑煮祝ふ　新五〇
ぞうにばし雑煮箸　新五〇
ぞうにもち雑煮餅　新五〇
ぞうにわん雑煮椀　新五〇
＊そうばい早梅　冬一九一
そうび薔薇　夏一九一
＊そうまとう走馬灯　夏九〇
そうめんひやす索麺冷やす　夏七一
そうらい爽籟　秋四五
そうりょう爽涼　秋二七
＊そーだすいソーダ水　夏七五
そこびえ底冷　冬三〇
そこべに底紅　秋一五一
そこべにき底紅忌　秋一一六
そしゅう素秋　秋一七
そしゅん徂春　春三三
そぞろざむそぞろ寒　秋二九
＊そつぎょう卒業　春五八
そつぎょうか卒業歌　春五八
そつぎょうき卒業期　春五八
そつぎょうしき卒業式　春五八
そつぎょうしけん卒業試験　春五七
そつぎょうしょうしょ卒業証書　春五八
そつぎょうせい卒業生　春五八

そでなし袖無　冬七三
そばがき蕎麦掻　冬八二
*そばかり蕎麦刈　秋七九
そばじょうちゅう蕎麦焼酎　夏七三
*そばのはな蕎麦の花　秋二〇〇
*そばほす蕎麦干す　秋七九
そふう素風　秋四五
そふとくりーむソフトクリーム　夏七六
そめたまご染卵　春一二三
そめゆかた染浴衣　夏六四
そらたかし空高し　秋三六
*そらまめ蚕豆　夏二三七
そらまめ空豆　夏二三七
そらまめのはな蚕豆の花　春一八九
そらまめまく蚕豆蒔く　秋八二
*そり橇　冬二一三
そり雪車　冬二一三
そり雪舟　冬二一三

た

*たあそび田遊　新八四
たいあみ鯛網　春一三六
たいいくさい体育祭　秋六三
*たいいくのひ体育の日　秋九六
たいか大火　冬二一三
たいかん大旱　夏五三
*だいかん大寒　冬二七
だいぎ砧木　春七六
だいこ大根　冬二一五
だいこあらう大根洗ふ　冬二一六
だいこうま大根馬　冬二一四
だいこじめ大根注連　新二九
*だいこたき大根焚　冬二五三
だいこぬく大根抜く　冬二一四
だいこばた大根畑　冬二一五
だいこひき大根引　冬二一四
だいこひく大根引く　冬二一四
だいこほす大根干す　冬二一六
たいこやき太鼓焼　冬八五
*だいこん大根　冬二一五
*だいこんあらう大根洗ふ　冬二一六
だいこんつく大根漬く　冬九五
*だいこんのはな大根の花　春一八九
だいこんばたけ大根畑　冬二一五
*だいこんひき大根引　冬二一四
*だいこんほす大根干す　冬二一六
だいこんまく大根蒔く　秋八二
だいさぎ大鷺　夏一五八
*たいさんぼくのはな泰山木の花　夏一九六
だいしき大師忌　春一〇六
*だいしけん大試験　春五七
たいしゅん待春　冬三四
*たいしょ大暑　夏三三
たいずし鯛鮓　夏七〇
だいずひく大豆引く　秋八三
だいずほす大豆干す　秋八三
だいずまく大豆蒔く　夏九八
*たいせつ大雪　冬二三
*だいだい橙　秋一六二
*だいだいかざる橙飾る　新三三
たいつりそう鯛釣草　春一八一
たいとう駘蕩　春二九
*たいふう台風　秋四七
たいふう颱風　秋四七
たいふうけん台風圏　秋四七
たいふうのめ台風の眼　秋四七
*たいまつあかし松明あかし　冬二四四

たいまのねりくよう當麻練供養　夏二三五
たいまのほうじ當麻法事　夏二三五
*だいもんじ大文字　秋二一〇
*たいやき鯛焼　冬八五
だいりびな内裏雛　春九三
*たうえ田植　夏九五
たうえうた田植歌　夏九五
たうえがさ田植笠　夏九五
たうえどき田植時　夏九五
*たうち田打　春七〇
たおこし田起し　春七〇
*たか鷹　冬二六九
たかあし高足　冬二三七
たかうなたかうな　夏二三七
たがえし耕　春七〇
*たかがり鷹狩　冬二一九
たかきうし田搔牛　夏九五
たかきうま田搔馬　夏九五
*たかきにのぼる高きに登る　秋九三
たかく田搔く　夏九五
*たかこきたかこ多佳子忌　夏二三九
*たかしきたかし忌　夏二三九
たかじょう鷹匠　冬二一九
たかとうろう高灯籠　秋七一
*たかにし高西風　秋四八
たかの鷹野　冬二一九
たかのつめ鷹の爪　秋一九五
たかのはすすき鷹の羽芒　秋二〇七
たかのわたり鷹の渡り　秋一三
たかはご高擌　秋八五
たかばしら鷹柱　秋一三
*たかむしろ簟　夏八三
*たがやし耕　春七〇
たがやす耕す　春七〇
たかやまはるまつり高山春祭　春一〇三
*たかやままつり高山祭　春一〇三
*たからぶね宝船　新六九
たかる田刈る　秋七五
たかわず田蛙　春一二五
*たかわたる鷹渡る　秋一三
たかんなたかんな　夏二三七
*たき滝　夏五九
たきいつ滝凍つ　冬六〇
だきかご抱籠　夏八三
たきかぜ滝風　夏五九
たきかる滝涸る　冬五四
たきぎさるがく薪猿楽　夏二二五
*たきぎのう薪能　夏二二五
たきこおる滝凍る　冬六〇
*たきじきたきじ多喜二忌　春一二七
たきしぶき滝しぶき　夏五九
たきぞめ焚初　新五七
たきつぼ滝壺　夏五九
*たきどの滝殿　夏八一
*たきび焚火　冬二一
たきみ滝見　夏五九
たきみち滝道　夏五九
たきみぢゃや滝見茶屋　夏五九
*たくあん沢庵　冬九五
たくあんつく沢庵漬く　冬九五
たくあんづけ沢庵漬　冬九五
*たぐさとり田草取　夏九七
たぐさひく田草引く　夏九七
だくしゅ濁酒　秋六四
*たくぼくき啄木忌　春一三〇
たけ茸　秋一三三
*たけうう竹植う　夏九八

たけうるひ竹植うる日　夏九八
*たけうま竹馬　冬二二七
*たけおくり竹送り　春一〇四
*たけおちば竹落葉　夏二一九
たけかざり竹飾　新三七
*たけがり茸狩　秋九〇
たけかわをぬぐ竹皮を脱ぐ　夏二三〇
たけきり竹伐　夏一三六
たけきりえ竹伐会　夏一三六
*たけきる竹伐る　秋八一
たけすだれ竹簾　夏八四
*たけにぐさ竹煮草　夏二四九
たけにぐさ竹似草　夏二四九
*たけのあき竹の秋　春一七九
*たけのかわぬぐ竹の皮脱ぐ　夏二三〇
*たけのこ筍　夏二三七
たけのこ笋　夏二三七
たけのこ竹の子　夏二三七
たけのこながし筍流し　夏四〇
*たけのこめし筍飯　夏六九
*たけのはる竹の春　秋一七八
たけむしろ竹筵　夏八三
たけやま茸山　秋九〇

*たこ凧　春八六
*たこ章魚　夏一六八
たこ蛸　夏一六八
たこあげ凧揚　新六五
*だこつき蛇笏忌　秋一一九
たこつぼ蛸壺　夏一六八
だざいき太宰忌　夏一四〇
だし山車　夏一一八
たしぎ田鴫　秋一一九
たじまい田仕舞　秋七七
たずのはな接骨木の花　春一七七
たずわたる田鶴渡る　秋一三一
たぜり田芹　春二〇六
*たたみがえ畳替　冬二〇一
たたらまつり蹈鞴祭　冬二四五
たちあおい立葵　夏二三五
*たちうお太刀魚　秋一三五
たちおよぎ立泳ぎ　夏一〇九
たちのうおたちの魚　秋一三五
*たちばな橘　秋一七一
たちばなのはな橘の花　夏一九八
たちびな立雛　春九三
たちまち立待　秋四二

*たちまちづき立待月　秋四二
だちゅらダチュラ　夏二四九
*たづくり田作　新五三
*たつこき立子忌　春一一九
だっこく脱穀　秋七七
たっこくき達谷忌　夏一四〇
だっさいき獺祭忌　秋一一七
*たつたひめ竜田姫　秋五四
*たっぺ竹瓮　冬二三〇
*たで蓼　夏二四二
*たでのはな蓼の花　秋二三〇
たでのほ蓼の穂　秋二三〇
たてばんこ立版古　夏一一五
*たどん炭団　冬二〇四
たない種井　春七三
たないけ種池　春七三
たながすみ棚霞　春四六
たなぎょう棚経　秋一〇六
*たなばた七夕　秋九七
たなばた棚機　秋九七
たなばたうま七夕馬　秋九八
たなばただけ七夕竹　秋九七
たなばたづき七夕月　秋一八

たなばたつめ棚機つ女　秋九七
たなばたながし七夕流し　秋九七
たなばたまつり七夕祭　秋九七
*たにし田螺　春一四
たにしとり田螺取　春一四
たにしなく田螺鳴く　春一四
たにもみじ谷紅葉　秋一六三
たにわかば谷若葉　夏三〇五
*たぬき狸　冬一六七
*たぬきじる狸汁　冬八六
たぬきわな狸罠　冬一一九
*たねいも種芋　春一五五
たねいも種藷　春一五五
たねうり種売　春七一
*たねえらび種選　春七一
たねえらみ種選　春七一
たねおろし種下し　春七三
たねかがし種案山子　春七三
たねがみ種紙　春七八
たねだわら種俵　春七三
たねつけ種浸け　春七一
たねつける種浸ける　春七一
たねどこ種床　春七三
*たねとり種採　秋八一
*たねなすび種茄子　秋一九一
たねなすび種茄子　秋一九一
*たねひたし種浸し　春七一
たねふくべ種瓢　秋一八九
たねぶくろ種袋　春七一
*たねまき種蒔　春七三
*たねもの種物　春七一
たねものや種物屋　春七一
たねより種選　春七一
たばこかる煙草刈る　秋八一
*たばこのはな煙草の花　秋三〇三
たばこほす煙草干す　秋八一
*たび足袋　冬八〇
たびはじめ旅始　新三八
たびらこ田平子　新一〇三
たまあられ玉霰　冬四三
たまおくり魂送　秋一〇八
*たまござけ玉子酒　冬八二
たまござけ卵酒　冬八二
*たませせり玉せせり　新八九
たませり玉せり　新八九
たませりまつり玉競祭　新八九
たまだな魂棚　秋一〇六
たまだな霊棚　秋一〇六
たまつばき玉椿　春一五三
たまつり田祭　春九七
たまとくばしょう玉解く芭蕉　夏三三四
たまとりまつり玉取祭　新八九
たまな玉菜　夏三四〇
たまなえ玉苗　夏三四四
*たまねぎ玉葱　夏三四一
たまのあせ玉の汗　夏二一八
たまのおたまのを　秋三一八
*たままくばしょう玉巻く芭蕉　夏三三四
たままつり魂祭　秋一〇六
たままゆ玉繭　夏一〇三
たまむかえ魂迎　秋一〇八
*たまむし玉虫　夏一七五
たみずおとす田水落す　秋五八
*たみずはる田水張る　夏九五
たみずひく田水引く　夏九五
*たみずわく田水沸く　夏五七
たむしおくり田虫送り　秋一一二

たもぎ田母木　秋七六
＊たら鱈　冬一八一
たら雪魚　冬一八一
だらだらまつりだらだら祭　秋一〇四
たらつむ楤摘む　春一七一
＊たらのめ楤の芽　春一七一
たらのめ多羅の芽　春一七一
たらば鱈場　冬一八一
たらめたらめ　春一七一
＊だりあダリア　夏三三
だりあうらダリア植う　春七五
たるひ垂氷　冬五九
だるまいち達磨市　新四二
＊だるまき達磨忌　冬一五六
たわらむぎ俵麦　夏三三
たをうつ田を打つ　春七〇
たをかえす田を返す　春七〇
たをすく田を鋤く　春七〇
＊たんご端午　夏一三
たんごのせっく端午の節句　夏一三
だんごばな団子花　春一六四
だんごばな団子花　新七七
＊たんじつ短日　冬一八
たんじょうえ誕生会　春一〇八
たんじょうぶつ誕生仏　春一〇八
たんぜん丹前　冬七四
だんちょうか断腸花　秋一八五
だんつう緞通　冬一〇二
＊たんばい探梅　冬一二五
たんばいこう探梅行　冬一二五
たんばぐり丹波栗　秋一三七
＊たんぽ湯婆　冬一〇八
＊だんぼう暖房　冬一〇三
だんぼう煖房　冬一〇三
だんぼうしゃ暖房車　冬一〇三
＊たんぽぽ蒲公英　春二〇一
たんぽぽのわた蒲公英の絮　春二〇一
だんろ暖炉　冬一〇三

ち

ちあゆ稚鮎　春一四一
ちあゆくみ稚鮎汲　春八〇
ちえもうで知恵詣　春九六
ちえもらい知恵貰ひ　春九六
＊ちかまつき近松忌　冬一五八
ちがやのはな白茅の花　春二一
ちぐさ千草　秋二〇三
ちくしゅう竹秋　春一七九
ちくしゅん竹春　秋一七八
ちくすいじつ竹酔日　夏九八
＊ちくふじん竹婦人　夏八三
ちくふじん竹夫人　夏八三
＊ちさ萵苣　春一九〇
＊ちじつ遅日　春三〇
ちしゃちしや　春一九〇
ちちこぐさ父子草　春二〇九
＊ちちのひ父の日　夏一三
＊ちちぶよまつり秩父夜祭　冬一四六
＊ちぢみ縮　夏六三
ちぢみふ縮布　夏六三
ちちろちちろ　秋一四一
ちちろむしちちろ虫　秋一四一
ちとせあめ千歳飴　冬一三七
ちどめぐさ血止草　秋一八六
＊ちどり千鳥　冬一七六
ちどり鵆　冬一七六
ちぬちぬ　夏一六四
ちぬつりちぬ釣　夏一六四
ちのわ茅の輪　夏一三

*ちまき粽　夏六八
ちまき茅巻　夏六八
ちまきゆう粽結ふ　夏六八
*ちゃたてむし茶立虫　秋一四九
*ちゃっきらこちゃっきらこ　新七九
ちゃづくり茶づくり　春八〇
*ちゃつみ茶摘　春七九
ちゃつみうた茶摘唄　春七九
ちゃつみかご茶摘籠　春七九
ちゃつみがさ茶摘笠　春七九
ちゃつみどき茶摘時　春七九
ちゃのはえり茶の葉選　春八〇
*ちゃのはな茶の花　冬二九六
ちゃばたけ茶畑　春七九
ちゃもみ茶揉み　春八〇
ちゃやま茶山　春七九
*ちゃんちゃんこちゃんちゃんこ　冬七三
*ちゅうげん中元　秋一〇三
*ちゅうしゅう仲秋　秋二一
ちゅうしゅう中秋　秋二一
*ちゅうしゅん仲春　春三三
ちゅうそえ中宗会　春一一六

ちゅうにち中日　春二四
ちゅうふく中伏　夏三三
*ちゅーりっぷチューリップ　春一八四
*ちょう蝶　春一四七
ちょううまる蝶生る　春一四七
*ちょうが朝賀　新七一
ちょうきゅう重九　秋九三
*ちょうくうき迢空忌　秋一一六
ちょうごうえ長講会　夏一三六
ちょうじ丁字　春一六〇
ちょうじゅうろう長十郎　秋一五五
ちょうしゅんか長春花　春一八二
*ちょうせんあさがお朝鮮朝顔　夏二四九
ちょうちょう蝶々　春一四七
ちょうちんばな提灯花　夏二六〇
ちょうのひる蝶の昼　春一四七
ちょうはい朝拝　新七一
ちょうめいぎく長命菊　春一八一
ちょうめいる長命縷　夏二一四
*ちょうよう重陽　秋九三
ちょうようのえん重陽の宴　秋九三
ちょうろぎちょうろぎ　新五一

ちょじつ猪日　新一六
*ちょろぎ草石蚕　新五一
ちりまつば散松葉　夏二一〇
ちりめんちりめん　春六三
ちりめんじゃこちりめんじゃこ　春六三
ちりもみじ散紅葉　冬二〇〇
ちるさくら散る桜　春一五七
ちんかさい鎮花祭　春一〇一
ちんじゅき椿寿忌　春一二〇
ちんちろちんちろ　秋一四三
ちんちろりんちんちろりん　秋一四三
ちんもち賃餅　冬六五

つ

*ついな追儺　冬一三九
ついり梅雨入　夏二六
つかれう疲れ鵜　夏一〇三
*つき月　秋三七
つきおぼろ月朧　春三七
つきかげ月影　秋三七
*つぎき接木　春七六
つぎきなえ接木苗　春七六

つきくさ月草　秋二一九
つきこよい月今宵　秋二九
つきさゆ月冴ゆ　冬三七
つきしろ月白　秋三七
つきすずし月涼し　夏三八
つきのあめ月の雨　秋四一
つきのえん月の宴　秋八八
つきので月の出　秋三七
つきのわぐま月の輪熊　冬二六六
*つきひがい月日貝　春二四五
つぎほ接穂　春七六
つぎまつ接ぎ松　春三〇三
つきまつる月まつる　秋八八
*つきみ月見　秋八八
つきみぐさ月見草　夏二五一
つきみざけ月見酒　秋八八
*つきみそう月見草　夏二五一
つきみだんご月見団子　秋八八
つきみづき月見月　秋二一
つきみぶね月見舟　秋八八
つきみまめ月見豆　秋六五
つきよ月夜　秋三七
つくえあらう机洗ふ　秋九七

*つくし土筆　春三〇一
つくしあえ土筆和　春三〇一
つくしつむ土筆摘む（生活）　春八四
つくしつむ土筆摘む（植物）　春三〇一
つくしの土筆野　春三〇一
つくしんぼつくしんぼ　春三〇一
つくつくしつくつくし　秋一三八
つくづくしつくづくし　春三〇一
つくつくぼうしつくつく法師　秋一三八
つくまなべ筑摩鍋　夏二二九
*つくままつり筑摩祭　夏二二九
*つぐみ鶫　秋一六六
*つげのはな黄楊の花　春一七七
*つた蔦　秋一七八
つたかずら蔦かづら　秋一七八
つたかる蔦枯る　冬三〇四
つたしげる蔦茂る　夏二四七
*つたのめ蔦の芽　春一九七
つたもみじ蔦紅葉　秋一七八
*つたわかば蔦若葉　春一九九
つちあらわる土現る　春五三

つちがえる土蛙　春二二五
つちこいし土恋し　春五三
つちにおう土匂ふ　春五三
つちばち土蜂　春一四八
つちびな土雛　春九三
*つちふる霾　春四一
つつがゆ筒粥　新七八
*つつじ躑躅　春一六四
*つつどり筒鳥　夏一五〇
つづみぐさ鼓草　春三〇一
つづみはじめ鼓始　新六七
つつみやく堤焼く　春六九
つづれさせつづれさせ　秋一四一
*つなひき綱引　新七九
つなひき綱曳　新七九
つのきり角切　秋一〇三
つのぐむあし角組む蘆　春二二三
*つのまた角叉　春二二五
*つばき椿　春一五三
*つばきのみ椿の実　秋一五三
つばきばやし椿林　春一五三
つばくらつばくら　春一二九
つばくらめつばくらめ　春一二九

つばくろつばくろ　春一二九
*つばな茅花　春一二一
つばなながし茅花流し　夏四〇
つばなの茅花野　春一二一
*つばめ燕　春一二九
つばめ乙鳥　春一二九
つばめ玄鳥　春一二九
つばめぅおつばめ魚　夏一六六
*つばめかえる燕帰る　秋一二四
つばめくる燕来る　春一二九
*つばめのこ燕の子　夏一五三
*つばめのす燕の巣　春一二四
つぶつぶ　春一四三
つぼすみれ壺菫　春一一九
*つぼやき壺焼　春六三
つまくれないつまくれなゐ　秋一八四
つまべにつまべに　秋一八四
つまみな摘み菜　秋一九四
*つみくさ摘草　春八四
つめきりそぅ爪切草　夏一二一
*つめたし冷たし　冬三〇
*つゆ梅雨　夏四三
*つゆ露　秋五三

つゆあく梅雨明く　夏一二九
*つゆあけ梅雨明　夏一二九
つゆきざす梅雨きざす　夏一二六
つゆきのこ梅雨菌　夏一六五
つゆきのこ梅雨茸　夏一六五
*つゆくさ露草　秋一一九
つゆぐも梅雨雲　夏四三
つゆぐもり梅雨曇り　夏四三
*つゆけし露けし　秋五二
*つゆさむ露寒　秋五三
*つゆざむ梅雨寒　夏一一七
つゆさむし露寒し　秋五三
つゆしぐれ露時雨　秋五二
つゆじめり梅雨湿り　夏四三
つゆじも露霜　秋五三
つゆすずし露涼し　夏四六
つゆぞら梅雨空　夏四三
*つゆだけ梅雨茸　夏一六五
つゆでみず梅雨出水　夏五五
つゆなまず梅雨鯰　夏一六一
つゆにいる梅雨に入る　夏一二六
つゆのたま露の玉　秋五三
つゆのちょぅ梅雨の蝶　夏一七一

つゆのつき梅雨の月　夏四三
つゆのほし梅雨の星　夏四三
つゆのやみ梅雨の闇　夏四九
つゆのらい梅雨の雷　夏四三
*つゆばれ梅雨晴　夏四九
つゆはれま梅雨晴間　夏四九
つゆびえ梅雨冷　夏一一七
つゆむぐら露葎　秋五三
つゆやみ梅雨闇　夏四九
つゆゆぅやけ梅雨夕焼　夏四三
つよごち強東風　春三八
つよしも強霜　冬四五
つらつらつばきつらつら椿　春一五三
*つらら氷柱　冬五九
つりがねそぅ釣鐘草　夏一六〇
*つりしのぶ釣忍　夏九〇
つりしのぶ吊忍　夏九〇
つりしのぶ釣葱　夏九〇
つりどこ吊床　夏八五
つりどの釣殿　夏八一
つりな吊菜　冬一一七
*つりぼり釣堀　夏一一〇
*つる鶴　冬一七八

*つるうめもどき蔓梅擬　秋一七五
つるかえる鶴帰る　春一三〇
*つるきたる鶴来る　秋一三一
つるしがき吊し柿　秋六七
つるひく鶴引く　春一三〇
*つるべおとし釣瓶落し　秋三四
つるめそ弦召　夏一三三
つるもどきつるもどき　秋一七五
つるわたる鶴渡る　秋一三一
*つわのはな石蕗の花　冬一三〇
つわのはな橐吾の花　冬一三〇
つわぶきのはな石蕗の花　冬一三〇

て

てあぶり手焙　冬一〇七
*でいごのはな梯梧の花　夏一九七
*ていじょき汀女忌　秋一一八
*ていとくき貞徳忌　冬一五六
でーじーデージー　春一八一
でかいちょう出開帳　春一〇七
できあき出来秋　秋七八
でくまわし木偶廻し　新四七
*でぞめ出初　新七五
でぞめしき出初式　新七五
てそり手橇　冬一一三
*てっせんか鉄線花　夏三三
てっせんかずらてつせんかづら　夏三三
てっちりてつちり　冬八六
てっぽうゆり鉄砲百合　夏三九
ででむしででむし　夏一八八
てはなび手花火　夏一一一
*てぶくろ手袋　冬七九
*てまり手毬　新六三
てまり手鞠　新六三
てまりうた手毬唄　新六三
てまりつく手毬つく　新六三
てまりのはな手毬の花　夏一九五
*てまりばな繍毬花　夏一九五
てまりばな手毬花　夏一九五
てまりばな粉団花　夏一九五
*でみず出水　夏五五
でみずがわ出水川　夏五五
でめきん出目金　夏一六三
でらうぇあデラウェア　秋一五六
てりうそ照鷽　春一二九
*てりは照葉　秋一六四
てりもみじ照紅葉　秋一六四
てんがいばな天蓋花　夏二二四
てんがいばな天蓋花　秋二二四
*でんがく田楽　春六一
でんがくどうふ田楽豆腐　春六一
でんがくやき田楽焼　春六一
*てんかふん天瓜粉　夏八七
てんかふん天花粉　夏八七
でんきもうふ電気毛布　冬七五
*でんぎょうえ伝教会　夏一三六
でんぎょうだいしき伝教大師忌　夏一三六
てんぐさあま天草海女　夏一〇〇
*てんぐさとり天草採　夏一〇〇
てんぐさとる天草採る　夏一〇〇
てんぐさとる石花菜とる　夏一〇〇
てんぐさほす天草干す　夏一〇〇
てんしうお天使魚　夏一六三
てんじくぼたん天竺牡丹　夏一三三
てんじんおんき天神御忌　春一〇〇
てんじんばな天神花　新九二
*てんじんまつり天神祭　夏一三四

てんたかし天高し　秋三六
でんでんむしでんでんむし　夏一八八
てんとテント　夏一〇八
*てんとうむし天道虫　夏一七六
てんとうむし瓢虫　夏一七六
てんとむしてんとむし　夏一七六
てんぼ展墓　秋一〇八
てんまのおはらい天満の御祓　夏一三四
てんままつり天満祭　夏一三四

と

とあみ投網　夏一〇三
*とういす籐椅子　夏八五
とうかしたし灯火親し　秋六九
*とうかしたしむ灯火親しむ　秋六九
*とうがらし唐辛子　秋一九五
とうがらし蕃椒　秋一九五
とうが冬瓜　秋一八八
*とうがん冬瓜　秋一八八
とうきび唐黍　秋一九九
*とうぎゅう闘牛　春九五
とうぎょ闘魚　夏一六三
とうけい闘鶏　春九五
とうけいし闘鶏師　春九五
とうこ凍湖　冬五八
*とうこう冬耕　冬一三
とうこう登高　秋九三
*とうじ冬至　冬三
とうじかぼちゃ冬至南瓜　冬八四
*とうじがゆ冬至粥　冬八四
とうじばい冬至梅　冬一九一
とうじぶろ冬至風呂　冬八四
とうしみとうしみ　夏一八〇
とうしみとんぼとうしみ蜻蛉　夏一八〇
とうじゆ冬至湯　冬八四
とうしょう凍傷　冬一三
とうしんそうのはな灯心草の花　夏二五四
とうしんとんぼ灯心蜻蛉　夏一八〇
とうすみとうすみ　夏一八〇
とうすみとんぼとうすみ蜻蛉　夏一八〇
*とうせい踏青　春八三
とうせいき桃青忌　冬一五六
とうせん投扇　新六一
*とうせんきょう投扇興　新六一
どうだんつつじ満天星躑躅　春一六三
*どうだんのはな満天星の花　春一六三
とうちん陶枕　夏八三
とうてい冬帝　冬一七
とうてん冬天　冬三七
とうなすたうなす　秋一八八
とうねいす籐寝椅子　夏八五
とうまくら籐枕　夏八三
*とうみん冬眠　冬一六六
とうむしろ籐筵　夏八三
*とうもろこし玉蜀黍　秋一九九
*とうもろこしのはな玉蜀黍の花　夏二四五
*とうれい冬麗　冬二
*とうろう灯籠　秋七一
とうろう蟷螂　秋一四七
*とうろううまる蟷螂生る　夏一八〇
*とうろうかる蟷螂枯る　冬一八七
*とうろうながし灯籠流し　秋一〇九
*とおかえびす十日戎　新九〇
とおかじ遠火事　冬一三

とおがすみ遠霞　春四五
とおかのきく十日の菊　秋一八六
とおかわず遠蛙　春一二五
＊とおしがも通し鴨　夏一五六
とおはなび遠花火　夏二一
とおやなぎ遠柳　春一七三
とかえりのはな十返りの花　春一七三
＊とかげ蜥蜴　夏一四六
とかげいず蜥蜴出づ　春一二四
＊ときのきねんび時の記念日　夏一一三
ときのひ時の日　夏一一三
とぎょ渡御　夏一一八
＊ときわぎおちば常磐木落葉　夏二一〇
＊ときわぎのわかば常磐木の若葉　夏二〇八
どくきのこ毒茸　秋二三三
＊とくさ木賊　秋一八六
とくさ砥草　秋一八六
＊とくさかる木賊刈る　秋八四
とくさかる砥草刈る　秋八四
どくたけ毒茸　秋二三三
どくだみ蕺菜　夏二五七
どくだみのはなどくだみの花　夏二五七
どくながし毒流し　夏一〇三
とこなつ常夏　夏二三七
とこなつづき常夏月　夏二八
＊ところかざる野老飾る　新三
＊ところてん心太　夏七七
＊とさみずき土佐水木　春一六一
＊とざん登山　夏一〇八
とざんうま登山馬　夏一〇八
とざんぐち登山口　夏一〇八
とざんぐつ登山靴　夏一〇八
とざんごや登山小屋　夏一〇八
とざんづえ登山杖　夏一〇八
とざんでんしゃ登山電車　夏一〇八
とざんどう登山道　夏一〇八
とざんぼう登山帽　夏一〇八
とざんやど登山宿　夏一〇八
としあく年明く　新一
としあゆむ年歩む　冬三四
としあらた年新た　新一
としあらたまる年改まる　新一
としおくる年送る　冬三四
＊としおしむ年惜しむ　冬三五
＊としおとこ年男　新三
としおとこ年男　冬一三九
としがみ年神　新八六
＊としぎ年木　新四三
としぎうり年木売　冬六五
としぎきる年木伐る　冬六五
＊としぎこり年木樵　冬六五
としきたる年来る　新一
としぎつむ年木積む　冬六五
としくる年暮る　冬三三
＊としこし年越　冬二六
としこしそば年越蕎麦　冬六七
＊としこしのはらえ年越の祓　冬一四九
としこしまいり年越参　冬一四九
＊としこしもうで年越詣　冬一四九
としこす年越す　冬二六
＊としごもり年籠　冬一五〇
としざけ年酒　新四八
としたちかえる年立ち返る　新一
としたつ年立つ　新一
＊としだま年玉　新三五
としつまる年詰まる　冬三三
＊としとくじん歳徳神　新八六

としながる年流る　冬一四
＊としのいち年の市　冬六三
としのいち歳の市　冬六三
＊としのうち年の内　冬一四
＊としのくれ年の暮　冬一三
としのさけ年の酒　新四八
としのせ年の瀬　冬一三
としのはて年の果　冬一三
としのまめ年の豆　冬一二九
としのよ年の夜　冬一六
としはじめ年始　新一一
＊としまもる年守る　冬六七
としむかう年迎ふ　新一一
としもる年守る　冬六七
としゆく年逝く　冬一四
＊としようい年用意　冬六三
どじょうじる泥鰌汁　夏七九
＊どじょうなべ泥鰌鍋　夏七九
どじょうほり泥鰌掘　冬一二一
＊どじょうほる泥鰌掘る　冬一二一
としよりのひ年寄の日　秋九五
＊としわすれ年忘　冬六六
＊とそ屠蘇　新四八
とそいわう屠蘇祝ふ　新四八
とそさん屠蘇散　新四八
とそしゅ屠蘇酒　新四八
とそぶくろ屠蘇袋　新四八
＊とちのはな橡の花　夏二一三
とちのはな栃の花　夏二一三
＊とちのみ橡の実　秋一六九
とちのみ栃の実　秋一六九
どてあおむ土手青む　春一九六
どてなべ土手鍋　冬九〇
＊どてら褞袍　冬七四
とのさまがえる殿様蛙　春一二五
とのさまばった殿様ばつた　秋一四五
＊とびうお飛魚　夏一六六
とびおとびを　夏一六六
とびこみ飛び込み　夏一〇九
どびろくどびろく　秋六四
どびんわり土壜割　夏一七三
とぶぎょ杜父魚　冬一八三
＊とぶさまつ鳥総松　新七六
どぶさらいどぶさらひ　夏九五
どぶろくどぶろく　秋六四
＊とべらのはな海桐の花　夏二〇九
＊とべらのみ海桐の実　秋一七四
＊とまとトマト　夏二四〇
とまと蕃茄　夏二四〇
＊ともじき友二忌　春二一六
とやし鳥屋師　秋八五
＊どよう土用　夏一三
どようあい土用あい　夏三九
どようあけ土用明　夏一三
どようい り土用入　夏一三
＊どよううなぎ土用鰻　夏七九
どようごち土用東風　夏三九
どようさぶろう土用三郎　夏一三
＊どようしじみ土用蜆　夏一七〇
どようしばい土用芝居　夏一一一
どようじろう土用次郎　夏一三
どようたろう土用太郎　夏一三
どようなぎ土用凪　夏四二
＊どようなみ土用波　夏五六
どようぼし土用干　夏九二
どようみまい土用見舞　夏六〇
＊どようめ土用芽　夏二一〇
とよのあき豊の秋　秋七八
＊とらがあめ虎が雨　夏四四

とらがなみだあめ虎が涙雨　夏四
＊とらのお虎尾草　夏三六
＊とらひこき寅彦忌　冬一六三
＊とりあわせ鶏合　春九五
とりいのひ鳥居の火　秋一一〇
＊とりおい鳥追　新四六
＊とりおどし鳥威し　秋七五
＊とりかえる鳥帰る　春一三
とりかぜ鳥風　春四七
＊とりかぶと鳥兜　秋二一九
とりかぶと鳥頭　秋二一九
とりき取木　春七七
＊とりくもにいる鳥雲に入る　春一三
とりくもに鳥雲に　春一三
＊とりぐもり鳥曇　春四七
＊とりさかる鳥交る　春一三
とりつるむ鳥つるむ　春一三
＊とりのいち酉の市　冬一四五
とりのけあい鶏の蹴合　春九五
とりのこい鳥の恋　春一三
＊とりのす鳥の巣　春一三四
とりのたまご鳥の卵　春一三四
とりのまち酉の町　冬一四五

とりひく鳥引く　春一三
とりわたる鳥渡る　秋一三
とろろとろろ　秋六八
とろろあおいとろろあふひ　夏三五
＊とろろじるとろろ汁　秋六八
＊どんぐり団栗　秋一六九
＊どんたくどんたく　春九九
どんたくばやしどんたく囃子　春九九
とんどとんど　新八一
どんどどんど　新八一
どんどこぶねどんどこ舟　夏一三四
どんどたくどんど焚く　新八一
どんどやきどんど焼　新八一
とんびとんび　冬七七
＊とんぼ蜻蛉　秋一三九
とんぼうとんばう　秋一三九
＊とんぼうまる蜻蛉生る　夏一七九

な

＊ないたーナイター　夏二三
なえいち苗市　春七四
＊なえぎいち苗木市　春七四

＊なえぎうう苗木植う　春七五
なえぎうり苗木売　春七四
なえしょうじ苗障子　春七三
なえだ苗田　春五三
＊なえどこ苗床　春七三
なえはこび苗運び　夏二四
＊なえふだ苗札　春七三
ながいも薯蕷　秋一九三
ながいも長薯　秋一九三
ながきひ永き日　春二九
ながきよ長き夜　秋二六
ながさききき長崎忌　夏一三六
＊ながしながし　夏四〇
ながしそうめん流し索麵　夏七一
ながしびな流し雛　春九四
＊ながつき長月　秋二四
ながつゆ長梅雨　夏四三
＊なかて中稲　秋一九七
ながなす長茄子　夏二四〇
ながむしながむし　夏一四七
ながらたき菜殻焚　夏九九
ながらび菜殻火　夏九九
ながれぼし流れ星　秋四四

なぎ水葱　夏二五三
なぎ菜葱　夏二五三
*なきぞめ泣初　新五五
なぐさかる名草枯る　冬二一七
なぐさのめ名草の芽　春一九六
なげおうぎ投扇　新六一
なごし夏越　夏二三
*なごしのはらえ名越の祓　夏二三
なごりのちゃ名残の茶　秋七三
なごりのつき名残の月　秋四三
なごりのゆき名残の雪　春四三
*なし梨　秋一五五
なしうり梨売　秋一五五
なしえん梨園　秋一五五
なしがり梨狩　秋一五五
なしさく梨咲く　春一六八
*なしのはな梨の花　春一六八
*なす茄子　夏二四〇
*なすづけ茄子漬　夏七三
なすつける茄子漬ける　夏七三
*なずな薺　新一〇三
*なずなうつ薺打つ　新四一
なずなうり薺売　新一〇三
*なすなえ茄子苗　夏二三五
なずながゆ薺粥　新四三
なずなづめ薺爪　新四三
*なずなのはな薺の花　春二〇〇
なずなはやす薺はやす　新四一
なすのうし茄子の牛　秋一〇六
なすのうま茄子の馬　秋一〇六
*なすのはな茄子の花　夏二三五
なすびなすび　夏二四〇
なすびづけなすび漬　夏七三
なすまく茄子蒔く　春七三
なたねうつ菜種打つ　夏九八
なたねがら菜種殻　夏九八
*なたねかり菜種刈　夏九八
なたねごく菜種御供　春一〇〇
*なたねづゆ菜種梅雨　春四三
なたねのしんじ菜種の神事　春一〇〇
なたねほす菜種干す　夏九八
なたねまく菜種蒔く　秋八三
*なたまめ刀豆　秋二〇一
なたまめ鉈豆　秋二〇一
*なだれ雪崩　春五四
*なつ夏　夏二一
なつあけ夏暁　夏三〇
*なつあざみ夏薊　夏二五五
なつうぐいす夏鶯　夏一五三
なつおしむ夏惜しむ　夏二三五
なつおちば夏落葉　夏二一〇
*なつおび夏帯　夏六六
なつおわる夏終る　夏三五
なつがえる夏蛙　夏一四
なつかげ夏陰　夏五三
なつがけ夏掛　夏八二
*なつがすみ夏霞　夏四六
なつかぜ夏風邪　夏一九
なつがも夏鴨　夏一五六
なつがわ夏川　夏五五
なつがわら夏河原　夏五五
なつかん夏柑　春一六七
なつき夏木　夏二〇四
なつぎ夏着　夏六二
*なつぎく夏菊　夏二二七
なつきざす夏きざす　夏二一
なつきたる夏来る　夏三三
なつぎぬ夏衣　夏六二
なつきょうげん夏狂言　夏二一三

なつぎり夏霧　夏四六
なつく夏来　夏一三
＊なつくさ夏草　夏二四六
なつぐも夏雲　夏三七
＊なつぐわ夏桑　夏二一九
なづけ菜漬　冬九二
＊なつご夏蚕　夏一七一
なつごおり夏氷　夏七五
＊なつこだち夏木立　夏二〇四
＊なつごろも夏衣　夏六二
なつさかん夏旺ん　夏一三
＊なつざしき夏座敷　夏八一
＊なつざぶとん夏座蒲団　夏八二
なつしお夏潮　夏五六
なつじお夏潮　夏五六
なつしば夏芝　夏二四七
＊なつしばい夏芝居　夏二一三
＊なつしゃつ夏シャツ　夏六五
なつしゅとう夏手套　夏六七
なつぞら夏空　夏三七
＊なつだいこん夏大根　夏二四一
なつたつ夏立つ　夏一三
＊なつたび夏足袋　夏六七

＊なつちかし夏近し　春一三四
なつちょう夏蝶　夏一七一
なつつばき夏椿　夏二一八
＊なつつばめ夏燕　夏一五九
＊なつてぶくろ夏手袋　夏六七
なつでみず夏出水　夏五五
＊なっとじる納豆汁　冬八六
なつどとう夏怒濤　夏五五
なつどなり夏隣　春一三四
なつともし夏灯　夏八〇
なつにいる夏に入る　夏一三
なつね夏嶺　夏五三
＊なつねぎ夏葱　夏二四一
＊なつの夏野　夏五四
＊なつのあかつき夏の暁　夏三〇
なつのあさ夏の朝　夏三〇
＊なつのあめ夏の雨　夏四二
＊なつのうみ夏の海　夏五五
＊なつのかぜ夏の風邪　夏二一九
なつのかも夏の鴨　夏一五六
＊なつのかわ夏の川　夏五五
＊なつのきり夏の霧　夏四六
＊なつのくも夏の雲　夏三七

なつのくれ夏の暮　夏三〇
＊なつのしお夏の潮　夏五六
＊なつのそら夏の空　夏三七
＊なつのちょう夏の蝶　夏一七一
＊なつのつき夏の月　夏三八
＊なつのつゆ夏の露　夏四六
なつのてん夏の天　夏三七
なつのなみ夏の波　夏五五
＊なつのはて夏の果　夏二五
なつのはま夏の浜　夏五五
＊なつのひ夏の日（時候）　夏三〇
＊なつのひ夏の日（天文）　夏三七
＊なつのひ夏の灯　夏八〇
＊なつのほし夏の星　夏三八
なつのみさき夏の岬　夏五五
なつのみね夏の嶺　夏五三
＊なつのやま夏の山　夏五三
なつのゆうべ夏の夕べ　夏三〇
＊なつのよ夏の夜　夏三〇
なつのよい夏の宵　夏三〇
＊なつのれん夏暖簾　夏八四
なつのろ夏の炉　夏八〇
＊なつはぎ夏萩　夏二四八

なつはじめ　夏初め　夏二一
*なつばしょ　夏場所　夏一二五
なつはつ　夏果つ　夏三五
なつはらえ　夏祓　夏一三三
なつび　夏日　夏三七
なつひかげ　夏日影　夏三七
なつふかし　夏深し　夏二八
*なつふく　夏服　夏六二
なつふじ　夏富士　夏五三
*なつぶとん　夏蒲団　夏八二
なつぼう　夏帽　夏六七
*なつぼうし　夏帽子　夏六七
なつまけ　夏負け　夏一一九
なつまつり　夏祭　夏一三七
*なつみかん　夏蜜柑　春一六七
なつみまい　夏見舞　夏六〇
*なつめ　棗　秋一五八
*なつめく　夏めく　夏三四
なつめのみ　棗の実　秋一五八
なつもの　夏物　夏六二
*なつやかた　夏館　夏八〇
*なつやすみ　夏休　夏六〇
*なつやせ　夏瘦　夏一一九
なつやなぎ　夏柳　夏二〇九
なつやま　夏山　夏五三
*なつゆうべ　夏夕べ　夏三〇
なつゆく　夏行く　夏三五
なつゆく　夏逝く　夏三五
*なつよもぎ　夏蓬　夏二四八
*なつりょうり　夏料理　夏六九
*なつろ　夏炉　夏八〇
*なつわらび　夏蕨　夏二六二
*なでしこ　撫子　秋二一
*ななかまど　七竈　秋一六八
*ななくさ　七種　新七五
ななくさ　七草　新七五
ななくさうつ　七種打つ　新四一
*ななくさがゆ　七種粥　新四三
ななくさがゆ　七草粥　新四三
*ななくさづめ　七種爪　新四三
ななくさづめ　七草爪　新四三
ななくさな　七草菜　新一〇一
ななくさはやす　七種はやす　新四一
*なぬか　七日　新一七
なぬかがゆ　七日粥　新四三
なぬかしょうがつ　七日正月　新一七
なのか　七日　新一七
*なのきかる　名の木枯る　冬二〇四
なのきのめ　名の木の芽　春一六九
*なのくさかる　名の草枯る　冬二一七
*なのはな　菜の花　春一八八
*なのはなき　菜の花忌　春二一七
なのはなづけ　菜の花漬　春六〇
なべおとめ　鍋乙女　夏二三九
なべかぶり　鍋被　夏二三九
なべかんむりまつり　鍋冠祭　夏二三九
なべまつり　鍋祭　夏二三九
*なべやき　鍋焼　冬八六
なべやきうどん　鍋焼饂飩　冬八六
なまくるみ　生胡桃　夏二〇一
*なまこ　海鼠　冬一八六
なまこぶね　海鼠舟　冬一八六
*なまず　鯰　夏一六一
*なまはげ　なまはげ　新八〇
なまびーる　生ビール　夏七三
なまみはぎ　生身剝　新八〇
*なみのはな　波の花　冬六〇
なみのり　波乗　夏二一〇
*なめくじ　蛞蝓　夏一八七

なめくじらなめくぢら　夏一八七
なめくじりなめくぢり　夏一八七
*なめし菜飯　春六五
なもみはぎなもみ剝　新八〇
なやらいなやらひ　冬一三九
*ならいならひ　冬四一
ならい北風　冬四一
*なりきぜめ成木責　新七九
*なりひらき業平忌　夏一三八
なるかみ鳴神　夏四八
*なるこ鳴子　秋七四
なるこづな鳴子綱　秋七四
なるこなわ鳴子縄　秋七四
なるさお鳴竿　秋七四
なるたきのだいこたき鳴滝の大根焚　冬一五三
なれずし馴鮓　夏七〇
*なわしろ苗代　春五三
なわしろざむ苗代寒　春五三
なわしろた苗代田　春五三
なわしろどき苗代時　春五三
なわしろまつり苗代祭　春九七
*なわとび縄飛　冬一二七
なわとび縄跳　冬一二七
なわなう縄綯ふ　冬一二一
なんきんなんきん　秋一八八
なんきんまめ南京豆　秋二〇一
なんじゃもんじゃのきのはななんじゃもんじゃの木の花　夏二二五
なんてんぎり南天桐　秋一七四
*なんてんのはな南天の花　夏一九七
*なんてんのみ南天の実　秋一五三
なんばんのはななんばんの花　夏二四五
なんぷう南風　夏三九
なんぶふうりん南部風鈴　夏九〇

に

にいにいぜみにいにい蟬　夏一七八
にいぼん新盆　秋一〇六
にお藁塚　秋七九
にお鳰　冬一一七
においどり匂鳥　春一二七
におどりにほどり　冬一一七
におのうきす鳰の浮巣　夏一五五
*におのこ鳰の子　夏一五五
におのす鳰の巣　夏一五五
にかいばやし二階囃子　夏一三三
にがうり苦瓜　秋一九〇
にがしお苦潮　夏五六
*にがつ二月　春一八
*にがつじん二月尽　春三三
にがつつく二月尽く　春三三
にがつどうのおこない二月堂の行　春一〇四
にがつはつ二月果つ　春三三
*にがつれいじゃ二月礼者　春九二
*にげみず逃水　春四八
*にこごり煮凝　冬九一
*にごりざけ濁り酒　秋六四
*にごりぶな濁り鮒　夏一六一
*にじ虹　夏四七
*にしきぎ錦木　秋一七四
にしきぎもみじ錦木紅葉　秋一七四
にしきごい錦鯉　夏一六〇
にしきだい錦鯛　冬一八二
にじっせいき二十世紀　秋一五五
*にしび西日　夏五〇
にじます虹鱒　春一三九

にしまつり西祭　夏二三〇
*にじゅうさんや二十三夜　秋四二
にじゅうさんやづき二十三夜月　秋四二
にじゅうまわし二重廻し　冬七七
*にしん鰊　春一三六
にしん鯡　春一三六
にしんくき鰊群来　春一三六
にしんぐもり鰊曇　春一三六
にしんぶね鰊舟　春一三六
にしんりょう鰊漁　春一三六
にせあかしあのはなニセアカシアの花　夏二二五
にせい二星　秋九七
*にちにちそう日日草　夏二三一
にちりんそう日輪草　夏二三四
にちれんき日蓮忌　冬二五一
*にっきかう日記買ふ　冬二一〇
にっきはじめ日記始　新五六
にっきはつ日記果つ　冬二一〇
にっこうしゃしん日光写真　冬二二六
*にっしゃびょう日射病　夏二三〇
*にな蜷　春一四

になのみち蜷の道　春一四
にねんごだいこん二年子大根　春一九三
にのうま二の午　春九一
にのかわり二の替　新六七
にのとり二の酉　冬二四五
にばんぐさ二番草　夏九七
にばんご二番蚕　夏一七一
にばんしぶ二番渋　秋八〇
にばんちゃ二番茶　春七九
*にひゃくとおか二百十日　秋三二
にひゃくはつか二百二十日　秋三二
*にゅうがく入学　春五八
にゅうがくしき入学式　春五八
*にゅうがくしけん入学試験　春五七
にゅうしゃしき入社式　春五八
にゅうどうぐも入道雲　夏三七
*にゅうばい入梅　夏三六
にゅうぶ入峰　春二一
*にょうどうさい繞道祭　新八九
*にら韮　春一九三
*にらのはな韮の花　夏二三七
にりんそう二輪草　春二〇三

にわたたき庭叩き　秋一二八
*にわとこのはな接骨木の花　春一七七
にわはなび庭花火　夏二一一
*にんじん人参　冬二二五
にんじん胡蘿蔔　冬二二五
にんどう忍冬　夏二二五
*にんにく蒜　春一九三
にんにく葫　春一九三

ぬ

*ぬいぞめ縫初　新五七
ぬいはじめ縫始　新五七
ぬかか糠蚊　夏一八二
ぬかごぬかご　秋一九三
ぬかごめしぬかご飯　秋九六
ぬかずきむしぬかづきむし　夏一七七
ぬかばえ糠蠅　秋一四六
ぬきな抜菜　秋一九四
ぬくしぬくし　春二八
ぬけまいり抜参　春九六
ぬなわ蓴　夏二六五
ぬなわおう蓴生ぶ　春二二三
ぬなわとる蓴採る　夏二六五

ぬなわのはな蓴の花　夏二六五
ぬなわぶね蓴舟　夏二六五
ぬのこ布子　冬七一
ぬまかる沼涸る　冬五四

ね

ねがいのいと願の糸　秋九七
*ねぎ葱　冬二二三
ねぎじる葱汁　冬八七
ねぎのはな葱の花　春一九〇
ねぎばたけ葱畑　冬二二三
*ねぎぼうず葱坊主　春一九〇
ねこうまる猫生まる　春一二三
ねござ寝茣蓙　夏八二
ねこさかる猫交る　春一二三
ねこじゃらし猫じゃらし　秋二二三
*ねこのこ猫の子　春一二三
*ねこのこい猫の恋　春一二三
ねこのつま猫の夫　春一二三
ねこのつま猫の妻　春一二三
ねこひばち猫火鉢　冬二〇七
*ねこやなぎ猫柳　春一七六
*ねざけ寝酒　冬八二
*ねじあやめ捩菖蒲　春一八〇
*ねじばな捩花　夏二五九
ねしゃか寝釈迦　春一〇三
*ねしょうがつ寝正月　新六九
*ねじろぐさ根白草　新一〇三
ねずみはなびねずみ花火　夏二一一
ねぜり根芹　春二〇六
ねつぎ根接　春七六
ねっさ熱砂　夏三四
ねっしゃびょう熱射病　夏二一〇
*ねったいぎょ熱帯魚　夏一六三
*ねったいや熱帯夜　夏三一
ねっちゅうしょう熱中症　夏二一〇
ねっぷう熱風　夏三四
*ねづり根釣　秋八六
ねなしぐさ根無草　夏二六四
ねのひ子の日　新七四
*ねのひぐさ子日草　新一〇三
ねのひのあそび子の日の遊び　新七四
ねのひのまつ子の日の松　新一〇三
ねはん涅槃　春一〇三
*ねはんえ涅槃会　春一〇三
ねはんえ涅槃絵　春一〇三
ねはんず涅槃図　春一〇三
ねはんぞう涅槃像　春一〇三
ねはんでら涅槃寺　春一〇三
*ねはんにし涅槃西風　春三九
ねはんのひ涅槃の日　春一〇三
ねはんぶき涅槃吹　春三九
ねはんへん涅槃変　春一〇三
ねはんゆき涅槃雪　春四三
*ねびえ寝冷　夏一一九
ねびえご寝冷子　夏一一九
ねぶか根深　冬二二三
*ねぶかじる根深汁　冬八七
*ねぶた佞武多　秋九九
ねぷたねぷた　秋九九
ねぶたながすねぶた流す　秋九九
ねぶたまつりねぶた祭　秋九九
ねぶのはなねぶの花　夏二一八
ねまち寝待　秋四三
*ねまちづき寝待月　秋四三
ねむたながしねむた流し　秋九九
*ねむのはな合歓の花　夏二一八
ねむりぐさ眠草　夏二三〇

ねむりながし眠流し　秋九九
ねむりばな睡花　春一六一
ねゆき根雪　冬四六
*ねりくよう練供養　夏一三五
*ねわけ根分　春七七
*ねんが年賀　新三四
ねんがきゃく年賀客　新三四
ねんがじょう年賀状　新三六
ねんぎょ年魚　夏一六一
ねんし年始（時候）　新二
ねんし年始（生活）　新三四
ねんしきゃく年始客　新三四
ねんしざけ年始酒　新四八
ねんしまわり年始廻り　新三四
*ねんしゅ年酒　新四八
ねんない年内　冬二四
ねんないりっしゅん年内立春　冬二四
*ねんねこねんねこ　冬七三
ねんねこばんてんねんねこばんてん　冬七三
ねんまつ年末　冬三三
*ねんまつしょうよ年末賞与　冬六二
ねんまつてあて年末手当　冬六二
ねんれい年礼　新三四

の

のあざみ野薊　春三〇四
*のあそび野遊　春八三
のあやめ野あやめ　夏三二一
のいちご野苺　夏三三四
のいばらのはな野茨の花　夏三二一
のいばらのみ野茨の実　秋一五六
のうさぎ野兎　冬一六八
のうぜん凌霄　夏一九七
のうぜん凌霄花　夏一九七
のうぜんかずらのうぜんかづら　夏一九七
*のうぜんのはな凌霄の花　夏一九七
*のうはじめ能始　新六六
のうむ濃霧　秋五一
のうりょう納涼　夏一〇六
のうりょうせん納涼船　夏一〇六
のがけ野がけ　春八三
のきあやめ軒菖蒲　夏一三三
*のぎく野菊　秋二一一
のきしのぶ軒忍　夏九〇
のきしょうぶ軒菖蒲　夏一三三
のこりてんじん残り天神　新九二
のこりふく残り福　新九〇
のこるか残る蚊　秋一九
のこるあつさ残る暑さ　秋一三六
のこるかも残る鴨　春一三一
のこるかり残る雁　春一三〇
のこるきく残る菊　秋一八六
のこるさむさ残る寒さ　春二
のこるせみ残る蟬　秋一三七
のこるつる残る鶴　春一三〇
のこるはえ残る蠅　秋一三六
のこるはち残る蜂　秋一三七
のこるほたる残る蛍　秋一三六
のこるむし残る虫　秋一四〇
のこるゆき残る雪　春五三
のこんぎく野紺菊　秋二二一
のずいせん野水仙　冬二〇九
のすり鵟　冬一六九
のせぎょう野施行　冬六八
のそ犬橇　冬二一三
のちのあわせ後の袷　秋六三

＊のちのころもがえ後の更衣　秋六三
＊のちのつき後の月　秋四三
のちのひがん後の彼岸　秋二三
＊のちのひな後の雛　秋九四
のっこみ乗つ込み　春一四一
＊のっこみだい乗込鯛　春一三六
のっこみぶな乗込鮒　春一四一
＊のっぺいじるのつぺい汁　冬八七
のっぺじるのつぺ汁　冬八七
＊のどか長閑　春一二九
のどかさ長閑さ　春一二九
のどけさのどけさ　春一二九
のどけしのどけし　春一二九
のはぎ野萩　秋二〇六
のはなしょうぶ野花菖蒲　夏一二三
のばらのみ野ばらの実　秋一七六
のび野火　春六九
＊のびる野蒜　春二〇六
のびるつむ野蒜摘む　春二〇六
のぶどう野葡萄　秋一七七
＊のぼたん野牡丹　秋一八一
＊のぼり幟　夏一二一
のぼりあゆ上り鮎　春一四一
＊のぼりやな上り簗　春八一
＊のまおい野馬追　夏一二四
＊のみ蚤　夏一八四
のみのあと蚤の跡　夏一八四
のやき野焼　春六九
＊のやく野焼く　春六九
＊のり海苔　春一二六
のりかく海苔掻く　春一二六
のりそだ海苔粗朶　春一二六
＊のりぞめ乗初　新三八
のりぞめ騎初　新七三
のりとり海苔採　春一二六
のりひび海苔篊　春一二六
のりぶね海苔舟　春一二六
のりほす海苔干す　春一二六
＊のわき野分　秋四六
のわきあと野分後　秋四六
のわきぐも野分雲　秋四六
のわきだつ野分だつ　秋四六
のわきばれ野分晴　秋四六
のわけ野わけ　秋四六

は

ばーどうぃーくバード・ウィーク　夏一二一
ばーどでーバード・デー　夏一二一
ばーべきゅーバーベキュー　夏一〇八
＊はあり羽蟻　夏一八五
はあり飛蟻　夏一八五
はーりーハーリー　夏一二五
ばい霾　春四一
ばいう梅雨　夏四三
ばいう黴雨　夏四三
ばいうち海贏打　秋八九
ばいえん梅園　春一五一
はいが拝賀　新七一
ばいかごく梅花御供　春一〇〇
ばいかさい梅花祭　春一〇〇
ばいごまばい独楽　秋八九
はいせんき敗戦忌　秋九四
はいせんび敗戦日　秋九四
はいちょう蠅帳　夏八六
ばいてん霾天　春四一
ばいてん梅天　夏四三

*ぱいなっぷるパイナップル　夏三〇四
はいびすかすハイビスカス　夏一九八
ばいふう霾風　春四一
*ばいまわし海蠃廻し　秋八九
ばいりん梅林　春一五一
*はえ蠅　夏一八一
はえ鮠　春一四〇
はえ南風　夏三九
はえはえ　夏三九
はえいらず蠅入らず　夏八六
はえうまる蠅生る　春一四九
はえおおい蠅覆　夏八六
はえたたき蠅叩　夏八六
*はえとり蠅取　夏八六
はえとりがみ蠅捕紙　夏八六
はえとりき蠅捕器　夏八六
*はえとりぐも蠅虎　夏一八七
はえとりぐも蠅捕蜘蛛　夏一八七
はえとりびん蠅捕瓶　夏八六
はえとりりぼん蠅捕リボン　夏八六
*はえよけ蠅除　夏八六
はかあらう墓洗ふ　秋一〇八
はかかこう墓囲ふ　冬九八

*はかたぎおんやまかさ博多祇園山笠　夏一三四
はかたまつり博多祭　夏一三四
*はがため歯固　新七一
*はかまいり墓参　秋一〇八
はかもうで墓詣　秋一〇八
*はぎ萩　秋二〇六
*はきおさめ掃納　冬六七
*はぎかる萩刈る　秋八四
はぎかる萩枯る　冬二一八
*はきぞめ掃初　新五三
はきたて掃立　春七八
はぎづき萩月　秋三一
はぎな萩菜　春二一〇
はぎねわけ萩根分　春七七
はぎのはな萩の花　秋二〇六
はぎびより萩日和　秋二〇六
*はきょうき波郷忌　冬一六〇
*はぎわかば萩若葉　春一九九
はくう白雨　夏四五
*はくさい白菜　冬二一三
はくじつき白日忌　秋一一五
はくしゅう白秋　秋一七

ばくしゅう麦秋　夏一二四
*はくしょ薄暑　夏一二四
ばくしょ曝書　夏九三
はくしょこう薄暑光　夏一二四
はくせきれい白鶺鴒　秋一二八
はくせん白扇　夏八八
*はくちょう白鳥　冬一七九
はくちょうかえる白鳥帰る　春一三三
はくてい白帝　秋一七
はくとう白桃　秋一五四
はくとうき白桃忌　夏一三九
はくばい白梅　春一五一
ばくふ瀑布　夏五九
はくぼたん白牡丹　夏一九一
ばくまくら貘枕　新六八
はくもくれん白木蓮　春一六五
はくや白夜　夏二七
はくれん白木蓮　春一六五
*はくろ白露　秋三三
*はげいとう葉鶏頭　秋一八三
はご羽子　新六三
*はごいた羽子板　新六三
*はごいたいち羽子板市　冬一三八

はこづり箱釣　夏二一一
＊はこにわ箱庭　夏二一四
はこねえきでん箱根駅伝　新七〇
＊はこべ蘩蔞　春二〇三
はこべくさはこべくさ　春二〇三
はこべらはこべら　春二〇三
＊はこめがね箱眼鏡　夏一〇五
はこやなぎ白楊　春一七三
はさはさ　秋七六
＊はざ稲架　秋七六
＊はざくら葉桜　夏一九〇
＊はしい端居　夏二一七
はしがみ箸紙　新五〇
はじかみ薑　秋一九五
はじきまめはじき豆　夏二三七
はしごのり梯子乗　新七五
はしすずみ橋涼み　夏二〇六
ばじつ馬日　新一七
はしゅ播種　春七三
＊ばしょう芭蕉　秋一七八
はしょうが葉生姜　秋一九五
ばしょうかる芭蕉枯る　冬二二一
＊ばしょうき芭蕉忌　冬一五六
ばしょうきばせを忌　冬一五六
＊ばしょうのはな芭蕉の花　夏二三四
ばしょうのまきは芭蕉の巻葉　夏二三四
ばしょうば芭蕉葉　秋一七八
＊ばしょうふ芭蕉布　夏六四
ばしょうりん芭蕉林　秋一七八
はしらたいまつ柱松明　春一〇五
はしりいも走り藷　夏二四一
はしりそば走り蕎麦　秋六八
はしりちゃ走り茶　夏七四
はしりづゆ走り梅雨　夏四三
はすいけ蓮池　夏二三九
＊はすうう蓮植う　春七四
はすうきは蓮浮葉　夏二三八
はすかる蓮枯る　冬二二三
＊はすね蓮根　冬二二六
はすねほり蓮根掘　冬二一五
＊はすねほる蓮根掘る　冬二一五
＊はすのうきは蓮の浮葉　夏二三八
はすのは蓮の葉　夏二三八
＊はすのはな蓮の花　夏二三九
はすのほね蓮の骨　冬二二三
はすのまきは蓮の巻葉　夏二三八
＊はすのみ蓮の実　秋一八七
はすのみとぶ蓮の実飛ぶ　秋一八七
はすのめし蓮の飯　秋一〇七
はすほり蓮掘　冬二一五
＊はすみ蓮見　夏二一五
はすみぶね蓮見舟　夏二一五
＊はぜ鯊　秋一三四
はぜ沙魚　秋一三四
＊はぜつり鯊釣　秋九一
はぜのあき鯊の秋　秋一三四
はぜのしお鯊の潮　秋一三四
＊はぜのみ櫨の実　秋一六八
はぜびより鯊日和　秋一三四
はぜぶね鯊舟　秋九一
＊はぜもみじ櫨紅葉　秋一六五
ばそり馬橇　冬二一三
はたはた　春八六
＊はたうち畑打　春七〇
はたうつ畑打つ　春七〇
はたおり機織　秋一四四
＊はだか裸　夏二一六
はたかえす畑返す　春七〇

はだかおし　裸押し　新九四
はだかぎ　裸木　冬二〇五
はだかご　裸子　夏一一六
はだかまいり　裸参　冬一五四
*はださむ　肌寒　秋二九
*はだし　跣足　夏一一七
はだし　跣　夏一一七
はたすく　畑鋤く　春七〇
はたたがみ　はたた神　夏四八
*はだぬぎ　肌脱　夏一一七
*はたはじめ　機始　新五八
*はたはた　鰰　冬一八〇
はたはた　蟿螽　秋一五五
はたはた　雷魚　冬一八〇
はたはた　鱩　冬一八〇
ばたふらい　バタフライ　夏一〇九
はたやき　畑焼　春六九
*はたやく　畑焼く　春六九
はだら　はだら　春四三
はたらきばち　働蜂　春一四八
はだらゆき　はだら雪　春四三
*はだれ　斑雪　春四三
はだれの　はだれ野　春四三
はだれゆき　斑雪　春四三
*はたんきょう　巴旦杏　夏二〇三
*はち　蜂　春一四八
*はちがつ　八月　秋一八
はちがつじゅうごにち　八月十五日　秋九四
*はちじゅうはちや　八十八夜　春三三
*はちたたき　鉢叩　冬一五一
はちのこ　蜂の子　春一四八
はちのす　蜂の巣　春一四八
*はつあかね　初茜　新三三
*はつあかり　初明り　新三三
はつあき　初秋　秋一八
*はつあきない　初商　新三九
はつあけぼの　初曙　新三三
*はつあさま　初浅間　新二六
はつあみ　初網　新五九
*はつあらし　初嵐　秋四六
はつあられ　初霰　冬四三
はつあわせ　初袷　夏六二
はついかだ　初筏　春八二
*はついせ　初伊勢　新八九
*はついち　初市　新三九
*はつう　初卯　新九二
はつうたい　初謡　新六七
*はつうま　初午　春九一
はつうもうで　初卯詣　新九二
はつうり　初瓜　夏一二八
はつうり　初売　新三九
はつえびす　初戎　新九〇
はつえびす　初恵比須　新九〇
*はつえんま　初閻魔　新九五
はつか　初蚊　春一四九
はつがい　初買　新四〇
はつかいひ　初開扉　新九三
*はつかがみ　初鏡　新五六
*はつかぐら　初神楽　新八八
*はつかしょうがつ　二十日正月　新三〇
*はつがすみ　初霞　新二四
*はつかぜ　初風　新三三
*はつがつお　初鰹　夏一二四
はつがつお　初松魚　夏一二四
はつかづき　二十日月　秋四三
はつかね　初鐘　新九三
*はつがま　初釜　新五七

＊はつかまど初竈　新五七
＊はつがみ初髪　新五六
＊はつがも初鴨　秋一三
はつかやさい二十夜祭　新八五
＊はつがらす初鴉　新九八
はつかり初雁　秋一三〇
はつかわず初蛙　春一二五
＊はつかんのん初観音　新九五
＊はづき葉月　秋一一
はつぎく初菊　秋一八五
はづきじお葉月潮　秋六〇
＊はつくかい初句会　新四〇
はつげいこ初稽古　新六五
＊はつげしき初景色　新二五
はつげしょう初化粧　新五六
はつけまり初蹴鞠　新七三
はっこうのあれ八講の荒れ　春三九
はつこうぼう初弘法　新九五
＊はつこえ初声　新九七
＊はつごおり初氷　冬五八
＊はつごち初東風　新三
はつことひら初金刀比羅　新九一
はつごま初護摩　新九三

＊はつごよみ初暦　新五三
＊はつごんぎょう初勤行　新九三
＊はつこんぴら初金毘羅　新九一
＊はっさく八朔　秋三
＊はつざくら初桜　春一五三
はつざけ初鮭　秋一三五
はつさんが初山河　新二五
はつさんぐう初参宮　新八九
はつさんま初さんま　秋一三五
＊はつしお初潮　秋六〇
＊はつしぐれ初時雨　冬四二
はつしごと初仕事　新三七
はつしじょう初市場　新三九
＊はつしののめ初東雲　新三
＊はつしばい初芝居　新六七
はつしまだ初島田　新五六
＊はつしも初霜　冬四五
はつしもづき初霜月　冬一八
＊はつしゃしん初写真　新五四
はつしょうらい初松籟　新三
＊はつすずめ初雀　新九八
＊はつすずり初硯　新三六
＊はつずり初刷　新五四

はつぜみ初蟬　夏一七八
はつせり初糶　新三九
はつそうば初相場　新三九
はつそが初曾我　新六七
＊はつぞら初空　新二一
＊ばった螇蚸　秋一四五
ばった飛蝗　秋一四五
＊はったい麨　夏七八
はったいこ麨粉　夏七八
はつたいこ初太鼓　新九三
＊はつだいし初大師　新九五
はつたうち初田打　新五八
はつたけ初茸　秋三三
はつたちあい初立会　新三九
＊はつたび初旅　新三八
＊はつだより初便　新五五
ばったんこばつたんこ　秋七三
はつちゃのゆ初茶湯　新五七
はつちょう初蝶　春一四七
＊はつちょうず初手水　新五三
はつづき初月　秋三七
＊はつつくば初筑波　新二五
＊はつつづみ初鼓　新六七

はつつばめ 初燕 春一二九
はつてまえ 初点前 新三七
はつでんしゃ 初電車 新三八
*はつてんじん 初天神 新九二
*はつでんわ 初電話 新五四
はつとうみょう 初灯明 新九三
はつとおか 初十日 新九一
はつどきょう 初読経 新九三
はつともし 初灯 新九三
*はつとら 初寅 新九三
*はつどり 初鶏 新九七
はつなき 初泣 新五五
*はつなぎ 初凪 新三三
はつなずな 初薺 新一〇三
はつなすび 初茄子 夏二四〇
はつなつ 初夏 夏二一
*はつに 初荷 新三九
はつにうま 初荷馬 新三九
はつにじ 初虹 春四四
*はつにっき 初日記 新五六
はつにぶね 初荷舟 新三九
はつね 初音 春一二七
*はつねうり 初音売 新六八

はつねざめ 初寝覚 新六八
はつねのひ 初子の日 新七四
はつねぶえ 初音笛 新六八
はつのう 初能 新六六
はつのぼり 初幟 夏一二三
はつのり 初乗 新三八
はつのり 初騎 新七三
*はつばしょ 初場所 新七〇
はつはた 初機 新五八
*はつばと 初鳩 新九八
はつはな 初花 春一五三
はつばり 初針 新三七
*はつはる 初春 新二
はつはるきょうげん 初春狂言 新六七
*はつばれ 初晴 新三
*はつひ 初日 新二一
*はつひえい 初比叡 新二六
はつひかげ 初日影 新二一
はつびき 初弾 新六六
はつひこう 初飛行 新二八
はつひので 初日の出 新二一
はつひばり 初雲雀 春一二八

はつふぎん 初諷経 新九三
*はつふじ 初富士 新二五
*はつふどう 初不動 新九六
はつぶな 初鮒 春一四二
*はつふゆ 初冬 冬一八
はつぶろ 初風呂 新五四
*はつべんてん 初弁天 新九四
はつほ 初穂 秋一九六
はつぼうき 初箒 新五三
はつほたる 初蛍 夏一七三
はつまいり 初参 新八五
はつみ 初巳 新九四
はつみくじ 初神籤 新八五
*はつみさ 初弥撒 新九六
はつみそら 初御空 新二一
はつみどり 初緑 春一七〇
はつむかし 初昔 新三
*はつもうで 初詣 新八五
*はつもみじ 初紅葉 秋一六三
はつもろこ 初諸子 春一三九
*はつやくし 初薬師 新九四
はつやしろ 初社 新八五
はつやま 初山 新五八

はつやまいり初山入　新五八
＊はつゆ初湯　新五四
はつゆい初結　新五六
はつゆかた初浴衣　夏六四
＊はつゆき初雪　冬四六
はつゆどの初湯殿　新五四
はつゆみ初弓　新七三
＊はつゆめ初夢　新六八
はつらい初雷　春四五
＊はつりょう初漁　新五九
はつわらい初笑　新五五
はつわらび初蕨　春二〇五
はとうがらし葉唐辛子　夏二四三
＊はとふき鳩吹　秋八六
はとふく鳩吹く　秋八六
＊はな花　春一五五
はなあおい花葵　夏二三五
はなあかしあ花アカシア　夏二一五
はなあかり花明り　春一五五
はなあけび花通草　春一七九
はなあざみ花薊　春二〇四
はなあしび花馬酔木　春一六三
はなあぶ花虻　春一四八

はなあやめ花あやめ　夏二二一
はなあろえ花アロエ　冬二三三
はなあんず花杏　春一六八
＊はないか花烏賊　春一四三
＊はないかだ花筏　春一七八
はないかだ花筏　春一五七
はないちご花苺　春一九〇
はないばら花茨　夏二二一
はなうぐい花うぐひ　春一四〇
はなうつぎ花うつぎ　夏二二一
はなうばら花うばら　夏二二一
はなえしき花会式　春二〇九
はなえんじゅ花槐　夏二一三
はなおうち花樗　夏二一六
はなおしろい花白粉　秋一八三
はなおぼろ花朧　春一五五
はながい花貝　春一四三
はなかいどう花海棠　春一六一
はなかえで花楓　春一七五
＊はなかがり花篝　春八五
はなかげ花影　春一五五
はなかぜ鼻風邪　冬二三〇
はなかつみ花かつみ　夏二五二

はなかぼちゃ花南瓜　夏二三五
はながるた花がるた　新五九
はなかんな花カンナ　秋一七九
はなかんば花かんば　春一七五
はなきぶし花木五倍子　春一七五
はなぎぼし花擬宝珠　夏二五二
はなぎり花桐　夏二二三
はなくず花屑　春一五七
はなぐせんぽう花供懺法　春一〇九
＊はなぐもり花曇　春四七
はなくよう花供養　春一一〇
はなぐり花栗　夏二一九
はなくるみ花胡桃　夏二二三
はなくわい花慈姑　夏二五三
＊はなごおり花氷　夏八八
＊はなござ花茣蓙　夏八三
はなこそで花小袖　新四七
＊はなごろも花衣　春五九
はなざかり花盛り　春一五五
はなざくろ花石榴　夏二〇〇
はなささげ花豇豆　秋二〇〇
はなしきみ花樒　春一七八
はなしずめ花鎮め　春一〇一

*はなしずめまつり鎮花祭　春二〇一
はなじそ花紫蘇　夏二四三
はなしょうがつ花正月　新一九
*はなしょうぶ花菖蒲　夏二三三
*はなずおう紫荊　春一九五
はなずおう花蘇枋　春一九五
はなすぎ花過ぎ　春三〇
はなすすき花芒　秋三〇七
はなすみれ花菫　春一九九
はなすもも花李　春一六七
はなぞの花園　秋二五六
はなそば花蕎麦　秋三〇〇
はなだいこ花大根　春一八九
はなだいこん花大根　春一八九
*はなたちばな花橘　夏一九八
はなたね花種　春七一
*はなだねまく花種蒔く　春七三
はなたばこ花煙草　秋三〇三
はなだより花便り　春一五五
はなちる花散る　春一五七
*はなづかれ花疲れ　春八六
はなづきよ花月夜　春一五五
はなづけ花漬　春六〇
はなつばき花椿　春一五三
はなとうろう花灯籠　秋七一
*はなどき花時　春三〇
はなとべら花海桐　夏二〇九
はなな花菜　春一八八
*ばななバナナ　夏二〇四
はななあめ花菜雨　春一八八
はななかぜ花菜風　春一八八
はななずな花薺　春二〇〇
*はななづけ花菜漬　春六〇
はななんてん花南天　夏一九七
*はなにら花韮　春一八七
はなぬすびと花盗人　春一五五
はなねむ花合歓　夏二一八
はなねんぶつ花念仏　春一〇六
*はなの花野　秋二五六
はなのあめ花の雨　春一五五
*はなのうち花の内　新二〇
はなのえ花の兄　春一五一
はなのえん花の宴　春八五
はなのくも花の雲　春一五五
はなのころ花のころ　春三〇
はなのちり花の塵　春一五七
はなのとう花の塔　春二〇八
はなのぬし花の主　春八五
はなのはる花の春　新二
はなのひる花の昼　春一五五
はなのやど花の宿　春一五五
はなのやま花の山　春一五五
はなばしょう花芭蕉　夏二三四
*はなばたけ花畑　秋二五六
はなばたけ花畠　秋二五六
はなははに花は葉に　夏一九〇
*はなび花火　夏二一一
はなひいらぎ花柊　冬三〇八
*はなびえ花冷　春三〇
はなびし花火師　夏二一一
はなびと花人　春八五
はなびぶね花火舟　夏二一一
*はなびらもち花弁餅　新四九
はなびらもち葩餅　新四九
はなひるはなひる　冬三一三
はなびわ花枇杷　冬三一九
はなふぶき花吹雪　春一五七
はなふよう花芙蓉　秋一五三
はなぼけ花木瓜　春一六九

はなぼんぼり花雪洞　春八五
はなまつり花祭　春一〇八
ぱなまぼうパナマ帽　夏六七
*はなみ花見　春八五
はなみかん花蜜柑　夏一九九
はなみきゃく花見客　春八五
はなみこそで花見小袖　春五九
はなみごろも花見衣　春五九
はなみざけ花見酒　春八五
はなみず鼻水　冬一三一
*はなみずき花水木　春一六〇
はなみだい花見鯛　春一三六
はなみどう花御堂　春一〇八
はなみびと花見人　春八五
はなみぶね花見舟　春八五
はなみもざ花ミモザ　春一六一
*はなみょうが花茗荷　夏二六一
はなむくげ花木槿　秋一五一
はなむしろ花筵　春八五
はなも花藻　夏二六四
*はなもり花守　春八五
はなやさい花椰菜　冬二一三
はなやつで花八手　冬一九五
はなゆ花柚　夏一九九
はなゆず花柚子　夏一九九
はなゆすら花ゆすら　春一六三
はなりんご花林檎　春一六九
*はぬけどり羽抜鳥　夏一四八
はぬけどり羽抜鶏　夏一四八
はね羽子　新六三
はねぎ葉葱　冬二一三
はねずみ跳炭　冬二〇四
*はねつき羽子つき　新六三
はねと跳人　秋九九
*ははきぎ帚木　夏二四五
ははきぎ箒木　夏二四五
ははきぐさ箒草　夏二四五
ははこははこ　春二〇九
*ははこぐさ母子草　春二〇九
ははこもち母子餅　春六四
*ははのひ母の日　夏二一二
ばばはじめ馬場始　新七三
*はぼたん葉牡丹　冬二〇九
*はまえんどう浜豌豆　夏二六一
はまおもと浜万年青　夏二五五
*はまぐり蛤　春一四三
はまちどり浜千鳥　冬一七六
はまつゆ蛤つゆ　春一四三
はまなし浜梨　夏二一九
はまなしのみはまなしの実　秋一七六
*はまなす玫瑰　夏二一九
はまなす浜茄子　夏二一九
*はまなすのみ玫瑰の実　秋一七六
はまなすのみ浜茄子の実　秋一七六
はまなべ蛤鍋　春一四三
はまにがなはまにがな　春一九四
はまひがさ浜日傘　夏一一〇
はまひるがお浜昼顔　夏二五〇
はまぼうふう浜防風　春一九四
*はまや破魔矢　新八七
はまゆう浜木綿　夏二五五
*はまゆうのはな浜木綿の花　夏二五五
はまゆみ破魔弓　新八七
*はも鱧　夏一六七
はものかわ鱧の皮　夏一六七
はやはや　春一四〇
はやずし早鮓　夏七〇
*はやなぎ葉柳　夏二〇九
はやぶさ隼　冬一六九

はやりかぜ流行風邪　冬二三〇
*ばら薔薇　夏一九一
ばらえん薔薇園　夏一九一
ばらがき薔薇垣　夏一九一
ぱらそるパラソル　夏九一
*ばらのめ薔薇の芽　春一五八
はらみうま孕馬　春一三一
はらみじか孕鹿　春一三一
*はらみすずめ孕雀　春一三三
はらみどり孕鳥　春一三三
はらみねこ孕猫　春一三二
はらみばし孕み箸　新五〇
はららごはららご　秋一三五
ぱりーさいパリー祭　夏一二六
はりえんじゅのはな針槐の花　夏二二五
はりお針魚　春一二七
はりおさむ針納む　春九二
はりおさむ針納む　冬二三八
はりおさめ針納　春九二
はりおさめ針納　冬二三八
*はりくよう針供養　春九二
*はりくよう針供養　冬二三八
*ぱりさい巴里祭　夏一二六
ぱりさいパリ祭　夏一二六
はりのはな榛の花　春一七四
はりまつり針祭　春九二
はりまつり針祭　冬二三八
はりまつる針祭る　春九二
はりまつる針祭る　冬二三八
はりゅうせん爬竜船　夏一二五
ばりん馬藺　春一八〇
*はる春　春一八
はる春　新一一
*はるあさし春浅し　春二〇
はるあそび春遊　春八三
*はるあつし春暑し　春三一
はるあらし春嵐　春四〇
はるあられ春霰　春四四
はるあれ春荒　春四〇
*はるあわせ春袷　春六〇
*はるいちばん春一番　春三九
はるいりひ春入日　春三五
はるうれい春愁　春八九
*はるおしむ春惜しむ　春三三
*はるおちば春落葉　春一八〇
はるか春蚊　春一四九
はるがさね春襲　新四七
はるがすみ春霞　春四五
*はるかぜ春風　春三八
はるかわ春川　春五一
*はるぎ春着　新四七
はるぎ春著　新四七
はるきざす春きざす　春二〇
はるきた春北風　春四〇
はるきたる春来る　春一九
はるく春来　春一九
はるくる春暮る　春三三
はるご春蚕　春一四九
はるご春子　春二二三
はるこーと春コート　春五九
はるごおり春氷　春五五
はるこがねばな春黄金花　春一五八
はるこそで春小袖　新四七
*はるごたつ春炬燵　春六六
ばるこにーバルコニー　夏八一
*はるこま春駒　新四六
*はるごま春駒　春一一三
はるこまい春駒舞　新四六

はるこままんざい春駒万歳　新四六
ばるこんバルコン　夏八一
＊はるさむ春寒　春二一
はるさむし春寒し　春二一
＊はるさめ春雨　春四一
はるさんばん春三番　春三九
＊はるしいたけ春椎茸　春一二三
＊はるしぐれ春時雨　春四三
はるじたく春支度　冬六三
はるしばい春芝居　新六七
はるしゃぎく波斯菊　夏一二七
はるしゅうう春驟雨　春四三
はるしゅとう春手套　春五九
＊はるしょーる春ショール　春六〇
はるせーたー春セーター　春五九
＊はるぜみ春蟬　春一五〇
はるぞら春空　春三五
＊はるた春田　春五三
＊はるだいこん春大根　春一九三
はるたうち春田打　春七〇
はるたく春闌く　春三一
はるたつ春立つ　春一九
はるだんろ春暖炉　春六五

＊はるちかし春近し　冬三四
はるづきよ春月夜　春三六
はるつく春尽く　春三三
はるつげうお春告魚　春一三六
はるつげぐさ春告草　春一五一
はるつげどり春告鳥　春一二七
はるとおからじ春遠からじ　冬三四
はるどとう春怒濤　春五一
はるどなり春隣　冬三四
はるともし春ともし　春六五
はるなかば春なかば　春二一
はるならい春北風　春四〇
はるにばん春二番　春三九
はるねむし春眠し　春八九
はるの春野　春四九
はるのあかつき春の暁　春二六
はるのあけぼの春の曙　春二六
はるのあさ春の朝　春二六
はるのあめ春の雨　春四一
＊はるのあられ春の霰　春四四
はるのいそ春の磯　春五一
はるのいろ春の色　春三五
はるのうま春の馬　春一二一

＊はるのうみ春の海　春五一
はるのえ春の江　春五一
＊はるのか春の蚊　春一四九
＊はるのかぜ春の風邪　春八八
はるのかぜ春の風　春三八
＊はるのかも春の鴨　春一二一
＊はるのかり春の雁　春一三〇
＊はるのかわ春の川　春五一
はるのきゅう春の灸　春九二
＊はるのくさ春の草　春一九五
＊はるのくも春の雲　春三五
＊はるのくれ春の暮　春二七
はるのこおり春の氷　春五五
はるのこま春の駒　春一二一
はるのしお春の潮　春五一
＊はるのしか春の鹿　春一二一
はるのしば春の芝　春一九八
＊はるのしも春の霜　春四四
はるのしょく春の燭　春六五
＊はるのそら春の空　春三五
＊はるのたけのこ春の筍　春一八〇
はるのちり春の塵　春四一
＊はるのつき春の月　春三六

はるのつち春の土　春五三
*はるのとり春の鳥　春一二六
はるのどろ春の泥　春五三
*はるのなぎさ春の渚　春五一
*はるのななくさ春の七草　新一〇三
*はるのなみ春の波　春五一
*はるのにじ春の虹　春四四
はるのねこ春の猫　春一三三
*はるのの春の野　春四九
*はるのはえ春の蝿　春一四九
はるのはて春の果　春三三
はるのはま春の浜　春五一
*はるのひ春の日（時候）　春二六
*はるのひ春の日（天文）　春三五
はるのひ春の灯　春六五
はるのひかり春の光　春三五
はるのひる春の昼　春二七
はるのふき春の蕗　春二〇九
*はるのふく春の服　春五九
はるのふな春の鮒　春一四一
*はるのほし春の星　春三七
はるのみさき春の岬　春五一
*はるのみず春の水　春五〇
*はるのみぞれ春の霙　春四四
*はるのやま春の山　春四九
*はるのやみ春の闇　春三七
はるのゆぅ春の夕　春二七
はるのゆぅやけ春の夕焼　春四八
*はるのゆき春の雪　春四三
*はるのゆめ春の夢　春八九
*はるのよ春の夜　春二八
*はるのよい春の宵　春二七
はるのらい春の雷　春四五
*はるのろ春の炉　春六五
*はるはやて春疾風　春四〇
はるはやて春飆　春四〇
はるひ春日（時候）　春二六
はるひ春日（天文）　春三五
はるひおけ春火桶　春六六
はるひかげ春日影　春三五
*はるひがさ春日傘　春六〇
*はるひばち春火鉢　春六六
*はるふかし春深し　春三一
はるふく春更く　春三一
はるぶな春鮒　春一四一
はるぶなつり春鮒釣　春一四一
はるぼこり春埃　春四一
*はるまつ春待つ　冬三四
*はるまつり春祭　春一〇〇
はるまんげつ春満月　春三六
はるみかづき春三日月　春三六
はるみぞれ春霙　春四四
*はるめく春めく　春三三
*はるやすみ春休　春五八
はるやま春山　春四九
はるゆぅべ春夕べ　春二七
*はるゆぅやけ春夕焼　春四八
はるゆく春行く　春三三
はるゆやけ春夕焼　春四八
*はるりんどぅ春竜胆　春一三三
はるろ春炉　春六五
ばれいしょばれいしよ　秋一九一
ばれいしょ馬鈴薯　秋一九一
*ばれいしょぅう馬鈴薯植う　春七五
ばれいしょのはな馬鈴薯の花　夏三三六
ばれんたいんでーバレンタインデー　春一一

＊ばれんたいんのひバレンタインの日　春一二
＊ばん鷭　夏一一五
＊ばんか晩夏　夏二八
ばんかこう晩夏光　夏二八
＊はんかちハンカチ　夏六八
はんかちーふハンカチーフ　夏六八
＊はんかちのきのはなハンカチの木の花　夏三二四
ばんがろーバンガロー　夏一〇八
ばんぐせつ万愚節　春九八
はんげ半夏　夏二七
はんげあめ半夏雨　夏二七
＊はんげしょう半夏生（時候）　夏二七
＊はんげしょう半夏生（植物）　夏三六一
はんけちハンケチ　夏六八
はんざきはんざき　夏一四六
ぱんじーパンジー　春一九
＊ばんしゅう晩秋　秋三三
＊ばんしゅん晩春　春三五
はんずぼん半ズボン　夏六二
はんせんぎ半仙戯　春八八
ばんそう晩霜　春四四
ばんどり晩鳥　冬一六八
はんのきのはな赤楊の花　春一七四
＊はんのはな榛の花　春一七四
＊はんみょう斑猫　夏一五六
＊はんもっくハンモック　夏八五
ばんりょう晩涼　夏三五
＊ばんりょく万緑　夏二〇六

ひ

＊ひあしのぶ日脚伸ぶ　冬二三
ひーたーヒーター　冬一〇三
びーちぱらそるビーチパラソル　夏一一〇
びーちぼーるビーチボール　夏一〇九
ひいなひひな　春九三
＊ひいらぎさす柊挿す　冬二四〇
＊ひいらぎのはな柊の花　冬二〇八
＊びーる麦酒　夏七三
びーるビール　夏七三
＊ひえ稗　秋一九八
ひえん飛燕　春一二九
＊ひおうぎ射干　夏二五八
ひおうぎ檜扇　夏二五八
ひおおい日覆　夏八四
ぴおーねピオーネ　秋一五六
ひおけ火桶　冬二〇七
ひか飛花　春一五七
ひが火蛾　夏一七三
＊ひがさ日傘　夏九一
ひがた干潟　春五三
ひかぶら緋蕪　冬二二五
ひがみなり日雷　夏四八
ひがら日雀　夏一六〇
＊ひからかさひからかさ　夏九一
ひかん避寒　冬二二四
＊ひがん彼岸　春二四
＊ひがんえ彼岸会　春一〇六
＊ひかんざくら緋寒桜　冬一九二
ひがんざくら彼岸桜　春一五三
＊ひがんじお彼岸潮　春五一
ひがんすぎ彼岸過　春二四
ひがんだんご彼岸団子　春一〇六
ひかんち避寒地　冬二二四
ひがんでら彼岸寺　春一〇六
ひがんにし彼岸西風　春二九

ひがんばな彼岸花　秋二一四
ひがんまいり彼岸参　春一〇六
ひがんもうで彼岸詣　春一〇六
ひがんもち彼岸餅　春一〇六
ひかんやど避寒宿　冬二一四
ひき蟾　夏一四五
ひきいたひきいた　秋七四
*ひきがえる蟇　夏一四五
ひきがえる蟾蜍　夏一四五
*ひきがも引鴨　春一三一
*ひきぞめ弾初　新六六
*ひきづる引鶴　春一三〇
ひきどり引鳥　春一三三
ひぐま羆　冬一六六
*ひぐらし蜩　秋一二八
ひぐらし日暮　秋一二八
ひぐらし茅蜩　秋一二八
ひぐるま日車　夏二一四
ひけしつぼ火消壺　冬一〇四
*ひごい緋鯉　夏一六〇
*ひこいし火恋し　秋七三
*ひこばえ蘖　春一七〇
ひこばゆひこばゆ　春一七〇
ひこぼし彦星　秋九七
*ひざかり日盛　夏五〇
ひさごひさご　秋一八九
*ひさじょき久女忌　冬一六三
ひさめ氷雨　夏四八
*ひじき鹿尾菜　春二二五
ひじき鹿角菜　春二二五
ひじきがまひじき釜　春二二五
ひじきがりひじき刈　春二二五
ひじきほすひじき干す　春二二五
ひしとる菱採る　秋二二一
*ひしのはな菱の花　夏二五三
*ひしのみ菱の実　秋二二一
ひしはなびらもち菱葩餅　新四九
ひしもち菱餅　春九三
ひしもみじ菱紅葉　秋二二三
*ひしょ避暑　夏一〇六
ひしょち避暑地　夏一〇六
ひしょのやど避暑の宿　夏一〇六
ひすい翡翠　夏一一四
ひすずし灯涼し　夏八〇
*ひせつ飛雪　冬四六
ひた引板　秋七四
*ひたき鶲　秋一二七
ひたきどり火焚鳥　秋一二七
*ひだら干鱈　春六三
ひだりだいもんじ左大文字　秋一二〇
*ひつじ穭　秋一九八
ひつじぐさ未草　夏一二八
ひつじせんもう羊剪毛　春七九
*ひつじだ穭田　秋五七
*ひつじのけかる羊の毛刈る　春七九
ひつじのほ穭の穂　秋一九八
*ひでのき秀野忌　秋一一九
*ひでり旱　夏五二
ひでりがわ旱川　夏五二
ひでりぐさ旱草　夏五二
ひでりぐさ日照草　夏二三一
ひでりぐも旱雲　夏五二
ひでりぞら旱空　夏五二
ひでりだ旱田　夏五二
ひでりづゆ旱梅雨　夏四二
ひでりばた旱畑　夏五二
ひでりぼし旱星　夏三八
*ひとえ単衣　夏六三
ひとえおび単帯　夏六六

ひとえたび単足袋　夏六七
ひとえもの単物　夏六三
＊ひとつば一つ葉　夏二六〇
＊ひとつばたごのはなひとつばたごの花　夏二二五
ひとのひ人の日　新一七
ひとは一葉　秋一六七
ひとはおつ一葉落つ　秋一六七
ひとまるき人丸忌　春一一六
ひとまるまつり人丸祭　春一一六
ひとまろき人麿忌　春一一六
＊ひとまろき人麻呂忌　春一一六
ひともじ一文字　冬二三三
ひとよざけ一夜酒　夏七四
＊ひとりしずか一人静　春二〇八
＊ひとりむし火取虫　夏一七二
ひとりむし灯取虫　夏一七二
ひな雛　春九三
ひなあそび雛遊び　春九三
ひなあられ雛あられ　春九三
＊ひないち雛市　春九三
ひなうりば雛売場　春九三
ひなおくり雛送り　春九四
＊ひなおさめ雛納め　春九五
＊ひなが日永　春二九
ひなかざり雛飾　春九三
ひなかざる雛飾る　春九三
ひながし雛菓子　春九三
＊ひなぎく雛菊　春一八一
ひなくさ雛草　春二一一
＊ひなげし雛罌粟　夏三一六
＊ひなたぼこ日向ぼこ　冬二三五
ひなたぼこり日向ぼこり　冬二三五
ひなたぼっこ日向ぼつこ　冬二三五
＊ひなたみず日向水　夏九三
ひなだん雛段　春九三
ひなどうぐ雛道具　春九三
＊ひなながし雛流し　春九四
ひなにんぎょう雛人形　春九三
ひなのいえ雛の家　春九三
ひなのいち雛の市　春九三
ひなのえん雛の宴　春九三
ひなのきゃく雛の客　春九三
ひなのしょく雛の燭　春九三
ひなのちょうど雛の調度　春九三
ひなのひ雛の日　春九三
ひなのひ雛の灯　春九三
ひなのま雛の間　春九三
＊ひなまつり雛祭　春九三
ひなみせ雛店　春九三
ひなみせ雛見世　春九三
ひなわうり火縄売　新八七
＊びなんかずら美男葛　秋三一七
びにーるはうすビニールハウス　冬二一七
ひのさかり日の盛　夏二五〇
＊ひのばん火の番　冬二一一
ひば干葉　冬二一七
ひばく飛瀑　夏五九
＊ひばち火鉢　冬二〇七
＊ひばり雲雀　春一二八
ひばりかご雲雀籠　春一二八
ひばりごち雲雀東風　春三八
ひばりの雲雀野　春一二八
ひばりぶえ雲雀笛　春一二八
＊ひび胼　冬二三三
ひびぐすり胼薬　冬二三三
ひふ被布　冬七六
ひぶせまつり火伏祭　秋一〇三

ひぶり**火振**　夏一〇四
ひぼけ**緋木瓜**　春一六九
ひぼたん**緋牡丹**　夏一九一
ひまつり**火祭**　秋一〇三
ひまつり**火祭**　秋一〇五
＊ひまわり**向日葵**　夏二三四
ひみじか**日短**　冬三八
ひむし**灯虫**　夏一七三
ひめあさり**姫浅蜊**　春一四三
ひめぅつぎ**姫うつぎ**　夏二一一
ひめくるみ**姫胡桃**　秋一五九
ひめこぶし**姫辛夷**　春一五九
ひめこまつ**姫小松**　新一〇三
ひめしゃら**姫沙羅**　夏二一八
＊ひめじょおん**姫女苑**　夏二五九
ひめだか**緋目高**　夏一六三
ひめます**姫鱒**　春一三九
ひめゆり**姫百合**　夏二三九
ひもかがみ**氷面鏡**　冬五八
ひもも**緋桃**　春一六七
びやがーでん**ビヤガーデン**　夏七三
ひゃくじっこぅ**百日紅**　夏一九四
ひゃくじつはく**百日白**　夏一九四
＊ひゃくにちそぅ**百日草**　夏二二一
＊びゃくや**白夜**　夏二七
びゃくれん**白蓮**　夏二三九
＊ひやけ**日焼**　夏二一八
ひやけどめ**日焼止め**　夏二一八
＊ひやざけ**冷酒**　夏七四
＊ひやしぅり**冷し瓜**　夏七三
ひやしざけ**冷し酒**　夏七四
＊ひやしちゅぅか**冷し中華**　夏七一
＊ひやしんす**ヒヤシンス**　春一八五
＊ひやそうめん**冷索麺**　夏七一
ひやそうめん**冷素麺**　夏七一
びやほーる**ビヤホール**　夏七三
＊ひやむぎ**冷麦**　夏七一
＊ひややか**冷やか**　秋二七
＊ひややっこ**冷奴**　夏七一
ひゆ**冷ゆ**　秋二七
ひゅうがみずき**日向水木**　春一六一
ひよ**鵯**　秋一二六
＊ひょう**雹**　夏四八
＊ひょうか**氷菓**　夏七六
ひょうかい**氷海**　冬五八
ひょうこ**氷湖**　冬五八
ひょうこぅ**氷江**　冬五八
ひょうたん**瓢簞**　秋一八九
ひょうちゅぅ**氷柱**　夏八八
ひょうちゅうか**氷中花**　夏八八
ひょうばく**氷瀑**　冬六〇
＊びょうぶ**屏風**　冬一〇三
びょうぶまつり**屏風祭**　夏一三三
＊ひよけ**日除**　夏八四
＊ひよどり**鵯**　秋一二六
ひょんのふえ**ひょんの笛**　秋一七三
＊ひょんのみ**瓢の実**　秋一七三
ひらおよぎ**平泳ぎ**　夏一〇九
＊ぴらかんさ**ピラカンサ**　秋一七五
ぴらかんさす**ピラカンサス**　秋一七五
ひらのはっこぅ**比良の八荒**　春三九
＊ひらはっこぅ**比良八荒**　春三九
＊ひらめ**鮃**　冬一八四
＊ひる**蛭**　夏一八八
ひる**ひる**　春一九三
＊ひるがお**昼顔**　夏二五〇
ひるかじ**昼火事**　冬一二三
ひるかわず**昼蛙**　春一三五
＊ひるね**昼寝**　夏一一八

ひるねざめ昼寝覚　夏二一八
ひるのむし昼の虫　秋一四〇
*ひるむしろ蛭蓆　夏二六四
ひろしまき広島忌　夏二三六
*ひれざけ鰭酒　冬八一
*ひわ鶸　秋一三七
*びわ枇杷　夏二〇三
*びわのはな枇杷の花　冬一九九
びわのみ枇杷の実　夏二〇三
びんざさらおどりびんざさら踊　夏二三〇
びんちょうたん備長炭　冬二〇四
びんぼうかずら貧乏かづら　秋二一一

ふ

*ふいごまつり鞴祭　冬二四五
ふうきそう富貴草　夏一九一
ふうしんし風信子　春一八五
*ふうせいき風生忌　春二一八
*ふうせん風船　春八七
ふうせんうり風船売　春八七
*ふうせんかずら風船葛　秋一八七
*ぶーつブーツ　冬七九
*ふうらん風蘭　夏二五〇
*ふうりん風鈴　夏九〇
ふうりんうり風鈴売　夏九〇
ふうりんそう風鈴草　夏二六〇
*ぷーるプール　夏一〇九
ぷーるさいどプールサイド　夏一〇九
ふか鱶　冬一七九
ふかしも深霜　冬四五
*ふき蕗　夏二三八
ふきい噴井　夏五七
ふきかえ葺替　春六八
*ふきぞめ吹初　新六五
ふきぞめ鞴初　新六五
ふきながし吹流し　夏一三
*ふきのとう蕗の薹　春二〇九
ふきのは蕗の葉　夏二三八
ふきのはな蕗の花　春二〇九
ふきのめ蕗の芽　春二〇九
ふきはじめ吹始　新六五
ふきばたけ蕗畑　夏二三八
*ふきみそ蕗味噌　春六〇
ふくふく　冬一八四
*ふぐ河豚　冬一八四
ぶぐかざる武具飾る　夏一三
ふくざさ福笹　新九〇
ふくさわらふくさ藁　新三三
*ふくじゅそう福寿草　新一〇一
*ふぐじる河豚汁　冬八六
ふくじんまいり福神詣　新八八
ふくじんめぐり福神巡り　新八八
*ふくだるま福達磨　新四二
ふくちゃ福茶　新四九
ふぐちりふぐちり　冬八六
ふぐとふぐと　冬一八四
ふぐとじるふぐと汁　冬八六
ふくとら福寅　新九三
ふくなべ福鍋　新四九
ふぐなべふぐ鍋　冬八六
ふぐのやど河豚の宿　冬八六
ふくはうち福は内　冬二三九
*ふくびき福引　新六五
*ふくべ瓢　秋一八九
ふくまいり福参　春九一
ふくまいり福詣　新八八
ふくみず福水　新二七
ふくらすずめふくら雀　冬一七三

ふぐりおとし**ふぐりおとし**　冬二四一
ふくろ**ふくろ**　冬二七三
*ふくろう**梟**　冬二七三
*ふくろかけ**袋掛**　夏二〇〇
*ふくろづの**袋角**　夏二四三
*ふくわかし**福沸**　新四九
*ふくわら**福藁**　新三三
*ふくわらい**福笑**　新六一
ふくわらしく**福藁敷く**　新三三
*ふけい**噴井**　夏二七七
ふけまち**更待**　秋四二
*ふけまちづき**更待月**　秋四二
ふさく**不作**　秋七八
*ふじ**藤**　春一六五
*ふじおき**不死男忌**　夏二四二
ふじぎょうじゃ**富士行者**　夏二三一
ふじこう**富士講**　夏二三一
ふじぜんじょう**富士禅定**　夏二三一
ふじだな**藤棚**　春一六六
*ふしづけ**柴漬**　冬二三〇
ふじどうじゃ**富士道者**　夏二三一
ふじなみ**藤浪**　春一六五
ふじのはな**藤の花**　春一六五
ふじのひる**藤の昼**　春一六六
*ふじのみ**藤の実**　秋一五四
*ふじばかま**藤袴**　秋二三三
ふじふさ**藤房**　春一六五
ふしまち**臥待**　秋四二
ふしまちづき**臥待月**　秋四二
ふじまめ**藤豆**　秋三〇〇
*ふじもうで**富士詣**　夏二三一
*ふすま**衾**　冬七一
*ふすま**襖**　冬二〇三
*ぶそんき**蕪村忌**　冬二五九
ふたえにじ**二重虹**　夏四七
*ふだおさめ**札納**　冬二四八
*ふたば**双葉**　春一九八
ふたば**二葉**　春一九八
ふたもじ**ふたもじ**　春一九三
*ふたりしずか**二人静**　春二〇九
*ふつか**二日**　新一六
*ふつかきゅう**二日灸**　春九二
ふつかづき**二日月**　秋三七
*ふっかつさい**復活祭**　春一二三
ふつかやいと**二日灸**　春九二
ふづき**文月**　秋一八
ぶっき**仏忌**　春一〇三
*ぶっしょうえ**仏生会**　春一〇八
*ぶっそうげ**仏桑花**　夏一九八
*ぶっぽうそう**仏法僧**　夏一五一
ふでのはな**筆の花**　春二〇一
ふではじめ**筆始**　新三六
ふでりんどう**筆竜胆**　春二一三
ぶと**蟆子**　夏一八二
*ふとい**太藺**　夏二四六
*ぶどう**葡萄**　秋一五六
ぶどうえん**葡萄園**　秋一五六
ぶどうがり**葡萄狩**　秋一五六
ぶどうかる**葡萄枯る**　冬二〇四
ぶどうだな**葡萄棚**　秋一五六
*ふところで**懐手**　冬二三四
*ふとばし**太箸**　新五〇
*ふとん**蒲団**　冬七三
ふとん**布団**　冬七三
ふとんほす**蒲団干す**　冬七三
*ふなあそび**船遊**　夏一〇七
ふないけす**船生洲**　夏一〇七
ふながたのひ**船形の火**　秋一一〇
ふなずし**鮒鮓**　夏七〇

ふなせがき　船施餓鬼　秋一〇九
ふなとぎょ　船渡御　夏一三四
＊ふなむし　舟虫　夏一七〇
ふなむし　船虫　夏一七〇
ふなゆさん　船遊山　夏一〇七
＊ふなりょうり　船料理　夏一〇七
＊ふのり　海蘿　夏二六六
ふのり　布海苔　夏二六六
ふのりほす　海蘿干す　夏二六六
＊ふぶき　吹雪　冬四八
ふぶく　吹雪く　冬四八
ふみえ　踏絵　春九一
＊ふみづき　文月　秋一八
＊ふゆ　冬　冬一七
ぶゆ　ぶゆ　夏一八二
ふゆあおぞら　冬青空　冬三七
ふゆあかつき　冬暁　冬二八
ふゆあかね　冬茜　冬五〇
ふゆあけぼの　冬曙　冬二八
＊ふゆあさし　冬浅し　冬一九
＊ふゆあたたか　冬暖か　冬二一
＊ふゆあんご　冬安居　冬一五三
＊ふゆいちご　冬苺　冬二〇七
ふゆうがき　富有柿　秋一五五
ふゆうらら　冬うらら　冬二一
＊ふゆおわる　冬終る　冬二三四
ふゆがこい　冬囲　冬九六
ふゆがこいとる　冬囲とる　春六七
＊ふゆがすみ　冬霞　冬五〇
＊ふゆがまえ　冬構　冬九六
ふゆがまえとく　冬構解く　春六七
＊ふゆかもめ　冬鷗　冬一七八
ふゆがらす　冬鴉　冬一七三
＊ふゆがれ　冬枯　冬二〇六
ふゆかわ　冬川　冬五六
＊ふゆき　冬木　冬二〇三
ふゆぎ　冬着　冬七一
ふゆきかげ　冬木影　冬二〇三
ふゆぎく　冬菊　冬二〇八
ふゆきたる　冬来る　冬一九
ふゆきのめ　冬木の芽　冬二〇七
ふゆきみち　冬木道　冬二〇三
ふゆぎり　冬霧　冬五〇
ふゆぎんが　冬銀河　冬三八
ふゆく　冬来　冬一九
＊ふゆくさ　冬草　冬二一七
ふゆぐも　冬雲　冬三七
＊ふゆげしき　冬景色　冬五四
ふゆこだち　冬木立　冬二〇三
＊ふゆごもり　冬籠　冬九六
ふゆざくら　冬桜　冬一九二
＊ふゆざしき　冬座敷　冬一〇一
ふゆさる　冬去る　冬二三四
ふゆざるる　冬ざるる　冬一九
＊ふゆざれ　冬ざれ　冬一九
ふゆじお　冬潮　冬五七
＊ふゆじたく　冬支度　秋七三
ふゆしゃつ　冬シャツ　冬七一
ふゆしょうぐん　冬将軍　冬一七
ふゆすすき　冬芒　冬二一九
ふゆすずめ　冬雀　冬一七三
＊ふゆすみれ　冬菫　冬二三一
＊ふゆそうび　冬薔薇　冬一九三
ふゆぞら　冬空　冬三七
＊ふゆた　冬田　冬五四
ふゆたつ　冬立つ　冬一九
ふゆたみち　冬田道　冬五四
＊ふゆたんぽぽ　冬蒲公英　冬二三一
＊ふゆちかし　冬近し　秋三

ふゆちょぅ　冬蝶　冬一八七
ふゆつく　冬尽く　冬三四
ふゆつばき　冬椿　冬一九四
ふゆどとぅ　冬怒濤　冬五六
ふゆどなり　冬隣　秋三
ふゆともし　冬灯　冬二〇〇
ふゆどり　冬鳥　冬一七〇
*ふゆな　冬菜　冬二二三
*ふゆなぎ　冬凪　冬三八
ふゆなばた　冬菜畑　冬二二三
ふゆなみ　冬波　冬五六
ふゆなみ　冬濤　冬五六
ふゆにいる　冬に入る　冬一九
ふゆぬくし　冬ぬくし　冬二一
*ふゆの　冬野　冬五三
*ふゆのあさ　冬の朝　冬二八
*ふゆのあめ　冬の雨　冬四三
ふゆのいずみ　冬の泉　冬五五
*ふゆのうぐいす　冬の鶯　冬一七一
*ふゆのうみ　冬の海　冬五六
*ふゆのうめ　冬の梅　冬一九一
*ふゆのかり　冬の雁　冬一七〇
*ふゆのかわ　冬の川　冬五六
*ふゆのきり　冬の霧　冬五〇
*ふゆのくさ　冬の草　冬二二七
*ふゆのくも　冬の雲　冬三七
*ふゆのくれ　冬の暮　冬二九
ふゆのしお　冬の潮　冬五七
ふゆのその　冬の園　冬五四
*ふゆのそら　冬の空　冬三七
*ふゆのたき　冬の滝　冬六〇
*ふゆのちょぅ　冬の蝶　冬一八七
*ふゆのつき　冬の月　冬三七
*ふゆのとり　冬の鳥　冬一七〇
ふゆのなぎさ　冬の渚　冬五六
*ふゆのなみ　冬の波　冬五六
*ふゆのにじ　冬の虹　冬五一
ふゆのにわ　冬の庭　冬五四
*ふゆのはえ　冬の蠅　冬一八八
*ふゆのはち　冬の蜂　冬一八八
ふゆのはなわらび　冬の花蕨　冬二二一
ふゆのはま　冬の浜　冬五六
*ふゆのひ　冬の日（時候）　冬二八
*ふゆのひ　冬の日（天文）　冬三六
*ふゆのひ　冬の灯　冬二〇〇
*ふゆのほし　冬の星　冬三八
ふゆのみさき　冬の岬　冬五六
*ふゆのみず　冬の水　冬五五
*ふゆのむし　冬の虫　冬一八九
*ふゆのもず　冬の鵙　冬一七一
*ふゆのもや　冬の靄　冬五〇
*ふゆのやま　冬の山　冬五二
ふゆのゆぅ　冬の夕　冬二九
ふゆのゆぅべ　冬の夕べ　冬二九
*ふゆのゆぅやけ　冬の夕焼　冬五〇
*ふゆのよ　冬の夜　冬二九
*ふゆのらい　冬の雷　冬四九
ふゆばえ　冬蠅　冬一八八
ふゆはじめ　冬初め　冬一八
ふゆばち　冬蜂　冬一八八
ふゆはつ　冬果つ　冬三四
ふゆばら　冬薔薇　冬一九三
*ふゆばれ　冬晴　冬三六
ふゆひ　冬日　冬三六
ふゆひかげ　冬日影　冬三六
*ふゆひでり　冬旱　冬三七
ふゆひなた　冬日向　冬三六
*ふゆひばり　冬雲雀　冬一七二
ふゆびより　冬日和　冬三六

＊ふゆふかし冬深し　冬三三
＊ふゆふく冬服　冬七一
ふゆぼう冬帽　冬七七
＊ふゆぼうし冬帽子　冬七七
ふゆほくと冬北斗　冬三八
ふゆぼたん冬牡丹　冬一九三
ふゆまんげつ冬満月　冬三七
ふゆみかづき冬三日月　冬三七
＊ふゆめ冬芽　冬二〇七
＊ふゆめく冬めく　冬二一
＊ふゆもえ冬萌　冬二三三
＊ふゆもみじ冬紅葉　冬二〇〇
ふゆもや冬靄　冬五〇
＊ふゆやかた冬館　冬九六
＊ふゆやすみ冬休　冬六八
ふゆやま冬山　冬五三
ふゆやまじ冬山路　冬五三
ふゆゆうべ冬夕べ　冬二九
ふゆゆうやけ冬夕焼　冬五〇
ふゆゆやけ冬夕焼　冬五〇
ふゆようい冬用意　秋七三
＊ふゆりんご冬林檎　冬一九
＊ふゆわらび冬蕨　冬三一
＊ぶよ蚋　夏一八三
ぶよぶよ　夏一八三
＊ふよう芙蓉　秋一五三
＊ふらき普羅忌　秋一二五
ふらここふらここ　春八八
ぷらたなすのはなプラタナスの花　春一七八
ぶらんこぶらんこ　春八八
ふらんどふらんど　春八八
＊ぶり鰤　冬一八一
ぶりあみ鰤網　冬一八一
＊ふりーじあフリージア　春一八三
ふりーじゃフリージャ　春一八三
＊ぶりおこし鰤起し　冬四九
ぶりつる鰤釣る　冬一八一
ぶりば鰤場　冬一八一
ぷりむらプリムラ　春二〇三
ぷりんすめろんプリンスメロン　夏一三九
ふるあわせ古袷　夏六三
ふるうちわ古団扇　夏八九
ふるおうぎ古扇　夏八八
＊ふるくさ古草　春一九八
＊ふるごよみ古暦　冬二一〇
ふるざけ古酒　秋六四
ふるす古巣　春一三四
ふるすだれ古簾　夏八四
ぶるぞんブルゾン　冬七六
ふるとし古年　新一三
ふるにっき古日記　冬二一〇
ふるびな古雛　春九三
ふるゆかた古浴衣　夏六四
ふれーむフレーム　冬一一七
ふろ風炉　夏九一
＊ふろちゃ風炉茶　夏九一
＊ぶろっこりーブロッコリー　冬一三三
ふろてまえ風炉点前　夏九一
ふろなごり風炉名残　秋七三
＊ふろのなごり風炉の名残　秋七三
＊ふろふき風呂吹　冬九三
ふろふきだいこん風呂吹大根　冬九三
＊ぶんかのひ文化の日　秋九六
ぶんごうめ豊後梅　春一五一
＊ふんすい噴水　夏八一
ぶんたん文旦　冬一九九

ぶんぶんぶんぶん　夏一七五
ぶんぶんむしぶんぶん虫　夏一七五

へ

へいけぼたる平家蛍　夏一七三
べいごまべい独楽　秋八九
*ぺーろんぺーロン　夏一二五
ぺーろんせんぺーロン船　夏一二五
*へきごとうき碧梧桐忌　冬一六四
へくそかずらへくそかづら　夏二五五
へこきむしへこきむし　秋一四九
ぺちかペチカ　冬一〇三
*へちま糸瓜　秋一八九
へちまき糸瓜忌　秋一一七
へちまだな糸瓜棚　秋一八九
*へちまのはな糸瓜の花　夏二三五
*べったらいちべつたら市　秋一〇三
べったらづけべつたら漬　秋一〇三
へっぴりむしへつぴりむし　秋一四九
べにがい紅貝　春一四三
べにしだれ紅枝垂　春一五三
べにつばき紅椿　春一五二
べにのはな紅の花　夏二三三
べにはぎ紅萩　秋二〇六
べにはす紅蓮　夏二三九
*べにばな紅花　夏二三三
べにばな紅藍花　夏二三三
べにばな紅粉花　夏二三三
べにばら紅薔薇　夏一九一
べにひわ紅鶸　秋一一七
べにふよう紅芙蓉　秋一五三
べにます紅鱒　春一三九
*へび蛇　夏一四七
*へびあなにいる蛇穴に入る　秋一一三
*へびあなをいず蛇穴を出づ　春一二四
へびいずる蛇出づ　春一二四
*へびいちご蛇苺　夏二六三
へびかわをぬぐ蛇皮を脱ぐ　夏一四八
*へびきぬをぬぐ蛇衣を脱ぐ　夏一四八
へびのからへびの殻　夏一四八
へびのきぬ蛇の衣　夏一四八
へびのもぬけ蛇の蛻　夏一四八
*へひりむし放屁虫　秋一四九
*べらべら　夏一六六
べらつりべら釣　夏一六六
べらんだベランダ　夏八一
*へりおとろーぷヘリオトロープ　春一八四
*べんけいそう弁慶草　秋一八六
べんとうはじめ弁当始　春一一〇
ぺんぺんぐさぺんぺん草　春二〇〇
*へんろ遍路　春一〇七
へんろがさ遍路笠　春一〇七
へんろづえ遍路杖　春一〇七
へんろみち遍路道　春一〇七
へんろやど遍路宿　春一〇七

ほ

ほいかごほい駕　新七七
ほいろ焙炉　春八〇
ほいろし焙炉師　春八〇
ほいろば焙炉場　春八〇
*ぽいんせちあポインセチア　冬一九七
*ほうおんこう報恩講　冬一五三
ほうきぎはうきぎ　夏二四五
ほうきぐさはうきぐさ　夏二四五
ほうこぐさ鼠麴草　春二〇九
ほうさく豊作　秋七八
*ほうしぜみ法師蟬　秋一三八

*ぼうしゃき茅舎忌　夏二四一
*ぼうしゅ芒種　夏二六
ほうしゅん芳春　春一八
ほうじょうえ放生会　秋一〇五
ほうすい豊水　秋一五五
*ほうせんか鳳仙花　秋一八四
ほうそう芳草　春一九五
ぼうだら棒鱈　春六三
ぼうたんぼうたん　夏一九一
ほうちゃくそう宝鐸草　夏二五九
*ほうちゃくそうのはな宝鐸草の花　夏二五九
ほうちょうはじめ包丁始　新五三
*ほうねん豊年　秋七八
ぼうねんかい忘年会　冬六六
ほうねんき法然忌　春一一〇
ほうびき宝引　新六五
*ぼうふう防風　春一九四
ぼうふうつみ防風摘み　春一九四
ぼうふうほる防風掘る　春一九四
*ぼうふら孑孒　夏一八一
ぼうふりぼうふり　夏一八一
ぼうふりむし棒振虫　夏一八一
*ほうぼう魴鮄　冬一八〇
ほうよう放鷹　冬一一九
*ほうらい蓬萊　新三〇
ほうらいかざり蓬萊飾　新三〇
ほうらんき抱卵期　春一二四
ほうり鳳梨　夏二〇四
*ほうれんそう菠薐草　春一九〇
*ほえかご宝恵駕　新七七
ほえかご宝恵籠　新七七
*ほおおちば朴落葉　冬二〇三
ほおかぶりほおかぶり　冬七八
*ほおかむり頰被　冬七八
ほおざしほおざし　春六三
ほおざし頰刺　春六三
*ほおじろ頰白　春一二九
*ほおずき鬼灯　秋一八四
ほおずき酸漿　秋一八四
*ほおずきいち鬼灯市　夏一二六
ほおずきいち酸漿市　夏一二六
*ほおずきのはな鬼灯の花　夏一三三
ほおずきのはな酸漿の花　夏一三三
*ぼーとボート　夏一〇七
*ぼーとれーすボートレース　春八六
ぼーなすボーナス　冬六二
*ほおのはな朴の花　夏二一三
ほおのはな厚朴の花　夏二一三
ほおばずし朴葉鮓　夏七〇
ほぐさ穂草　秋二〇四
*ぼくすいき牧水忌　秋一一七
ほくろほくろ　春二〇七
*ほげい捕鯨　冬一二
ほげいせん捕鯨船　冬一二
*ぼけのはな木瓜の花　春一六九
ほこ鉾　夏一三三
ほこたて鉾立　夏一三三
ほこながしのしんじ鉾流の神事　夏一三四
ほこまち鉾町　夏一三三
ほこまつり鉾祭　夏一三三
ぼさん墓参　秋一〇八
ほしあい星合　秋九七
ほしうめ干梅　夏七三
*ほしがき干柿　秋六七
*ほしがれい干鰈　春六三
*ほしくさ干草　夏一〇一
ほしくさ乾草　夏一〇一

ほしこよい　星今宵　秋九七
ほしざけ　干鮭　冬九二
ほしさゆ　星冴ゆ　冬三八
ほしすずし　星涼し　夏三八
ほしだいこん　干大根　冬二六
ほしだら　乾鱈　春二三
ほしだら　干鱈　春二三
＊ほしづきよ　星月夜　秋四三
ほしづくよ　星月夜　秋四三
ほしとぶ　星飛ぶ　秋四四
＊ほしな　干菜　冬二一七
ほしながる　星流る　秋四四
＊ほしなじる　干菜汁　冬八七
ほしなぶろ　干菜風呂　冬二一七
ほしなゆ　干菜湯　冬二一七
ほしのこい　星の恋　秋九七
ほしのちぎり　星の契　秋九七
ほしぶとん　干蒲団　冬七三
ほしまつり　星祭　秋九七
ほしまつる　星祭る　秋九七
ほしむかえ　星迎　秋九七
ぼしゅん　暮春　春三
ぼせつ　暮雪　冬四六
＊ほた　榾　冬二〇七
ほたあかり　榾明り　冬二〇七
＊ぼだいし　菩提子　秋一七一
ぼだいじゅのみ　菩提樹の実　秋一七一
ほたのぬし　榾の主　冬二〇七
ほたのやど　榾の宿　冬二〇七
ほたび　榾火　冬二〇七
＊ほたる　蛍　夏一七三
＊ほたるいか　蛍烏賊　春一四一
＊ほたるかご　蛍籠　夏一一五
ほたるがっせん　蛍合戦　夏一七三
＊ほたるがり　蛍狩　夏一一四
ほたるぐさ　蛍草　秋二一九
ほたるび　蛍火　夏一七三
＊ほたるぶくろ　蛍袋　夏二六〇
ほたるぶね　蛍舟　夏一一四
ほたるみ　蛍見　夏一一四
＊ほだわらかざる　穂俵飾る　新三三
＊ぼたん　牡丹　夏一九一
ぼたんうう　牡丹植う　秋八二
ぼたんえん　牡丹園　夏一九一
ぼたんき　牡丹忌　夏一三九
ぼたんくよう　牡丹供養　冬一三七
＊ぼたんたきび　牡丹焚火　冬一三七
ぼたんたく　牡丹焚く　冬一三七
＊ぼたんつぎき　牡丹接木　秋八二
＊ぼたんなべ　牡丹鍋　冬八九
＊ぼたんねわけ　牡丹根分　秋八二
＊ぼたんのめ　牡丹の芽　春一五八
ぼたんゆき　牡丹雪　春四三
＊ほちゅうあみ　捕虫網　夏一一四
ほちゅうもう　捕虫網　夏一一四
ぼっち　稲棒　秋七六
ほていあおい　布袋葵　夏二六三
＊ほていそう　布袋草　夏二六三
ほとけのうぶゆ　仏の産湯　春一〇八
＊ほとけのざ　仏の座　新一〇三
＊ほととぎす　時鳥　夏一四九
＊ほととぎす　杜鵑草　秋二一八
ほととぎす　子規　夏一四九
ほととぎす　不如帰　夏一四九
ほととぎす　杜鵑　夏一四九
ほととぎす　蜀魂　夏一四九
ほととぎす　杜宇　夏一四九
ほととぎす　時鳥草　秋二一八
ほととぎす　油点草　秋二一八

ほととぎすのおとしぶみ時鳥の落し文　夏一一七
ほどまつり火床祭　冬一四五
ほねしょうがつ骨正月　新二〇
ぽぴーポピー　夏二三六
ほむぎ穂麦　夏二四三
ぼや小火　冬一二一
*ぼら鯔　秋一一三
ぼらとぶ鯔飛ぶ　秋一一三
ほりごたつ掘炬燵　冬二〇五
*ぼろいちぼろ市　冬六二
ほろがや母衣蚊帳　夏八六
ほわたとぶ穂絮飛ぶ　秋二〇四
ぼん盆　秋一〇六
ぼんあれ盆荒　秋六〇
ぼんいち盆市　秋一〇〇
ぼんおどり盆踊　秋八七
*ぼんきせい盆帰省　秋六二
ぼんぎた盆北風　秋四八
ぼんく盆供　秋一〇六
*ぼんごち盆東風　秋四八
ぼんじたく盆支度　秋一〇〇
ぼんそう盆僧　秋一〇六
ほんだわらかざるほんだはら飾る　新三三
ぼんたん文旦　冬一一九
ぼんぢょうちん盆提灯　秋七一
*ぼんてん梵天　新八二
ぼんでん梵天　新八二
ぼんどうろう盆灯籠　秋七一
*ぼんなみ盆波　秋六〇
ぼんのいち盆の市　秋一〇〇
*ぼんのつき盆の月　秋三九
ぼんばい盆梅　春一五一
ぽんぽんだりあポンポンダリア　夏一三三
ほんます本鱒　春一三九
ほんまつり本祭　夏一一八
ぼんみち盆道　秋一〇〇
ぼんみまい盆見舞　秋一〇三
ほんもろこ本諸子　春一三九
*ぼんようい盆用意　秋一〇〇
ぼんれい盆礼　秋一〇三

ま

まあじ真鯵　夏一六五
まいか真烏賊　夏一六八
*まいぞめ舞初　新六六
まいはじめ舞始　新六六
*まいまい鼓虫　夏一七八
まいまいまひまひ　夏一八八
まいわし真鰯　秋一三四
まがき真牡蠣　冬一八六
まがも真鴨　冬一七五
まがん真雁　秋一三〇
まきどこ播床　春七三
*まきびらき牧開　春七九
まくず真葛　秋二〇九
まくずはら真葛原　秋二〇九
*まくなぎ蠛蠓　夏一八二
まくらびょうぶ枕屏風　冬一〇三
*まぐろ鮪　冬一八〇
まくわうり甜瓜　夏二三八
まくわうり真桑瓜　夏二三八
まけごま負独楽　新六四
まけどり負鶏　春九五
*まこも真菰　夏二五三
まこもかり真菰刈　夏二五三
*まこものうま真菰の馬　秋九八

*まこものめ真菰の芽　春二三
まじまじ　夏三九
ましじみ真蜆　春一四四
ましみず真清水　夏五八
ましらざけましら酒　秋六四
*ます鱒　春一三九
ますかっとマスカット　秋一五六
*ますくマスク　冬八〇
ますくめろんマスクメロン　夏一三九
ますほのすすき十寸穂の芒　秋二〇七
まぜまぜ　夏三九
まそほのすすき真赭の芒　秋二〇七
まだら真鱈　冬二八一
まつあかし松明し　冬二四四
まつあけ松明　新一八
*まつあげ松上げ　秋一〇四
まついかまついか　春一四一
*まつおさめ松納　新七六
*まつおちば松落葉　夏二一〇
まつかざり松飾　新二七
まつかざる松飾る　冬六四
まつかふん松花粉　春一七三
まつくぐりまつくぐり　春一二七

*まつすぎ松過　新一八
まつぜみ松蟬　春一五〇
*まつたけ松茸　秋一三三
*まつたけめし松茸飯　秋六六
*まつていれ松手入　秋七三
まつとる松取る　新七六
まつなぬか松七日　新一八
*まつのうち松の内　新一八
まつのしん松の芯　春一七〇
*まつのはな松の花　春一七三
*まつのみどりつむ松の緑摘む　春六八
まつばがに松葉蟹　冬一八六
*まつばぼたん松葉牡丹　夏三三
まつばやし松囃子　春九九
まっぷく末伏　夏三三
*まつむし松虫　秋一四三
*まつむしそう松虫草　秋一二八
*まつむしり松毟鳥　春一二七
*まつよい待宵　秋三九
まつよいぐさ待宵草　夏二五一
*まつり祭　夏一二七
*まつりか茉莉花　夏一九八

まつりがみ祭髪　夏一二七
まつりごろも祭衣　夏一二七
まつりじし祭獅子　夏一二七
まつりだいこ祭太鼓　夏一二七
まつりちょうちん祭提灯　夏一二七
まつりはも祭鱧　夏六七
まつりばやし祭囃子　夏一二七
まつりぶえ祭笛　夏一二七
まつりぶね祭舟　夏一二八
まて馬刀　春一四三
*まてがい馬蛤貝　春一四三
まてがい馬刀貝　春一四三
まてつき馬蛤突　春一四三
まとはじめ的始　新七三
*まないたはじめ俎始　新五三
まなつ真夏　夏三三
*まびきな間引菜　秋一九四
まひわ真鶸　秋一二七
まふゆ真冬　冬三三
まふらーマフラー　冬七八
ままこのしりぬぐいままこのしりぬぐひ　秋一三〇
ままっこままっこ　春一七八

＊まむし蝮　夏一四八
まむし蝮蛇　夏一四八
＊まむしぐさ蝮蛇草　春二〇八
まむしぐさ蝮草　春二〇八
まむしざけ蝮酒　夏一四八
まむしとり蝮捕　夏一四八
まめぅう豆植う　夏九八
まめぅち豆打　冬二三九
まめぅつ豆打つ　秋八三
まめごはん豆御飯　夏六九
まめたたく豆叩く　秋八三
まめたん豆炭　冬二〇四
＊まめのはな豆の花　春一八九
まめはざ豆稲架　秋八三
＊まめひく豆引く　秋八三
まめまき豆撒　冬二三九
＊まめまく豆蒔く　夏九八
まめむしろ豆筵　秋八三
まめめいげつ豆名月　秋四三
＊まめめし豆飯　夏六九
まやだしまやだし　春六七
＊まゆ繭　夏一〇三
まゆかき繭掻　夏一〇三
まゆだま繭玉　新七七
まゆにる繭煮る　夏一〇三
まゆはきそぅ眉掃草　春二〇八
まゆほす繭干す　夏一〇三
＊まゆみのみ檀の実　秋一七〇
まゆみのみ真弓の実　秋一七〇
まよなかのつき真夜中の月　秋四三
まりあのつきマリアの月　夏三三
＊まりはじめ鞠始　新七三
まるなす丸茄子　夏二四〇
まるはだか丸裸　夏二一六
まろにえのはなマロニエの花　夏二三三
まわりどぅろぅ回り灯籠　夏九〇
まんげつ満月　秋三九
＊まんざい万歳　新四四
＊まんさく金縷梅　春一七三
まんさく満作　春一七三
まんさくのはなまんさくの花　春一七三
＊まんじゅしゃげ曼珠沙華　秋二一四
まんだらえ曼陀羅会　夏一三五
まんだらけ曼荼羅華　夏二四九
＊まんたろぅき万太郎忌　夏一三八
＊まんとマント　冬七七
まんどぅ万灯　冬二五一
＊まんりょぅ万両　冬二一〇

み

みぅめ実梅　夏二〇〇
みぅめもぐ実梅もぐ　夏二〇〇
＊みえいく御影供　春一〇六
みえいこぅ御影講　春一〇六
みかぐら御神楽　冬二四七
みかづき三日月　秋三七
みかわまんざい三河万歳　新四四
＊みかん蜜柑　冬一九八
＊みかんのはな蜜柑の花　夏一九九
みかんやま蜜柑山　冬一九八
みくさおぅ水草生ふ　春二一三
みくさもみじ水草紅草　秋二三三
みこし神輿　夏一二八
みこしぶね神輿舟　夏一三四
みざくら実桜　夏一九〇
みざくろ実石榴　秋一五八
みざけ身酒　冬八一

みさはじめ弥撒始　新九六
みざんしょぅ実山椒　秋一七四
＊みじかよ短夜　夏三
＊みずあおぃ水葵　夏一五三
＊みずあそび水遊　夏一一三
みずあたり水中　夏一一九
みずあらそぃ水争　夏九六
みずうちわ水団扇　夏八九
みずうつ水打つ　夏九三
みずおとす水落す　秋五八
＊みずがぃ水貝　夏八〇
みずがたき水敵　夏九六
＊みずからくり水機関　夏一一三
＊みずかる水涸る　冬五四
＊みずぎ水着　夏六六
＊みずきのはな水木の花　夏一二四
みずきょぅげん水狂言　夏一一三
みずくさおぃそむ水草生ひ初む　春一二三
＊みずくさおぅ水草生ふ　春一二三
＊みずくさのはな水草の花　夏一六四
＊みずくさもみじ水草紅葉　秋一二三
みずぐも水蜘蛛　夏一七八
みずくらげ水海月　夏一七〇
みずげぃ水芸　夏一一三
＊みずげんか水喧嘩　夏九六
みずしも水霜　秋五三
みずすまし水澄　夏一七八
みずすましみづすまし　夏一七八
＊みずすむ水澄む　秋五八
みずづけ水漬　夏七〇
みずでっぽぅ水鉄砲　夏一一三
みずどの水殿　夏八一
＊みずとり水鳥　冬一七五
みずとり水取　春一〇五
＊みずな水菜　春一九一
＊みずぬすむ水盗む　夏九六
＊みずぬるむ水温む　春五〇
みずのあき水の秋　秋五八
みずのはる水の春　春五〇
＊みずばしょぅ水芭蕉　夏一五一
＊みずばな水洟　冬一一三
みずはも水鱧　夏一六七
みずばん水番　夏九六
みずばんごや水番小屋　夏九六
みずひきそぅ水引草　秋一一六
＊みずひきのはな水引の花　秋一一六
みずまき水撒　夏九三
みずまもる水守る　夏九六
みずまんじゅぅ水饅頭　夏七七
みすみそぅ三角草　春一〇三
みずめがね水眼鏡　夏一〇五
みずめし水飯　夏七〇
＊みずもち水餅　冬八一
＊みずようかん水羊羹　夏七七
＊みせばやみせばや　秋一一八
みせんりょぅ実千両　冬一一〇
＊みそかそば晦日蕎麦　冬六七
みそぎ御祓　夏一一三
みそぎがわ御祓川　夏一一三
＊みそさざい鷦鷯　冬一七四
みそさざぃ三十三才　冬一七四
みぞさらぃ溝浚ひ　夏九五
＊みぞさらえ溝浚へ　夏九五
みそしこむ味噌仕込む　冬一一三
＊みぞそば溝蕎麦　秋一一一
みそたき味噌焚　冬一一三
＊みそつき味噌搗　冬一一三
みそつく味噌搗く　冬一一三

みそつくる味噌作る　冬二三
＊みそはぎ千屈菜　秋二一五
みそはぎ鼠尾草　秋二一五
みぞはぎ溝萩　秋二一五
みぞる霙る　冬四
＊みぞれ霙　冬四
みだれはぎ乱れ萩　秋二〇六
みちおしえ道をしへ　夏一五六
みちざねき道真忌　春二〇〇
＊みっか三日　新一六
みつばみつば　春一九三
＊みつばぜり三葉芹　春一九三
みつばち蜜蜂　春一四八
＊みつまたのはな三椏の花　春一六〇
＊みつまめ蜜豆　夏七八
みどりさす緑さす　夏二〇六
みどりたつ緑立つ　春一七〇
みどりつむ緑摘む　春六八
＊みどりのひみどりの日　春九八
みなみな　春一四
みなくちのぬさ水口の幣　春九七
＊みなくちまつり水口祭　春九七
みなくちまつる水口まつる　春九七
みなしぐり虚栗　秋一七七
＊みなづき水無月　夏二八
みなづきはらえ水無月祓　夏一三三
＊みなみ南風　夏三九
みなみかぜ南風　夏三九
みなみふく南吹く　夏三九
みなみまつり南祭　秋一〇五
みなんてん実南天　秋一五三
＊みにしむ身に入む　秋二八
＊みねいり峰入　春二二
みねぐも峰雲　夏三七
みのが蓑蛾　夏一七三
＊みのむし蓑虫　秋一四八
みのむしなく蓑虫鳴く　秋一四八
みのりだ稔り田　秋七七
みはまなす実玫瑰　秋一五六
みぶおどり壬生踊　春一一〇
みぶきょうげん壬生狂言　春一一〇
みぶさい壬生祭　春一一〇
みぶな壬生菜　春一九一
みぶねぶつ壬生念仏　春一一〇
＊みふねまつり三船祭　夏一三〇
＊みぶねんぶつ壬生念仏　春一一〇
みぶのかね壬生の鉦　春一一〇
みぶのめん壬生の面　春一一〇
みまんりょう実万両　冬三一〇
みみあて耳当　冬七八
みみかけ耳掛　冬七八
＊みみず蚯蚓　夏一八九
＊みみずく木菟　冬一七四
＊みみずなく蚯蚓鳴く　秋一四八
＊みみぶくろ耳袋　冬七八
みむらさき実紫　秋一七一
＊みもざミモザ　春一六一
＊みやこおどり都をどり　春九九
みやこおどり都踊　春九九
＊みやこぐさ都草　夏三五九
＊みやこどり都鳥　冬一七七
＊みやこわすれ都忘れ　春一八七
みやずもう宮相撲　秋八七
みやまきりしま深山霧島　春一六四
みやまりんどう深山竜胆　秋三一七
みゆき深雪　冬四六
みゆきばれ深雪晴　冬四六
＊みょうがたけ茗荷竹　春一九五
＊みょうがのこ茗荷の子　夏三四三

*みょうがのはな茗荷の花　秋一九五
みょうほうのひ妙法の火　秋一一〇
みわたり御渡り　冬六一
みんみんみんみん　夏一七八

む

*むいか六日　新一七
むかえうま迎馬　秋九八
むかえがね迎鐘　秋一〇七
*むかえづゆ迎へ梅雨　夏四三
むかえび迎火　秋一〇八
*むかご零余子　秋一九三
*むかごめし零余子飯　秋六六
*むかで蜈蚣　夏一八七
むかで百足　夏一八七
むかで百足虫　夏一八七
*むぎ麦　夏二四三
むぎあおむ麦青む　春一九五
むぎあき麦秋　夏二四
むぎうち麦打　夏九四
むぎうる麦熟る　夏二四三
むぎがらやき麦殻焼　夏九四
*むぎかり麦刈　夏九四
むぎぐるま麦車　夏九四
むぎこうせん麦香煎　夏一七八
むぎこがし麦こがし　夏一七八
むぎこき麦扱　夏九四
むぎじょうちゅう麦焼酎　夏一七三
*むぎちゃ麦茶　夏一七四
むぎとろ麦とろ　秋六八
*むぎのあき麦の秋　夏二四
むぎのくろほ麦の黒穂　夏二四三
むぎのほ麦の穂　夏二四三
*むぎのめ麦の芽　冬二一六
むぎばたけ麦畑　夏二四三
むぎふ麦生　夏二四三
*むぎぶえ麦笛　夏二一六
*むぎふみ麦踏　春六八
むぎふむ麦踏む　春六八
むぎぼこり麦埃　夏九四
*むぎまき麦蒔　冬二一五
むぎまく麦蒔く　冬二一五
*むぎめし麦飯　夏六九
むぎゆ麦湯　夏一七四
むぎわら麦稈　夏九四
むぎわら麦藁　夏九四
むぎわらとんぼ麦藁とんぼ　秋一三九
むぎわらぼうし麦稈帽子　夏六七
むぎわらぼうし麦藁帽子　夏六七
むぎをふむ麦を踏む　春六八
むく椋鳥　秋一三八
*むくげ木槿　秋一五一
*むくどり椋鳥　秋一三八
*むぐら葎　夏二四八
むぐらしげる葎茂る　夏二四八
*むくろじ無患子　秋一七三
むくろじのみ無患子の実　秋一七三
*むげつ無月　秋四一
むこぎむこぎ　春一七三
むごんもうで無言詣　夏一三三
*むささび鼯鼠　冬二六八
*むし虫　秋一四〇
*むしうり虫売　秋八九
むしおい虫追ひ　秋一一一
*むしおくり虫送　秋一一一
*むしかご虫籠　秋九〇
*むしがれい蒸鰈　春六三
むしくよう虫供養　秋一一一
むしこ虫籠　秋九〇

むししぐれ虫時雨　秋一四〇
むしすだく虫集く　秋一四〇
むしだし虫出し　春四五
むしだしのらい虫出しの雷　春四五
むしながし虫流し　秋一一一
むしのあき虫の秋　秋一四〇
むしのこえ虫の声　秋一四〇
むしのね虫の音　秋一四〇
むしのやみ虫の闇　秋一四〇
むしはまぐり蒸蛤　春一四三
むしはらい虫払　夏九三
*むしぼし虫干　夏九三
むしゃにんぎょう武者人形　夏一一三
むしろおる筵織る　冬一二一
*むすかりムスカリ　春一八四
*むすびば結葉　夏二〇八
むつむつ　春一三八
むつかけ鯥掛　春一三八
*むつき睦月　春八
*むつごろう鯥五郎　春一三八
むつのはな六花　冬四六
むつひきあみ鯥曳網　春一三八
むつほる鯥掘る　春一三八
むてき霧笛　秋五一
*むひょう霧氷　冬四四
むひょうりん霧氷林　冬四四
*むべ郁子　秋二一〇
*むべのはな郁子の花　春一七九
むべのみ郁子の実　秋二一〇
むらさきけまん紫華鬘　春一八一
*むらさきしきぶ紫式部　秋一七一
むらさきしきぶのみ紫式部の実　秋一七一
むらさきしじみ紫蜆　春一四四
むらしぐれ村時雨　冬四三
むらしばい村芝居　秋八八
むらまつり村祭　秋一〇三
むれちどり群千鳥　冬一七六
むろあじ室鰺　夏一六五
*むろざき室咲　冬一九七
むろのはな室の花　冬一九七

め

*めいげつ名月　秋三九
めいじせつ明治節　秋九六
*めいせつき鳴雪忌　春一一七
めうど芽独活　春一九二
*めーでーメーデー　春九九
めーでーかメーデー歌　春九九
めおこし芽起こし　春三〇
めおとだき夫婦滝　夏五九
めかりどき目借時　春三一
めかりねぎ和布刈禰宜　冬二四九
*めかりのしんじ和布刈神事　冬二四九
めかりぶね若布刈舟　春二一四
めがるかや雌刈萱　秋二〇八
めぐむ芽組む　春一六九
*めざし目刺　春六三
めざんしょう芽山椒　春一七一
めじか牝鹿　秋一二三
めしすゆ飯饐ゆ　夏七〇
*めじろ目白　夏一五九
めじろ眼白　夏一五九
めじろかご目白籠　夏一五九
*めだか目高　夏一六三
めだき女滝　夏五九
めだち芽立ち　春一六九
めつぎ芽接　春七六
*めはじきめはじき　秋二二三

*めばり目貼 冬九七
*めばりはぐ目貼剝ぐ 春六七
めばりやなぎ芽ばり柳 春一七〇
めはるかつみ芽張るかつみ 春二一三
めびな女雛 春九三
めぶく芽吹く 春一六九
めまといめまとひ 夏一八二
めやなぎ芽柳 春一七〇
*めろんメロン 夏二三九

も

もうしゅう孟秋 秋一八
もうしょ猛暑 夏二三
*もうふ毛布 冬七五
*もかり藻刈 夏九九
*もがりぶえ虎落笛 冬四一
もかりぶね藻刈舟 夏九九
もかる藻刈る 夏九九
*もきちき茂吉忌 春二一八
もぐさ艾草 春二一〇
もぐさおう藻草生ふ 春二一三
もくしゅく苜蓿 春二〇〇
*もくせい木犀 秋一五一
*もぐらうち土竜打 新八〇
もぐらおい土竜追 新八〇
*もくれん木蓮 春一六五
もくれん木蘭 春一六五
もじずり文字摺 夏二五九
もじずりそう文字摺草 夏二五九
*もず鵙 秋一三五
もず百舌鳥 秋一三五
*もずく海雲 春二二五
もずく水雲 春二二五
もずのこえ鵙の声 秋一三五
もずのにえ鵙の贄 秋一三五
もずのはやにえ鵙の速贄 秋一三五
もずびより鵙日和 秋一三五
もち餅 冬六五
もちぐさ餅草 春二二〇
もちくばり餅配 冬六五
もちごめあらう餅米洗ふ 冬六五
もちしょうがつ望正月 新一九
*もちつき餅搗 冬六五
もちづき望月 秋三九
もちつきうた餅搗唄 冬六五
もちのしお望の潮 秋六〇
*もちのはな黐の花 夏二二六
もちのよ望の夜 秋四〇
*もちばな餅花 新七七
もちばないり餅花煎 春一〇三
もちむしろ餅筵 冬六五
もどりがつお戻り鰹 秋一三四
もどりづゆ戻り梅雨 夏四四
ものだね物種 春七一
*ものだねまく物種蒔く 春七二
*もののめものの芽 春一九六
*ものはな藻の花 夏二二四
*もみ籾 秋七七
もみうす籾臼 秋七七
もみおろす籾下す 春七二
もみがらやく籾殻焼く 秋七七
*もみじ紅葉 秋一六二
もみじ黄葉 秋一六三
もみじあおいもみぢあふひ 夏二三五
*もみじかつちる紅葉且つ散る 秋一六四
*もみじがり紅葉狩 秋九〇
もみじがわ紅葉川 秋一六三
もみじざけ紅葉酒 秋九〇

もみじぢゃや紅葉茶屋　秋九〇
＊もみじちる紅葉散る　冬二〇〇
もみじなべ紅葉鍋　冬八三
＊もみじぶな紅葉鮒　秋一三
もみじみ紅葉見　秋九〇
もみじやま紅葉山　秋一六三
もみずもみづ　秋一六三
もみすり籾摺　秋七
もみすりうた籾摺歌　秋七
もみつける籾浸ける　春七一
もみほす籾干す　秋七
もみまく籾蒔く　春七三
もみむしろ籾筵　秋七
＊もも桃　秋一五四
ももうう桃植う　春七五
＊ももちどり百千鳥　春一二六
もものせっく桃の節供　春九三
＊もものはな桃の花　春一六七
もものひ桃の日　春九三
もものみ桃の実　秋一五四
ももふく桃吹く　秋二〇三
ももんがももんが　冬一六八
もやしうどもやし独活　春一九二
もゆ炎ゆ　夏三四
もりあおがえる森青蛙　夏一四
＊もりたけき守武忌　秋一三
もろがえり蒼鷹　冬一六九
＊もろこ諸子　春一三九
もろこ諸子魚　春一三九
もろこしもろこし　秋一九九
もろこつる諸子釣る　春一三九
もろこはえ諸子鮠　春一三九
もろこぶね諸子舟　春一三九
もろはだぬぎ諸肌脱　夏一一七
もんしろちょう紋白蝶　春一四七

や

＊やいとばな灸花　夏二五五
＊やえざくら八重桜　春一五六
やえつばき八重椿　春一五三
やえむぐら八重葎　夏二四八
やえやまぶき八重山吹　春一六六
＊やがく夜学　秋六三
やがくせい夜学生　秋六三
やがっこう夜学校　秋六三
＊やきいも焼藷　冬八五
やきいも焼芋　冬八五
やきいもや焼藷屋　冬八五
やきぐり焼栗　秋一五七
やきさざえ焼栄螺　春六三
＊やきとり焼鳥　冬九一
やきなす焼茄子　夏七三
やきはまぐり焼蛤　春一四三
やぎょう夜業　秋七九
＊やく灼く　夏三四
やくおとし厄落　冬一四一
やくそうほる薬草掘る　秋八二
＊やくはらい厄払　冬一四一
やくび厄日　秋二一
やくもうで厄詣　冬一四一
やぐるま矢車　夏一三
やぐるまぎく矢車菊　夏三七
＊やぐるまそう矢車草　夏三七
やけい夜警　冬一一
＊やけの焼野　春五〇
やけののすすき焼野の芒　春一九七
やけのはら焼野原　春五〇
やけはら焼原　春五〇
やけやま焼山　春六九

*やこうちゅう夜光虫　夏一八九
*やしょく夜食　秋六五
*やすくにまつり靖国祭　春二〇三
やすらい安良居　春二〇一
やすらい夜須礼　春二〇一
やすらいばな安良居花　春二〇一
*やすらいまつり安良居祭　春二〇一
やすらいまつりやすらひ祭　春二〇一
やちぐさ八千草　秋二〇三
やつがしら八頭　秋一九二
やっこだこ奴凧　春八六
*やつでのはな八手の花　冬一九五
やつでのはな八つ手の花　冬一九五
やとうやたう　夏一七三
*やどかり寄居虫　春一四五
*やどりぎ宿木　冬二〇六
やどりぎ寄生木　冬二〇六
*やな簗　夏二〇五
やな魚簗　夏二〇五
やなうつ簗打つ　夏二〇五
やなかく簗かく　夏二〇五
やながわなべ柳川鍋　夏七九
*やなぎ柳　春一七三
やなぎかる柳枯る　冬二〇五
*やなぎちる柳散る　秋一六七
やなぎのいと柳の糸　春一七三
やなぎのはな柳の花　春一七六
*やなぎのめ柳の芽　春一七〇
やなぎのわた柳の絮　春一七六
*やなぎはえ柳鮠　春一四〇
やなぎばし柳箸　新五〇
やなぎもろこ柳諸子　春一三九
やなさす簗さす　夏二〇五
やなせ簗瀬　夏二〇五
やなもり簗守　夏二〇五
*やねかえ屋根替　春六八
やねつくろう屋根繕ふ　春六八
やねふく屋根葺く　春六八
やば野馬　春四六
やばい野梅　春一五一
*やはたほうじょうえ八幡放生会　秋一〇五
*やはんき夜半忌　秋一一六
やはんていき夜半亭忌　冬一五九
*やぶいり藪入　新八三
やぶうぐいす藪鶯　冬一七一
やぶか藪蚊　夏一八一
*やぶからし藪枯らし　秋二二一
*やぶこうじ藪柑子　冬二二一
*やぶじらみ藪虱　秋二二三
やぶつばき藪椿　春一五三
*やぶまき藪巻　冬九九
*やぶれがさ破れ傘　夏二六〇
やまあそび山遊　春八三
やまあり山蟻　夏一八五
やまいも山芋　秋一九二
やまうつぎ山うつぎ　夏二一一
やまうど山独活　春一九二
やまうめやまうめ　夏二〇三
やまかがし山棟蛇　夏一四七
やまかがし赤棟蛇　夏一四七
やまかさ山笠　夏一三四
やまがに山蟹　夏一六九
*やまがら山雀　夏一六〇
やまぎり山霧　秋五一
やまぐり山栗　秋一五七
やまげら山げら　秋一三九
*やまざくら山桜　春一五五
*やましたたる山滴る　夏五三

やましみず山清水 夏五八
＊やませやませ 夏三九
やませかぜ山瀬風 夏三九
やませかぜ山背風 夏三九
やまつつじ山躑躅 春一六四
やまつばき山椿 春一五三
やまとなでしこ大和撫子 秋二一一
やまとまんざい大和万歳 新四
＊やまねむる山眠る 冬五三
やまのいも山の芋 秋一九二
やまのぼり山登り 夏一〇八
やまはぎ山萩 秋三〇六
＊やまはじめ山始 新五八
やまび山火 春六九
＊やまびらき山開 夏一二七
やまびる山蛭 夏一八八
＊やまぶき山吹 春一六六
＊やまぶきそう山吹草 春三〇七
やまふじ山藤 春一六五
＊やまぶどう山葡萄 秋一七七
やまぼうし山法師 夏二二五
＊やまぼうしのはな山法師の花 夏二二五
やまほこ山鉾 夏一三三
やままゆ山繭 夏一七二
やままゆ天蚕 夏一七二
＊やまめ山女 夏一六二
やまめつり山女釣 夏一六二
＊やまもも楊梅 夏二〇二
やまもも山桃 夏二〇二
やまやき山焼 春六九
＊やまやく山焼く 春六九
やまゆり山百合 夏二三九
やまよそう山粧ふ 秋五五
＊やまよそおう山粧ふ 秋五五
やまわかば山若葉 夏二〇五
＊やまわらう山笑ふ 春四九
＊やみじる闇汁 冬八八
やみなべ闇鍋 冬八八
やみよじる闇夜汁 冬八八
＊やもり守宮 夏一四六
やもり家守 夏一四六
やもり壁虎 夏一四六
ややさむやや寒 秋二九
＊やよい弥生 春二五
＊やよいじん弥生尽 春三四
やよいのせっく弥生の節供 春九三
やよいやま弥生山 春四九
やりいかやり烏賊 夏一六八
やりばね遣羽子 新六三
やりょう夜涼 夏三五
＊やればしょう破芭蕉 秋一七九
＊やれはす敗荷 秋一八七
やれはす破蓮 秋一八七
やれはちす破蓮 秋一八七
やんまやんま 秋一三九

ゆ

ゆいぞめ結初 新五六
ゆうあじ夕鯵 夏一六五
ゆうあられ夕霰 冬四三
ゆうえい遊泳 夏一〇九
＊ゆうがお夕顔 夏二三九
ゆうがおのはな夕顔の花 夏二三九
＊ゆうがおのみ夕顔の実 秋一八九
ゆうがおべっとう夕顔別当 夏一七二
ゆうがおまく夕顔蒔く 春七三
ゆうがすみ夕霞 春四五
＊ゆうがとう誘蛾灯 夏二〇一

ゆうかわず夕蛙　春一二五
ゆうぎり夕霧　秋五一
ゆうげしょぅ夕化粧　秋一八三
ゆうごち夕東風　春三八
ゆうざくら夕桜　春一五四
ゆうし遊糸　春四六
ゆうしぐれ夕時雨　冬四三
ゆうずうねんぶつ融通念仏　春一〇五
*ゆうすげ夕菅　夏二一七
ゆうすず夕涼　夏三五
ゆうすずみ夕涼み　夏一〇六
ゆうぜみ夕蟬　夏一七八
ゆうせん遊船　夏一〇七
ゆうたきび夕焚火　冬一二
*ゆうだち夕立　夏四五
ゆうだちかぜ夕立風　夏四五
ゆうだちぐも夕立雲　夏四五
ゆうちどり夕千鳥　冬一七六
ゆうづき夕月　秋三七
ゆうづくよ夕月夜　秋三七
ゆうつばめ夕燕　春一二九
ゆうながし夕永し　春三〇
*ゆうなぎ夕凪　夏四一
ゆうにじ夕虹　夏四七
ゆうのわき夕野分　秋四六
ゆうはしい夕端居　夏一一七
ゆうばりめろん夕張メロン　夏二三九
ゆうひばり夕雲雀　春一二八
ゆうぼたる夕蛍　夏一七三
ゆうもみじ夕紅葉　秋一六三
*ゆうやけ夕焼　夏五〇
ゆうやけぐも夕焼雲　夏五〇
ゆうやけぞら夕焼空　夏五〇
ゆうれいばな幽霊花　秋二一四
*ゆか川床　夏一〇六
ゆか床　夏一〇六
ゆかざしき川床座敷　夏一〇六
ゆかすずみ川床涼み　夏一〇六
*ゆかた浴衣　夏六四
ゆかたがけ浴衣掛　夏六四
ゆかたびら湯帷子　夏六四
ゆかだんぼぅ床暖房　冬一〇三
ゆがま柚釜　秋六六
ゆかりょぅり川床料理　夏一〇六
*ゆき雪　冬四六
ゆきあかり雪明り　冬四六
*ゆきあそび雪遊　冬一二七
ゆきあんご雪安居　冬一五三
ゆきうさぎ雪兎　冬一二八
*ゆきおこし雪起し　冬四九
*ゆきおれ雪折　冬二〇七
*ゆきおろし雪下し　冬一〇〇
ゆきおろし雪卸　冬一〇〇
ゆきおんな雪女　冬四八
*ゆきかき雪搔　冬九九
ゆきがき雪垣　冬九八
ゆきがきとく雪垣解く　春六七
*ゆきがこい雪囲　冬九八
*ゆきがこいとる雪囲とる　春六七
ゆきがた雪形　春五三
ゆきがっせん雪合戦　冬一二七
*ゆきがっぱ雪合羽　冬七七
ゆきがまえ雪構　冬九八
*ゆきぐつ雪沓　冬一一三
ゆきげ雪解　春五五
ゆきげかぜ雪解風　春五五
ゆきげがわ雪解川　春五五
ゆきげしき雪景色　冬五四
ゆきげしずく雪解雫　春五五

ゆきげの雪解野　春二五
ゆきげふじ雪解富士　夏五三
ゆきげみず雪解水　春二五
ゆきけむり雪煙　冬四八
ゆきごもり雪籠　冬九六
*ゆきしまき雪しまき　冬四九
ゆきしまく雪しまく　冬四九
*ゆきじょろう雪女郎　冬四八
ゆきじる雪汁　春二五
*ゆきしろ雪しろ　春二五
ゆきしろみず雪しろ水　春二五
*ゆきだるま雪達磨　冬一一八
ゆきつぶて雪礫　冬一一七
*ゆきつり雪吊　冬九九
ゆきつり雪釣　冬一一八
ゆきつりとく雪吊解く　春六七
*ゆきどけ雪解　春二五
ゆきにごり雪濁り　春二五
ゆきの雪野　冬五三
ゆきのこる雪残る　春五三
*ゆきのした鴨足草　夏二六二
ゆきのした虎耳草　夏二六二
ゆきのした雪の下　夏二六二
ゆきのの雪の野　冬五三
*ゆきのはて雪の果　春四三
ゆきのはら雪の原　冬五三
ゆきのひま雪のひま　春五四
ゆきのわかれ雪の別れ　春四三
ゆきばれ雪晴　冬四六
ゆきばんば雪婆　冬一八九
ゆきぼたる雪蛍　冬一八九
ゆきほてい雪布袋　冬一一八
ゆきぼとけ雪仏　冬一一八
*ゆきま雪間　春五四
*ゆきまぐさ雪間草　春一九七
ゆきまろげ雪丸げ　冬一一七
*ゆきみ雪見　冬一一四
ゆきみざけ雪見酒　冬一一四
ゆきみしょうじ雪見障子　冬一〇一
ゆきみの雪蓑　冬七七
ゆきみぶね雪見舟　冬一一四
*ゆきむし雪虫　春一四七
*ゆきめ雪眼　冬一一四
ゆきめがね雪眼鏡　冬一一八
*ゆきもよい雪催　冬四六
*ゆきやけ雪焼　冬一一三
*ゆきやなぎ雪柳　春一六五
ゆきやま雪山　冬五二
ゆきよけ雪除　冬九八
ゆきよけとる雪除とる　春六七
ゆきわり雪割　春六七
ゆきわりそう雪割草　春二〇三
*ゆくあき行く秋　秋三一
ゆくあき逝く秋　秋三一
ゆくかも行く鴨　春一三一
ゆくかり行く雁　春一三一
*ゆくとし行く年　冬二四
*ゆくはる行く春　春三三
ゆくはる逝く春　春三三
ゆげたつ湯気立つ　冬一〇九
*ゆげたて湯気立て　冬一〇九
*ゆざめ湯ざめ　冬一三〇
ゆさわりゆさはり　春八八
*ゆず柚子　秋一六〇
ゆずがま柚子釜　秋六六
*ゆずのはな柚子の花　夏一九九
ゆずのみ柚子の実　秋一六〇
ゆずぶろ柚子風呂　冬八四
ゆずぼう柚子坊　秋一四九

ゆずみそ柚子味噌　秋六六
＊ゆずゆ柚子湯　冬八四
ゆすらうめ山桜桃　夏二〇三
ゆすらうめ英桃　夏二〇三
ゆすらうめのはな山桜梅の花　春一六三
ゆすらうめのはな梅桃の花　春一六三
ゆすらうめのはな英桃の花　春一六三
＊ゆすらのはな山桜桃の花　春一六三
＊ゆすらのみ山桜桃の実　夏二〇三
＊ゆずりは楪　新一〇〇
ゆだちゆだち　夏四五
ゆたんぽ湯たんぽ　冬一〇八
ゆでぐりゆで栗　秋一七七
＊ゆどうふ湯豆腐　冬八三
ゆのはな柚の花　夏一九
＊ゆみそ柚味噌　秋六六
＊ゆみはじめ弓始　新七三
ゆめいわい夢祝　新六八
＊ゆめじき夢二忌　秋一一六
ゆやけ夕焼　夏五〇
＊ゆり百合　夏三九
ゆりうう百合植う　春七五
ゆりかもめ百合鷗　冬一七七

よ

よいえびす宵戎　新九〇
よいづき宵月　秋三七
よいてんじん宵天神　新九二
よいのはる宵の春　春二七
よいまつり宵祭　夏一二八
よいみや宵宮　夏一二七
＊よいやみ宵闇　秋四三
ようかてん養花天　春四七
ようきひざくら楊貴妃桜　春一二四
ようさん養蚕　春七八
ようじつ羊日　新一六
ようしゅん陽春　春一八
ようなし洋梨　秋一五五
ようもうきる羊毛剪る　春七九
ようりゅう楊柳　春一七三
＊よか余花　夏一九〇
よかぐら夜神楽　冬一四七
＊よかん余寒　春二二
＊よぎ夜着　冬七一
よぎり夜霧　秋五一
よくぶつ浴仏　春一〇八
よくぶつえ浴仏会　春一〇八
よぐわつむ夜桑摘む　春七八
よこしぐれ横時雨　冬四三
よごと賀詞　新三四
よざくら夜桜　春一五四
＊よさむ夜寒　秋三〇
＊よしきり葭切　夏一五四
よしごと夜仕事　秋七九
よしざきもうで吉崎詣　春一一六
よししょうじ葭障子　夏八五
＊よしず葭簀　夏八五
よしずがけ葭簀掛　夏八五
よしすずめ葭雀　夏一五四
よしすだれ葭簾　夏八四
よしずぢゃや葭簀茶屋　夏八五
＊よしだひまつり吉田火祭　秋一〇三
＊よしど葭戸　夏八五
＊よしなかき義仲忌　春一一三
よしのしずか吉野静　春二〇八
よしののえしき吉野の会式　春一〇九
＊よしののはなえしき吉野の花会式　春一〇九

よしののもちくばり吉野の餅配　春一〇九
よしのびな吉野雛　春九三
よしびょうぶ葭屏風　夏八五
よしも夜霜　冬四五
*よすすぎ夜濯　夏九三
よすずみ夜涼み　夏一〇六
*よせなべ寄鍋　冬九〇
よぜみ夜蟬　夏一七八
*よたか夜鷹　夏一五一
よたか怪鴟　夏一五一
*よたかそば夜鷹蕎麦　冬八五
*よたき夜焚　夏一〇四
よたきび夜焚火　冬一一一
よたきぶね夜焚舟　夏一〇四
*よっか四日　新一六
*よっとヨット　夏一〇八
よつゆ夜露　秋五三
*よづり夜釣　夏一〇四
よづりびと夜釣人　夏一〇四
よづりぶね夜釣舟　夏一〇四
よとうよたう　夏一七三
*よとうむし夜盗虫　夏一七三
*よなが夜長　秋二六
よなきうどん夜鳴饂飩　冬八五
よなきそば夜鳴蕎麦　冬八五
よなぐもり霾ぐもり　春四一
*よなべ夜なべ　秋七九
*よねこぼす米こぼす　新五六
よのあき夜の秋　夏三六
よばいぼし夜這星　秋四四
よばん夜番　冬一一一
よひら四葩　夏一九二
*よぶり夜振　夏一〇四
よぶりび夜振火　夏一〇四
よぼしのうめ夜干の梅　夏七三
よまわり夜廻　冬一一一
*よみせ夜店　夏一一一
*よみぞめ読初　新三七
よみはじめ読始　新三七
よみや夜宮　夏一二七
*よめがきみ嫁が君　新九七
よめがはぎよめがはぎ　春一二〇
*よめな嫁菜　春一二〇
よめな嫁菜　秋一二一
よめなめし嫁菜飯　春六五
*よもぎ蓬　春一二〇
よもぎう蓬生　春一二〇
よもぎつむ蓬摘む　春八四
よもぎもち蓬餅　春六四
*よるのあき夜の秋　夏三六
よるのうめ夜の梅　春一五一
よろいもち鎧餅　新三〇
よわのあき夜半の秋　秋二六
よわのはる夜半の春　春二八
よわのふゆ夜半の冬　冬二九

ら

らい雷　夏四八
らいう雷雨　夏四八
らいうん雷雲　夏三七
らいごうえ来迎会　夏一三五
*らいちょう雷鳥　夏一五三
らいめい雷鳴　夏四八
*らいらっくライラック　春一六二
らがーラガー　冬一二九
らがーまんラガーマン　冬一二九
らくがん落雁　秋一三〇
らくだい落第　春五七

*らぐびー　ラグビー　冬二二九
らくらい　落雷　夏四八
*らっか　落花　春一二七
*らっかせい　落花生　秋二〇一
*らっきょ　らつきよ　夏二四二
*らっきょう　辣韮　夏二四二
らっきょう　薤　夏二四二
らっせるしゃ　ラッセル車　冬九九
*らっぱすいせん　喇叭水仙　春一八一
らふらんす　ラ・フランス　秋一五五
*らむね　ラムネ　夏七五
*らん　蘭　秋一八〇
らんおう　乱鶯　夏一五三
*らんせつき　嵐雪忌　冬一二七
らんちゅう　蘭鋳　夏一六三
らんのあき　蘭の秋　秋一八〇
らんのか　蘭の香　秋一八〇
らんのはな　蘭の花　秋一八〇

り

りか　梨花　春一六
*りきゅうき　利休忌　春一二五
*りっか　立夏　夏三
りっか　六花　冬四六
*りっしゅう　立秋　秋一九
りっしゅうき　立秋忌　秋二五
*りっしゅん　立春　春一九
りっしゅんだいきち　立春大吉　春一九
*りっとう　立冬　冬一九
りゅうかん　流感　冬三〇
りゅうきゅうむくげ　琉球木槿　夏一九八
りゅうきん　琉金　夏一六三
りゅうけい　流蛍　夏一七三
*りゅうじょ　柳絮　春一七六
りゅうじょとぶ　柳絮飛ぶ　春九〇
りゅうしょう　流觴　春一七六
*りゅうせい　流星　秋四四
*りゅうたき　龍太忌　春一一八
りゅうとう　竜灯　秋六一
りゅうとう　流灯　秋一〇九
りゅうとうえ　流灯会　秋一〇九
りゅうのすけき　龍之介忌　夏一四一
*りゅうのたま　竜の玉　冬三三
りゅうのひげのみ　竜の髭の実
*りゅうひょう　流氷　冬三三
りゅうひょうき　流氷期　春五六
りょう　猟　冬一一八
りょうあらた　涼新た　秋二〇
りょうかいきん　猟解禁　冬一一八
*りょうかんき　良寛忌　春一三
りょうき　猟期　冬一一八
*りょうきおわる　猟期終る　春八六
りょうきはつ　猟期果つ　春八六
りょうけん　猟犬　冬一一八
りょうごくのかわびらき　両国の川開　夏一二七
りょうごくのはなび　両国の花火　夏一二七
りょうじゅう　猟銃　冬一一八
りょうしょう　料峭　春二一
りょうなごり　猟名残　春八六
りょうはじめ　漁始　新五九
りょうふう　涼風　夏三五
*りょうや　良夜　秋四〇
*りょくいん　緑蔭　夏二〇七
りょくう　緑雨　夏四二

りょくや緑夜　夏二〇六
りらリラ　春一六三
りらのはなリラの花　春一六三
りらびえリラ冷　春一六三
りんかいがっこう臨海学校　夏六一
*りんかき林火忌　秋二一五
*りんかんがっこう林間学校　夏六一
*りんご林檎　秋一五六
りんごえん林檎園　秋一五六
りんごがり林檎狩　秋一五六
*りんごのはな林檎の花　春一六九
*りんどう竜胆　秋二一七

る

*るこうそう縷紅草　夏一三〇
るすのみや留守の宮　冬一四三
るすもうで留守詣　冬一四三
るり瑠璃　夏一五八
るりとかげ瑠璃蜥蜴　夏一四六
るりびたき瑠璃鶲　秋一二七

れ

れいうけ礼受　新三四
*れいし茘枝　秋一九〇
れいじつ麗日　春二八
*れいじゃ礼者　新三四
れいしゅ冷酒　夏七四
れいしょう冷床　春七三
*れいぞうこ冷蔵庫　夏八八
*れいぼう冷房　夏八八
れいぼうしゃ冷房車　夏八八
*れーすレース　夏六五
れーすあむレース編む　夏六五
れがったレガッタ　春八六
れたすレタス　春一九〇
*れもん檸檬　秋一六二
れもんレモン　秋一六二
*れんぎょう連翹　春一六二
れんげ蓮華　夏一三九
れんげえ蓮華会　夏一三六
れんげそう蓮華草　春二〇〇
れんげつつじ蓮華躑躅　春一六四
れんこん蓮根　冬二一六
れんこんほる蓮根掘る　冬二一五
*れんたん煉炭　冬二〇五
*れんにょき蓮如忌　春一一六
れんにょごし蓮如輿　春一一六

ろ

*ろ炉　冬二〇六
ろ絽　夏六三
ろあかり炉明り　冬二〇六
*ろうおう老鶯　夏一五三
ろうげつ臘月　冬二三
ろうじんのひ老人の日　秋九五
ろうどうか労働歌　春九九
ろうどうさい労働祭　春九九
*ろうばい蠟梅　冬一九一
ろうばい老梅　春一五一
ろうばい臘梅　冬一九一
ろうばいき老梅忌　春一一七
ろうはち臘八　冬二五三
*ろうはちえ臘八会　冬二五三
ろうはちがゆ臘八粥　冬二五三
ろうはちせっしん臘八接心　冬二五三
ろうはちせっしん臘八摂心　冬二五三
ろうべんか蠟弁花　春一六一
ろがたり炉語り　冬二〇六
*ろくがつ六月　夏二五

*ろくどうまいり**六道参**　秋一〇七
*ろだい**露台**　夏八一
ろのなごり**炉の名残**　春六六
ろのわかれ**炉の別れ**　春六六
ろばなし**炉話**　冬二〇六
ろび**炉火**　冬二〇六
*ろびらき**炉開**　冬二〇八
*ろふさぎ**炉塞ぎ**　春六六
ろぶた**炉蓋**　春六六
ろんぐぶーつ**ロングブーツ**　冬七九

わ

わかあし**若蘆**　春二三
*わかあゆ**若鮎**　春四一
わかい**若井**　新二七
*わかかえで**若楓**　夏二〇八
わかがえるくさ**若返る草**　春一九六
わかぎ**若木**　新四三
*わかくさ**若草**　春一九七
わかくさ**嫩草**　春一九七
わかごま**若駒**　春一三
わかこも**若菰**　春二三
*わかさぎ**公魚**　春一四〇
わかさぎぶね**公魚舟**　春一四〇
わかさぎりょう**公魚漁**　春一四〇
わかさのい**若狭の井**　春一〇五
*わかざり**輪飾**　新二九
*わかしば**若芝**　春一九八
*わかたけ**若竹**　夏二三〇
わかたばこ**若煙草**　秋八一
*わかな**若菜**　新一〇一
わかなえ**若苗**　夏二四四
わかなかご**若菜籠**　新四一
わかながり**若菜狩**　新四一
*わかなつ**若夏**　夏二四
*わかなつみ**若菜摘**　新四一
わかなつむ**若菜摘む**　新四一
*わかなの**若菜野**　新二六
*わかば**若葉**　夏二〇五
わかばあめ**若葉雨**　夏二〇五
わかばかぜ**若葉風**　夏二〇五
わかばさむ**若葉寒**　夏二〇五
わかばびえ**若葉冷**　夏二〇五
わかまつ**若松**　春一七〇
*わかみず**若水**　新二七
わかみずあぐる**若水あぐる**　新五六
*わかみどり**若緑**　春一七〇
わかみどりつむ**若緑摘む**　春六八
わかみやのう**若宮能**　夏二二五
*わかめ**若布**　春二二四
わかめ**和布**　春二二四
わかめかり**若布刈**　春二二四
わかやなぎ**若柳**　春一七三
わかれか**別れ蚊**　秋一三六
*わかれじも**別れ霜**　春四四
わかれゆき**別れ雪**　春四三
わかんじき**輪樏**　冬一三
わきん**和金**　夏一六二
*わくらば**病葉**　夏二二〇
*わさび**山葵**　春一九四
わさびざわ**山葵沢**　春一九四
わさびだ**山葵田**　春一九四
*わさびのはな**山葵の花**　夏二三六
*わし**鷲**　冬一七〇
わするなぐさ**わするなぐさ**　春一八二
わすれぐさ**忘草**　夏二五六
わすれじも**忘れ霜**　春四四
わすれづの**忘れ角**　春一三
*わすれなぐさ**勿忘草**　春一八二

わすればな忘れ花　冬一九二
わすれゆき忘れ雪　春四三
＊わせ早稲　秋一九七
わせかる早稲刈る　秋一九七
わせだ早稲田　秋一九七
わせのか早稲の香　秋一九七
わせのはな早稲の花　秋一九六
＊わた棉　秋二〇三
＊わたいれ綿入　冬七一
わたうち綿打　秋八〇
わたくり綿繰　秋八〇
わたぐるま綿車　秋八〇
わたこ綿子　冬七一
わたつみ綿摘　秋八〇
わたつみ棉摘　秋八〇
＊わたとり綿取　秋八〇
わたとる綿取る　秋八〇
わたぬき綿抜　夏六二
＊わたのはな棉の花　夏二四五
わたのはな綿の花　夏二四五
わたのみ棉の実　秋二〇三
わたふく棉吹く　秋二〇三
わたほす綿干す　秋八〇
わたみのる棉実る　秋二〇三
＊わたむし綿虫　冬一八九
＊わたりどり渡り鳥　秋一一三
＊わなかく罠掛く　冬二一九
＊わびすけ侘助　冬一九五
わびすけ佗助　冬一九五
＊わらいぞめ笑初　新五五
わらぐつ藁沓　冬二三
＊わらごうし藁盒子　新二八
＊わらしごと藁仕事　冬二二
＊わらづか藁塚　秋七九
＊わらび蕨　春二〇五
わらびがり蕨狩　春二〇五
＊わらびもち蕨餅　春六四
わらびやま蕨山　春二〇五
＊われもこう吾亦紅　秋二一六

俳句歳時記《はいくさいじき》　第五版《だいごはん》　新年《しんねん》　【大活字版《だいかつじばん》】

2018年12月26日　初版発行
2024年1月20日　5版発行

角川書店《かどかわしょてん》 編

発行者／山下直久

発行／株式会社KADOKAWA
〒102-8177　東京都千代田区富士見2-13-3
電話　0570-002-301（ナビダイヤル）

カバー装画／ SOU・SOU「おはじき大」

カバーデザイン／大武尚貴＋鈴木久美

印刷所／旭印刷株式会社

製本所／牧製本印刷株式会社

●お問い合わせ
https://www.kadokawa.co.jp/（「お問い合わせ」へお進みください）
※内容によっては、お答えできない場合があります。
※サポートは日本国内のみとさせていただきます。
※ Japanese text only

定価はカバーに表示してあります。

Printed in Japan
ISBN 978-4-04-400387-6　C0092